Ernst
Obermaier

Sagen
hafter
Schwarz
wald

Ernst Obermaier
Autorenvita

Ernst Obermaier arbeitete viele Jahre als Leiter des städtischen Kultur- und Verkehrsamtes St. Georgen im Schwarzwald und als freier Dozent für Tourismusmarketing. In dieser Zeit lernte er Land und Leute kennen und lieben. Auch nach seinem Eintritt in den »Unruhestand« lässt ihn der Schwarzwald nicht los. Nach Veröffentlichung verschiedener Schwarzwaldkrimis und historischer Romane ist ihm mit **Sagenhafter Schwarzwald** gelungen, Moderne und Historie zu vereinen.

Ernst Obermaier

Sagenhafter Schwarzwald

Geschichten und Geschichte über Land und Leute

Verlag Stadler

Impressum

FSC
www.fsc.org
MIX
Aus verantwortungsvollen Quellen
FSC® C106954

Gestaltung
büro425, Sonja Waiblinger
Schwäbisch Gmünd

Satzherstellung
Satzteam Dieter Stöckler, Konstanz

Gesamtherstellung
Florjančič tisk d.o.o., Maribor (SI)

Verlag und Vertrieb
Stadler Verlagsgesellschaft
Max-Stromeyer-Straße 172
78467 Konstanz
www.verlag-stadler.de

1. Auflage 2021

ISBN 978-3-7977-0765-9

Inhalt

Lust auf Schwarzwald 9
Von den Kelten bis zur Neuzeit 10
Die Badische Revolution 13
Naturwunder Schwarzwald 15
Seltene Tiere und Pflanzen 17
Der Nixe Wechselbalg 19
Heilendes Klima auf den Höhen 20
Leben auf dem Bauernhof 22
Vorräte sichern das Überleben 25
Traditionell gekleidet 26
Der Schwarzwald – eine Region mit Trachtentradition 29
So tickt der Schwarzwald 32
Schwarzwälder Persönlichkeiten I, Arthur Junghans 38
Alte Handwerksberufe 40
Glückauf unter Tage 42
Alemannisch gschwätzt 44
Kulinarischer Streifzug 47
Der Schwarzwälder Schinken 49
Geistige Obstverwertung 51
Die Schwarzwälder Kirschtorte 54
Baden in Baden 55
Wanderbare Berge 57
Der Schwarzwaldverein 62

Nördlicher Schwarzwald

Die Schwarzwaldhochstraße 64
Baden-Baden 68
Der Ahornbaum 71
Schwarzwälder Persönlichkeiten II, Markgraf Ludwig Wilhelm 73
Beglückter Langschläfer 75
Residenzstadt Karlsruhe 76
Schwarzwälder Persönlichkeiten III, Friedrich Weinbrenner 79
Das Badnerlied 82
Die Geschichte des Automobils 83
Schmuckstadt Pforzheim 87
Rund um Bad Teinach 90
Sage vom Kaiser Heinrich III. 93
Graf Hubert von Calw 95

Inhalt

Klosteranlage Hirsau 96
Sagenumwobenes Murgtal 97
Von Bären und Wölfen 101
Die Sage vom Glaswaldsee 102

Mittlerer Schwarzwald

Die Flößer 104
Die seltsame Fahrt 108
Leuchtendes Gengenbach 109
Schwarzwälder Persönlichkeiten IV, Aenne Burda 111
Herr Peter Dimringen von Staufenberg 113
Zell am Harmersbach 116
St. Gallus im Harmersbacher Tal 117
Schwarzwälder Persönlichkeiten V, Heinrich Hansjakob 118
Der Fohrenbühler Schellenmarkt 121
Zügig durch den Schwarzwald 122
Die KONUS-Karte 124
Schwarzwälder Persönlichkeiten VI, Robert Gerwig 125
Bilder zum Bau der Schwarzwaldbahn 127
Mit Volldampf unterwegs 128
Triberg 132
Der Triberger Galgen 134
Männerparkplätze 135
Weltgrößter Uhrenträger 137
Liebespralinen 139
Kuckuck im Großformat 140
Schalensteine und Blindensee 142
Das Deutsche Phonomuseum 146
Der gute Ton 148
Die Donauquelle 151
Der Dreigötterstein 153
Das Haus Fürstenberg zu Donaueschingen 155
Die Wutachschlucht 157
Villingen und Schwenningen 159
Der Villinger Simson 161
Bad Dürrheim 165
Narri, Narro 168
Der Balzer Herrgott 171

Inhalt

Zu Gast bei den Brüder Grimm 173
Orgeleien 175
Schwarzwälder Persönlichkeiten VII, Franz Mack 177
Die Hexe als Schwein 179
Das Elzacher Bengelreiten 180
Mühlenromantik 182
Der Schwarzwälder Fuchs 184
Bibliothek in St. Peter 186
Filmkulisse Schwarzwald 188
Dem Himmel so nah 190
Schwarzwälder Persönlichkeiten VIII, Hermann Staudinger 194
Die Zähringer 196
Das Schwarzpulver 200
Freiburgs Hausberg 203
Das Drama von Staufen im Breisgau 205

Südlicher Schwarzwald

Titisee 208
Toilette mit und ohne Duft 211
Feldberg, der oder das Höchste 213
Ski und Rodel gut 215
Der Jäger vom Feldberg 218
Tiefer Schluchsee 220
Widerstand gegen den Klerus 224
Die himmlische Kuppel von St. Blasien 232
Die Wallfahrten 233
Tannenzäpfle aus Rothaus 237
Schlittenhunde jagen durch den Wald 238
Schwarzwälder Persönlichkeiten IX, Hans Thoma 240
Die Wacht am Rhein 241
Rheinbrücke mit Geschichte 243
Der Trompeter von Säckingen 245
Die Erdmannshöhle bei Wehr 248
Schwarzwälder Persönlichkeiten X, Franz Xaver Winterhalter 250
Schwarzwälder Persönlichkeiten XI, Johann Peter Hebel 252
Das Schwarzwaldlied 254

Inhalt

Lieder

Das Badnerlied ... 82
Es steht eine Mühle im Schwarzwäldertal ... 183
Behüt' dich Gott – das Trompeterlied ... 247
Das Schwarzwaldlied ... 254

Sagen

Der Nixe Wechselbalg ... 19
Die Sage vom Mummelsee ... 66
Der Ahornbaum ... 71
Beglückter Langschläfer ... 75
Der dicke Amtmann ... 89
Sage vom Kaiser Heinrich III ... 93
Graf Hubert von Calw ... 95
Geschichten vom Rockertweible ... 99
Die Sage vom Seemännlein ... 103
Die seltsame Fahrt ... 108
Die Rettung Gengenbachs durch einen Juden ... 110
Herr Peter Dimringen von Staufenberg ... 113
St. Gallus im Harmersbacher Tal ... 117
Das Ochsengespann im Blindensee ... 145
Der Villinger Simson ... 161
Die Sage von Romeyas ... 161
Die Hexe als Schwein ... 179
Pferde schauen zum Speicher hinaus ... 192
Ursprung der Zähringer ... 197
Die Sage vom Hornberger Schießen ... 202
Messen nachgeholt ... 206
Die Sage vom Titisee ... 209
Der Jäger vom Feldberg ... 218
Die Nixen vom Schluchsee auf der Hochzeit ... 221
Die Wallfahrten ... 233
Sage zum Ursprung der Todtmooser Wallfahrt ... 235
Sage von den Erdleuten ... 249

Lust auf Schwarzwald

Ein Wort zuvor

Willkommen in Deutschlands schönstem Mittelgebirge. Atmen Sie tief ein! Genießen Sie die gute Luft, das Heilklima und die Schönheit dieser Region. Öffnen Sie Ihren Blick und Ihr Herz für diese zauberhafte Landschaft mit ihren schönen Wiesen, Wäldern, Tälern, Bergen, Flüssen und Seen. Beschauliche Dörfer und Gemeinden, aber auch sehenswerte Städte, laden zur Besichtigung oder zum Verweilen ein. Ob Sehenswürdigkeiten, kulturelle Einrichtungen oder die Schönheit der Natur: An Abwechslung für alle Altersgruppen herrscht hier kein Mangel. Das ausgedehnte und gut beschilderte Wanderwegenetz, die Kur- und Heilbäder, das vielfältige Sport- und Freizeitangebot oder die bekannt gute Küche – hier lässt es sich leben. Genießen Sie diese lebens- und liebenswerte Region im Südwesten von Deutschland. Mit diesem Buch will ich den Leserinnen und Lesern den Schwarzwald nahebringen. Die Geschichten über die Besonderheiten dieser Landschaft, aber auch die überlieferten Lieder und Sagen, sollen in einer Kombination aus Erzählungen, Zeitgeschichte, Historie und Freizeittipps für Einheimische und Urlauber lebendig werden. Lassen Sie den Schwarzwald auf sich wirken. Teilen Sie mit mir meine Liebe, Faszination und Bewunderung zu diesem einzigartigen Lebensraum. Erheben Sie mit mir das Glas und stoßen Sie mit mir an auf diese sagenhafte Gegend, denn wie sagte schon der Pfarrer und Heimatdichter Heinrich Hansjakob: »Lieber mit den Gläsern zusammenstoßen, als mit den Köpfen«. Zum Wohl! Auf den Schwarzwald!

Herzlichst
Ernst Obermaier

Von den Kelten bis zur Neuzeit

Eine wechselvolle Geschichte

Etwa 800 Jahre vor Christus besiedelten die Kelten den Schwarzwald. Dieser Volksstamm kannte bereits die Kunst der Eisenherstellung und fand hier das dazu benötigte Erz. So soll es beispielsweise in Kirchzarten bei Freiburg etwa zwei- oder einhundert Jahre vor Christus eine keltische Stadt »Taradunum« gegeben haben. Auch einige Kultstätten zeugen von ihrer Existenz. Sonst ist nur wenig über die Kelten bekannt. Die Kultur, wie wir sie heute kennen, kam erst etwa um die Zeitenwende mit den Römern ins Land, als diese die Kelten verdrängten. Die Römer zogen vor über zweitausend Jahren vom heutigen Italien nach Norden, um ihr Reich zu vergrößern. Damals gab es hier noch keine Wiesen und Weiden so wie heute. Es gab nur eine einzige große, zusammenhängende Waldfläche. Der Schwarzwald war ein fast undurchdringliches Gebiet, bedrückend und unheimlich. Die Römer nannten deshalb die Landschaft »Silva Nigra«, der schwarze, der finstere, der düstere Wald. Vom Rhein aus eroberten sie dieses Gebiet, legten erste wenige Straßen an und richteten entlang der Römerstraßen Militärlager ein. Siedlungen entstanden. Mit den Römern kam auch die Badekultur mit der Einrichtung der Thermalbäder ins Land.

Etwa 260 n. Chr., zur Zeit der Völkerwanderung, vertrieben die Alamannen die Römer aus ihren Herrschaftsgebieten entlang des Oberrheins. Doch noch immer blieb der Schwarzwald dünn besiedelt. Ende des 5. Jahrhunderts gelang es dem Merowingerkönig Chlodwig, die germanischen Völker zu einem fränkischen Reich zu vereinigen. Nach dem ersten Sieg über die Alamannen im Jahre 496 folgte 506 ein zweiter endgültiger Sieg. Ein spektakuläres Ereignis markierte Chlodwigs Taufe etwa im Jahre 497 in Reims und seinen Übertritt zum Christentum. Er folgte damit dem Wunsch seiner Frau Prinzessin Chrodechild aus Burgund, die dem römisch-katholischen Glauben anhing. Damit begann die Christianisierung Europas. Nun machten sich Mönche auf, im Schwarzwald Mönchszellen zu gründen. Der irische Mönch Trudpert richtete im Südschwarzwald eine Einsiedelei ein und baute eine Kapelle. Drei Jahre verkündete er dort das Evangelium, bevor er von zwei Knechten erschlagen wurde. Auf ihn geht das Benediktinerkloster St. Trudpert im Münstertal zurück. Weitere Mönche folgten. Die ersten Klostergründungen gab es im 7. und 8. Jahrhundert. Um 650 machte das Kloster St. Trudpert den Anfang. Ettenheim, Schuttern, Gengenbach, Lauterbach und Hirsau folgten, bevor im 10. Jahrhundert Waldkirch und Sulzburg entstanden. In dieser Zeit konzipierte sich das Heilige Römische Reich mit wechselnden Gebietsansprüchen der römisch-deutschen Kaiser. Der Zusatz Heiliges Römisches Reich deutscher Nation (lateinisch Nationis Germanicæ) wurde ab dem späten 15. Jahrhundert gebraucht. In dieser Zeit gehörten vor allem Siedlungen im mittleren und nördlichen Schwarzwald zum Heiligen Römischen Reich. Im mittleren und südlichen Teil übernahmen teilweise die Zähringer die Herrschaft. 1120 errichteten sie eine Burg bei Freiburg. Dank ihrer gewaltfreien Siedlungspolitik entstanden Städte wie Rottweil, Villingen, Offenburg, Neuenburg, Rheinfelden und natürlich Freiburg. Hier ließen sich Handwerker nieder. In den ländlichen Gebieten rodeten Bauern den Wald. Mit den Zähringern begann das erste größere Städtewesen und eine Wald- und Weidewirtschaft im Schwarzwald. Mit dem Bergbau zur Gewinnung von Bodenschätzen folgte ein weiterer Aufschwung. 1218 starben die Zähringer aus und bereits 1268 auch das Adelsgeschlecht der Staufer.

Nun übernahmen die Habsburger große Gebiete. Zur besseren Verwaltung ihrer Besitzungen richteten sie Vogteien ein und verteilten die Verwaltung einschließlich der Abgaben und Gerichtsbarkeit an den Adel und an die Klöster. Dadurch bekamen der Markgraf von Baden, der Herzog von Württemberg und die Fürsten von Fürstenberg größere Ländereien zugeteilt. Mitte des 16. Jahrhunderts kam es wegen der Abgaben und verlangten Frondienste zu Bauernaufständen. Die Bauern stürmten Schlösser, besetzten Klöster und belagerten Städte. Doch die Obrigkeit schlug zurück. Die Schrecken des Dreißigjährigen Krieges von 1618 bis 1648 trafen den Schwarzwald besonders hart. Etwa 70 Prozent der Bevölkerung fielen dem Krieg und seinen Begleiterscheinungen zum Opfer und nach dem Krieg wüteten Viehseuchen, es kam zu eklatanten Ernteausfällen. Kurze Zeit darauf verwüsteten die Franzosen das Land. Auch der Spanische Erbfolgekrieg zwischen 1701 und 1714 forderte im Schwarzwald viele Opfer, darunter auch Ludwig Wilhelm Markgraf von Baden, genannt Türkenlouis. Immer wieder überschritten französische Truppen den Rhein. Im Sommer 1789 begann die Französische Revolution. Nun kam die Zeit von Napoleon I. Als er 1796 als militärischer Befehlshaber im sogenannten Italienfeldzug siegte, ernannte man ihn zum General und der Korse machte sich auf, große Teile von Europa zu unterwerfen. Beim Frieden von Lunéville legte man entlang des Schwarzwaldes den Rhein als natürliche Grenze fest. Dies bedeutete den Verlust der Städte Laufenburg und Rheinfelden am Oberrhein zugunsten der Eidgenossen. Aufgrund eines Ultimatums Napoleons legten am 6. August 1806 der deutsche Kaiser und der österreichische Kaiser die Kaiserwürde nieder. Damit war das Ende des Heiligen Römischen Reiches Deutscher Nation und des damaligen österreichischen Kaisertums besiegelt. Es folgte die Säkularisierung und damit die Auflösung der kirchlichen Institutionen wie Abteien und Klöster sowie die Einziehung ihrer Besitztümer.

Im Zuge der Neuordnung Europas wurde Baden 1806 zum Großherzogtum. Als im Februar 1848 in Frankreich die Republik ausgerufen wurde, wollten auch Friedrich Hecker und Gustav Struve eine Deutsche Republik. Doch die von ihnen inszenierte Badische Revolution scheiterte bereits nach kurzer Zeit. Weil die süddeutschen Staaten zwischen 1870 und 1871 den Preußen und dem Norddeutschen Bund im Krieg gegen Napoleon III. beistanden, einigte man sich auf eine Gründung des Deutschen Reiches. Wilhelm I. ließ sich am 18. Januar 1871 im Spiegelsaal des Schlosses Versailles zum Kaiser krönen. Zusammen mit seinem Reichskanzler Otto von Bismarck begann ein ungeheurer industrieller Aufschwung im Land. Das deutsche Kaiserreich endete nach dem 1. Weltkrieg. Es folgte von 1918 bis 1933 die Weimarer Republik. Am 30. Januar 1933 gewann aufgrund des Wahlausganges die NSDAP die Oberhand. Der damalige Reichspräsident Paul von Hindenburg ernannte Adolf Hitler zum Reichskanzler. Am 1. September 1939 begann mit dem Einmarsch in Polen der Zweite Weltkrieg. Das Dritte Reich endete 1945. Nach dem verlorenen Krieg richteten in Baden-Baden die Franzosen ihr Hauptquartier ein. Ursprünglich sollte es in Stuttgart sein. Entgegen der Operationspläne der führenden 6. US-Heeresgruppe besetzten die Franzosen Stuttgart. Erst als General Eisenhower drohte, die Versorgung für die französischen Truppen einzustellen, zogen sich diese hinter die vereinbarte Linie südlich der Autobahn zwischen Stuttgart und Ulm zurück. Die französische Besatzungszone endete 1946 mit der Neugründung der Länder Saarland, Rheinland-Pfalz, Baden und Württemberg-Hohenzollern. 1952 entstand mittels einer Volksabstimmung Baden-Württemberg als drittgrößtes Bundesland der Bundesrepublik Deutschland.

Die Badische Revolution

Zum Scheitern verurteilt

Schlacht am 20. April 1848 bei Kandern

Der Badener ist nicht gerade bekannt für seine aufständische Art. Doch am 12. April 1848 riefen der Jurist Friedrich Franz Hecker und der Rechtsanwalt Gustav Struve zum bewaffneten Aufstand in Baden auf. Eine richtige Revolution sollte es werden. Ihr Ziel: die Abschaffung der Monarchie. Es sollte eine Republik unter der Souveränität des Volkes entstehen. Beide Revolutionäre waren Verfechter einer republikanischen Staatsform. Diese badische Revolution lief in zwei Phasen ab: Zwischen Anfang März 1848 und im September 1848 gab es mit dem Heckerzug und der Erhebung Gustav Struves in Lörrach zwei Versuche, von Süddeutschland aus eine deutsche Republik durchzusetzen. Der ersten Erhebung von Hecker schlossen sich etwa 4500 Aufständische an. An verschiedenen Orten machten sich die Revolutionärszüge auf den Weg. Hecker startete seinen Demonstrationszug von Konstanz aus, scheiterte aber bereits wenige Tage später am 20. April bei der blutigen Schlacht auf der Scheideck bei Kandern. Gegen die regulären württembergischen

Truppen hatten die schlecht bewaffneten Freischärler keine Chance. Ebenso erging es dem Sigelzug, der kurz nach Hecker am 15. April ebenfalls in Konstanz startete und beim Sturm auf Freiburg am 24. April unterlag. Struve und Hecker flohen zunächst in die Schweiz. Hecker emigrierte in die USA, während Struve die zweite Phase vorbereitete. Im Herbst 1848 überquerte er mit Gleichgesinnten die Grenze und rief am 21. September in Lörrach die deutsche Republik aus. Mit 10 000 Mann begann er seinen Marsch in Richtung Freiburg. Sie besetzten die Stadt Staufen. Doch hier fand auch die zweite Revolution ihr Ende. Am 29. September eroberten die gegnerischen Truppen die Stadt zurück und Struve wurde verhaftet. Ein Gericht verurteilte ihn zu fünf Jahren Gefängnis. Beim Maiaufstand 1849, bei dem es zu bürgerkriegsähnlichen Zuständen kam, wurde Struve aus der Haft befreit und zum Vizepräsidenten des badischen revolutionären Landesausschusses berufen. Doch auch diese Revolution überlebte nicht lange. Am 23. Juli 1849 eroberten Bundestruppen unter preußischer Führung die Festung Rastatt zurück. Damit fiel der letzte Brückenkopf der Aufständischen. Wieder war die Revolution gescheitert. Einige der Rädelsführer wurden hingerichtet. 1851 wanderte Gustav Struve ebenfalls wie die anderen überlebenden Anführer der badischen Revolution, Friedrich Hecker, Carl Schurz, Franz Sigel oder Lorenz Brentano, in die USA aus. Alle hatten sich nun aus dem Staub gemacht, das heißt, sie sind über das große Wasser nach Amerika geflüchtet. Dem angestrebten Ziel einer gemeinsamen Republik näherte sich dann die Gründung des Deutschen Reiches am 1. Januar 1871. Nach dem gewonnenen Krieg gegen den Erzfeind Frankreich, bei dem die süddeutschen Staaten Baden, Württemberg, Bayern und Hessen-Darmstadt die norddeutschen Truppen kräftig unterstützten, verkündeten Kaiser Wilhelm I. und sein Reichskanzler Otto von Bismarck am 18. Januar 1871 im Spiegelsaal von Versailles den Zusammenschluss der Länder. Hecker äußerte sich damit zufrieden, kritisierte allerdings die preußische Führung. Geblieben ist die Erinnerung an die Revolution und an den berühmten Heckerhut, der den Aufständischen zum Symbol wurde.

Naturwunder Schwarzwald

Einzigartig und unbeschreiblich schön

Tropfsteinhöhle in Hasel

Mit seiner Länge von 160 Kilometern von Nord nach Süd und einer Breite von 20 bis 60 Kilometern ist der Schwarzwald in seiner Vielfalt und Einzigartigkeit kaum zu beschreiben. Während am Fuße des Schwarzwaldes Wein wächst, gibt es auf den waldreichen Höhen eine abwechslungsreiche Kulturlandschaft. Berge und Täler, Wälder und Wiesen, dunkle Karseen und mystische Hochmoore sowie geologische Besonderheiten wie die Wutachschlucht, die Erdmannshöhle in Hasel bei Wehr mit ihren bizarren Tropfsteinbildungen oder den Triberger Wasserfall, um nur wenige zu nennen. Dazu eine schützenswerte Flora und Fauna mit seltenen Pflanzen und gefährdeten Tierarten. Überwiegend besteht das Gebirge aus Granit und Gneis. Im Süden und im Nordosten ist ein Übergang zum Buntsandstein erkennbar. Diese einmalige Mittelgebirgslandschaft will das Land Baden-Württemberg erhalten. Keine andere Region in Deutschland verzeichnet mit insgesamt sieben Parks eine so hohe

Dichte an Naturschutzgebieten. Der Naturpark Südschwarzwald ist derzeit mit 394 000 Hektar der größte Naturpark in Deutschland. Er wurde im Jahre 1999 gegründet und umfasst 115 Gemeinden, fünf Landkreise und den Stadtkreis Freiburg. Der Naturpark Schwarzwald Mitte/Nord erstreckt sich auf 105 Gemeinden der Landkreise Karlsruhe. Innerhalb dieses Naturparks gibt es seit dem 1. Januar 2014 den Nationalpark Schwarzwald. Die Einrichtung dieses Parks war durch Teile der betroffenen Bevölkerung und der holzverarbeitenden Industrie heftig umstritten. Gesiegt hatte dann die Verantwortung zur Erhaltung und Bewahrung dieser einzigartigen Kulturlandschaft für die nachfolgenden Generationen und zur Unterstützung des Tourismus.

Seltene Tiere und Pflanzen

Eine ausgesuchte Vielfalt

Auerhahn

Mit Stolz registriert man im Schwarzwald die steigende Zahl an Auerhühnern. Herr Auerhahn und Frau Auerhuhn brüten bevorzugt im Hochschwarzwald und bilden dort die größte Population in Mitteleuropa außerhalb der Alpen. Das kleinere und seltene Haselhuhn ist ebenfalls hier heimisch, doch bei Weitem nicht so bekannt. Uhu, Schwarzspecht und Wanderfalken kümmern sich um ihren Nachwuchs. Erste Luchse, die größte Wildkatze Mitteleuropas, sind zurückgekehrt und in größerer Anzahl sind auch wieder Gämsen heimisch. Manchem Wanderer begegnen sie auf dem drei Kilometer langen und idyllisch gelegenen »Gamspfad« zwischen Todtnau und Feldberg auf freier Wildbahn. Der »Jägervereinigung

Badische Jäger« ist dies zu verdanken. Die Begegnung mit einem Wolf könnte zukünftig möglich sein. Etwas kleiner geht es auf dem Wasseramselweg zu, einem Rundweg entlang der Wilden Gutach in Simonswald. Hier tauchen nicht nur der Eisvogel, sondern auch die Wasseramsel nach Nahrung in den Fluss. Schmetterlinge und Falter, wie beispielsweise der Apollofalter, sind in verschiedenen Gegenden zu Hause. Wer allerdings im Schwarzwald nach einer größeren Population von Kuckucksvögeln Ausschau hält, der sollte in den hölzernen Uhrengehäusen suchen.

Roter Fingerhut

Außergewöhnlich ist auch die Pflanzenwelt. Die hoch gelegenen Moore besitzen eine eigene Vegetation von Moor- und Sumpfpflanzen, wie beispielsweise die gelbenTeichrosen am Huzenbacher See im Nationalpark Schwarzwald. An diesen Seen wächst auch die krumm gewachsene Moorkiefer. Seltene Pflanzen findet der Botaniker in der Wutachschlucht. Auf den Höhen wächst der Alpenbärlapp und der Gelbe Enzian. Wilde Orchideen oder der Rote Fingerhut stehen manchmal am Wegesrand. Heidelbeeren und Pilze gibt es in den Wäldern in Massen. Essbare Wildkräuter findet der Kenner zuhauf. Im Frühsommer blüht der Ginster und Ende Oktober pflückt man die mirabellenartige Wildpflaume »Zibarte« an den Hängen für den Schnaps, den der Schwarzwälder »Zibärtle« nennt.

Der Nixe Wechselbalg

August Schnezler, »Badische Sagen«, 1846

Im Hutzebacher See wohnte vor Zeiten ein böses Weib, die besonders den Buben gefährlich war; wagte sich einer in die Nähe, so ward er von ihr aufgepackt, zum See getragen und lebendig aufgefressen. Doch sind jetzt die Knaben von der Nixe verschont, weil sich eine Geschichte mit ihr zugetragen hat, seit welcher sie die Kinder in Ruhe läßt.

Eine Köhlersfrau hatte ein kleines Knäblein in der Wiege daheim und war in den Wald gegangen, um Heidelbeeren für ihren Mann zu sammeln. Als sie wieder nach Hause kam, hörte sie schon von Weitem ihr Kind entsetzlich schreien und fand statt ihres Söhnleins einen greulichen Wechselbalg in der Wiege; der hatte einen Kopf wie ein Sester, Augen wie ein Kalb, war aber sonst am ganzen Leibe mager und fahl, wälzte sich in seinem Kothe und krächzte wie ein Rabe. Die Mutter brach in lautes Jammern aus und bat ihren bald darauf heimkehrenden Mann, den Unhold mit Ruthen zu hauen. Das that er denn auch, während sein Weib vor dem Hause ihr Gebet verrichtete. Da hörte sie auf einmal ihr Söhnlein am See weinen, denn ihre Hütte stand nahe daran; sie sprang hin, fand wirklich ihr rechtes Kind am Ufer liegen und trug es freudenvoll heim. Ihr Mann schleppte darauf den tüchtig durchgepeitschten Wechselbalg an dieselbe Stelle, wo sein Kind am See gelegen hatte. Als die Nixe dies gewahrte, fuhr sie auf den Wechselbalg los, zerriß und fraß ihn, und verschwand. Der See fing aber schrecklich an zu brausen und zu toben und man glaubt, die Nixe habe sich mit diesem Fraße den Magen so sehr überladen, daß er geborsten, woher es auch komme, daß die Kinder jetzt vor ihr Ruhe haben.

Heilendes Klima auf den Höhen

Gute Luft zum Atmen

Zahlreiche staatlich anerkannte heilklimatische Kurorte zeugen von der heilenden Wirkung des Mittelgebirgsklimas. Schon im 19. Jahrhundert besuchten Tausende Feriengäste den Schwarzwald. Wandern und Skifahren galten als neue Freizeitbewegung. Die Heilbäder und Thermen zwischen Bad Wildbad im Norden und Bad Säckingen im Süden waren bei vielen Badegästen schon seit jeher beliebt. Darunter der Adel wie die Queen Victoria oder Kaiser Wilhelm I. und in Baden-Baden mit den Komponisten Brahms und Liszt sowie den Literaten Dostojewski und Tolstoi. Ob krank oder zur Vorbeugung bei chronischen Leiden, der Schwarzwald versprach Heilung oder zumindest Linderung. Chronische Atemwegserkrankungen, allgemeine Erschöpfung, Allergien, Hauterkrankungen, Kreislauferkrankungen sowie Stoffwechselerkrankungen, wie z. B. Diabetes mellitus, erfahren durch die Bewegung und den Aufenthalt im Freien Besserung. Die staub- und nahezu allergenfreie Luft lässt Allergiker zur Ruhe kommen. Bedingt durch das Schonklima mit seinen milden Reizfaktoren wird durch die hohe Luftreinheit und die ausgeglichene Luftfeuchtigkeit das Immunsystem gestärkt. Vor allem in den ersten Tagen bemerkt der Urlauber eine verstärkte Müdigkeit und sein Organismus beginnt mit der Regeneration. Bei ausgedehnten Waldsparziergängen verstärkt sich diese Reaktion noch. Kiefern und Fichten schmeicheln dem Geruchssinn und stärken das Nervensystem. Die heilklimatischen Kurorte müssen, um dieses Prädikat zu erlangen, bestimmte Voraussetzungen erfüllen. Ein heilklimatischer Kurort muss ein therapeutisch anwendbares und über Jahre hinweg dokumentiertes Bioklima besitzen. Das Klima ist anhand der Schon-, Reiz- und Belastungsfaktoren bioklimatisch zu bewerten. Eine medizinisch-meteorologische Begutachtung muss vorliegen, die die therapeutischen Einflüsse der klimatischen und lufthygienischen Gegebenheiten beschreibt und ihre therapeutische Wirkung in medizinischer Hinsicht beurteilt. Dazu sind regelmäßige Messungen zur Überwachung des Klimas und der Luftqualität erforderlich. Verlangt wird mindestens ein Kurarzt mit Erfahrung in der medizinischen Klimatologie und der Einsatz eines klimatherapeutisch ausgebildeten Fachpersonals. Der mögliche heilklimatische Ort muss den Charakter eines Kurortes erfüllen und entsprechende touristische Einrichtungen vorweisen. Dazu gehören Kurhaus, Kurgarten, ein entsprechendes gastronomisches Angebot mit einer ausreichenden Beherbergungskapazität, aber auch Massagen, medizinische Bäder, Krankengymnastik und anderes mehr. Erst dann wird das Prädikat verliehen. Mit der Auszeichnung »Premium Class« verpflichten sich heilklimatische Kurorte in Deutschland zu einer noch stärkeren Förderung der Umwelt sowie der Einrichtung von zertifizierten Heilpfaden mit geführten gesundheitsfördernden Wanderungen.

Doch nun wieder zum Klima. Natürlich ist auch der Schwarzwald dem Wandel der Jahreszeiten unterworfen. Wenn an der Bergstraße die Mandelbäume und wenig später am Bodensee die Kirschbäume blühen, halten die wenigen Obstbäume im Schwarzwald ihre Säfte noch zurück. Der Frühling hält hier noch seinen Winterschlaf. Die immergrünen Fichtenwälder zeigen optisch kaum Veränderungen. Nur langsam wird es wärmer. Im Sommer melden die Gegenden am Fuße des Mittelgebirges wie am Oberrhein deutsche Höchstwerte. Während dort der Wein reift, herrschen auf den Höhen gemäßigte Temperaturen, die für ein mildes und reizarmes Sommerklima sorgen. Wenn Monate später die Dunst- und Nebelschwaden die Täler in ein tristes Grau tauchen, beginnen oben auf dem Schwarzwald mit dem Herbst und dem nachfolgenden Winter die schönsten Jahreszeiten. Es ist die Zeit der Dispersion, der Inversionswetterlage. Das heißt, dass die Luftmassen sich verwirbeln und sich unterschiedlich stark erwärmen. Die Kälte fließt von oben in die Täler und beschert den Schwarzwaldhöhen in dieser Zeit strahlenden Sonnenschein und angenehm warme Temperaturen. Der Winter hat dann im Schwarzwald seinen besonderen Reiz. Wenn morgens die Sonne durch den Raureif bricht, gleicht die Landschaft einem Wintermärchen. Nun unterstützen die kälteren Temperaturen auf den Höhen den für den Wintersport notwendigen Frost und Schneefall. Bedingt durch den Klimawandel mussten allerdings manche Skipisten in den letzten Jahren künstlich beschneit werden. Wenn genügend Schnee liegt, ist die Gegend für Schneewanderer und Wintersportler ein Traum.

Leben auf dem Bauernhof

Die Idylle täuscht

Wer das sehenswerte Freilichtmuseum »Vogtsbauernhof« in Gutach besucht, sollte an die Menschen denken, die in Urzeiten unter schweren Bedingungen den Schwarzwald rodeten und urbar machten. Der Vogtsbauernhof selbst steht hier seit 1612 und ist seit der Eröffnung des Museums im Jahre 1964 Namensgeber dieser Ansammlung von Höfen. Diese unterschiedlichen Typen von Bauernhäusern, überwiegend aus dem südlichen und mittleren Schwarzwald, geben einen Einblick, wie die Menschen in den vergangenen Jahrhunderten gelebt, gearbeitet und gewohnt haben. Schon bei der Dachbedeckung werden die unterschiedlichen Bedingungen sichtbar. Während die Bauernhöfe im Tal, die auch Ackerbau betreiben konnten, mit Roggenstroh bedeckt sind, ist das Dach der auf Vieh- und Milchwirtschaft beschränkten Bauern mit Holzschindeln gedeckt. In der Höhenlandwirtschaft über 800 Meter war aus klimatischen Gründen kaum Ackerbau möglich. Es weideten auf den sogenannten »Grinden«, den waldfreien Flächen auf den Höhen, sowie an den Hängen die Rinder, Schafe und Ziegen. Wenn der Kälteeinbruch zu früh kam, fiel die Öhmd, die zweite Heuernte, karger aus. Mit dem eingelagerten Heu mussten die Bauern über den Winter kommen. Das älteste Freilichtmuseum von Baden-Württemberg zeigt auf einem rund sieben Hektar großen Gelände die verschiedenen Hofarten einschließlich der Nebengebäude wie Hausmahl- und Sägemühle, Back- und Brennhäusle und das Leibgedinghaus für den Ruhesitz des Altbauernpaars. Die Stallungen und die Speicher für Heu und Stroh sind, sofern die Speicher nicht als Nebengebäude separat stehen, ins Wohnhaus integriert. Die dazu gehörende große Auffahrt für die Erntewagen zur Tenne befindet sich meist auf der Rückseite des Hauses. Hier, auf der Tenne, wurde nach der Getreideernte stundenlang mit Dreschflegeln das Stroh gedroschen, um das Korn von den Halmen zu trennen. Auf großen Höfen dauerte es sogar tagelang. Diese Mühsal endete erst nach Einführung der Dreschmaschinen. Auch ein Bauerngarten vor dem Haus durfte zum Anbau für den Salat, das Gemüse und für Kräuter nicht fehlen. Die typischen herabgezogenen Dächer mit bis zu 45 Grad Neigung boten Schutz vor den damals sehr kalten Wintern. Auffällig dabei sind die kleinen Fenster. Ob es hier auch eine

Schwarzwälder Freilichtmuseum Vogtsbauernhof in Gutach

Fenstersteuer gab, wie sie in früheren Zeiten im nahen Elsass und in England für die zum Wohnraum gehörenden Fenster erhoben wurde, ist nicht überliefert, doch wahrscheinlich.
Im Innern der Höfe sind die einfachen Schlafstätten der Mägde und Knechte. Das Bett der Bauersleute ist etwas größer und mit einer dünnen Holzdecke oder einem Baldachin aus Leinen überdacht. Wer nun glaubt, die Bauern taten es den feudalen Schlafstätten von Fürsten gleich, irrt. Über der Schlafkammer lagerte das Heu ein und die Holzdecke über dem Ehebett schützte die Schlafenden vor den kleinen Heunadeln. Verraucht und rußig präsentiert sich die Küche, denn der Herd wurde mit Reisig oder Holz geheizt. Den Mittelpunkt des Hauses bildete die Stube mit dem üblichen Herrgottswinkel und dem Kachelofen. Nach getaner Arbeit konnte hier der Bauer seinen geschundenen Rücken an den warmen Ofen anlehnen und seinen Hintern wärmen. Dabei genoss er die für den Schwarzwald typische »Kunscht«. Es handelte sich allerdings nicht um einen Kunstgenuss im üblichen Sinne, sondern um eine be-

heizte Bank am Kachelofen. Hier stopfte der Bauer sich genüsslich seine Pfeife und schenkte sich aus dem Krug einen Becher Most ein. Nach Einbruch der Dunkelheit schickte man die Kinder ins Bett. Nicht selten zählte die Familie zehn und noch mehr Kinder. Diese mussten bei der Feldarbeit mithelfen oder wurden zum Hüten des Viehs eingesetzt. Oft barfuß und mit einem Strohmäntelchen gegen den Regen geschützt, stieg der Hütebub schon mal in einen frischen Kuhfladen, um seine Füße zu wärmen. Nachdem die Kinder im Bett waren, trat die Bäuerin beim Schein einer Petroleumlampe das Spinnrad oder stickte. Am nächsten Morgen begann dann das Tagwerk von früh bis spät. Im Winter erledigten die Waldbesitzer die schwere Holzarbeit. Da im Freilichtmuseum zum großen Teil noch die alten Hausrats- und Wirtschaftsgeräte vorhanden sind, gewinnt man einen realen Eindruck vom damaligen Leben. Und das war alles andere als idyllisch.

Vorräte sichern das Überleben

Die Bauern als Selbstversorger

Die karge Höhenlandwirtschaft im Schwarzwald verlangte von den Bauern große Anstrengungen. Die Winter waren oft lang und schneereich. Um als Selbstversorger zu bestehen, mussten die Bauersleute rechtzeitig genügend Vorräte anlegen. Dazu diente das spärlich wachsende Getreide, das in den Mühlen zu Mehl verarbeitet wurde. Für das Grünfutter der Tiere wurde Gras gemäht oder als Heu getrocknet. Auch Gemüse, Obst, Pilze und Beeren, eingemacht und haltbar, sowie geräuchertes Fleisch und Würste sicherten die Nahrung den Winter über für die Menschen. Während der Bauer und die Knechte die Feldarbeit verrichteten und das Vieh versorgten, arbeiteten die Bäuerinnen mit ihren Mägden im Gemüsegarten oder sammelten Beeren und Früchte. So füllte sich der Vorratskeller. Dahinter steckte viel Arbeit. Noch erleichterten keine Maschinen die Feldarbeit, lediglich die eingespannten Pferde und Ochsen zogen den Pflug und die großen Leiterwagen zum Einholen der Ernte. Insgesamt standen viele Arbeiten an: die Milch zu Käse verarbeiten, die Apfel- und Birnenernte, das Fallobst für Most und Schnaps sammeln, Bohnen und sonstiges Gemüse einwecken, Pflaumen dörren, Kartoffeln einlagern, Nüsse, Preisel- und Heidelbeeren sammeln. Die Äpfel lagerten im kühlen Schlafzimmer auf den Kleiderschränken. Arbeitsintensiv war die Herstellung des Sauerkrauts. Der klein geschnittene Weißkohl füllte das Krautfass. Nach der Zugabe von Salz stiegen die Kinder barfuß ins Fass und stampften das Kraut. Derweil brachten die Männer die Heuernte ein. Je nach Menge des Viehbestands wurde die zweimalige Jahresernte im Heuschober deponiert. Das in der Mühle gemahlene Mehl wurde zum Brotbacken im eigenen Backhäusle benötigt, während das übrige Getreide in die Fruchtkästen kam. Im Herbst wurde dann geschlachtet. Die geräucherten Fleischstücke und die Würste reiften in der Rauchkammer. Endlich konnte man das Erntedankfest oder die »Kilwi« entsprechend in dem Bewusstsein feiern, dass der Winter kommen kann. Jetzt erledigten die Bauern mit Waldbesitz die Holzarbeiten und in den Stuben entstanden so manch nützliche Dinge wie Strohschuhe, Gebrauchsgegenstände aus Holz oder sogar Uhren, die man verkaufen konnte.

Traditionell gekleidet

Wie der Bollenhut zum Symbol des Schwarzwaldes wurde

Eigene Kleiderordnungen für Volksgruppen und Stände gab es schon seit dem Altertum. Auch im Schwarzwald entwickelten sich aus der Kleidung einfacher Bäuerinnen und Bauern Trachten, die sich je nach Region und auch nach Religionszugehörigkeit sehr unterschiedlich gestalteten. Im Gegensatz zur werktäglichen Arbeitskleidung putzte man sich mit dem »Sunntigshäs« (Sonntagskleid) zum Kirchgang und zu Festen heraus. Mit immer wertvolleren Materialien präsentierte man seinen Wohlstand. So entstand über Jahrhunderte hinweg eine für das eigene Dorf oder für die eigene Stadt unverwechselbare Tracht. Heute trägt kaum noch jemand öffentlich eine traditionelle Tracht. Lediglich in einigen Alpenregionen kleiden sich die Frauen in Dirndl und die Männer in Lederhosen. Diese Kleider sind heute für viele Oktoberfest- oder Partybesucher mehr eine Kostümierung als eine Tracht. Mit der traditionellen Heimatverbundenheit der Trachtenträger hat dies nichts mehr gemein.

Trachten aus dem Schwarzwald

Auch im Schwarzwald sieht man Trachten in der Öffentlichkeit kaum noch. Nur bei hohen kirchlichen Feiertagen wie Kommunion, Konfirmation, Prozessionen, Festumzügen oder bei Heimatabenden des örtlichen Trachtenvereins werden noch Trachten gezeigt. Der Bollenhut gilt als Sinnbild für den gesamten Schwarzwald. Getragen wird dieser Hut aber nur in den evangelischen Gemeinden Gutach an der Schwarzwaldbahn, Kirnbach bei Wolfach und Reichenbach bei Hornberg. Der Bekanntheitsgrad dieses Hutes ist auf Wilhelm Hasemann aus Mühlberg/Elbe und den Niederrheiner Curt Liebich zurückzuführen. Beide gehörten gegen Ende des 19. Jahrhunderts der »Gutacher Malerkolonie« an und verdienten sich zu ihren gemalten Schwarzwaldbildern ein Zubrot mit gefragten Künstlerpostkarten, auf denen die schmucke Bollenhuttracht aus dem Gutachtal abgebildet war. Einem größeren Publikum bekannt wurde der Bollenhut durch die Operette »Schwarzwaldmädel« von Leon Jessel, die 1910 erstmals in Berlin aufgeführt wurde. Nach dem großen Erfolg kam 1920 ein Stummfilm ins Kino, dann folgte 1950 ein Tonfilm unter der Regie von Hans Deppe sowie zwei Fernsehproduktionen in den Jahren 1961 und 1970. Jedermann

Am Laublehof, Gemälde von Carl Liebich
Mit solchen und ähnlichen Bildern als Postkarten verdienten sich die Kunstmaler Wilhelm Hasemann und Curt Liebich aus der Gutacher Malerkolonie ein Zubrot und sorgten so für den Bekanntheitsgrad des Bollenhutes.

identifizierte nun den bis zu zwei Kilogramm schweren Bollenhut als allgemeine Schwarzwaldtracht. Insgesamt elf sichtbare Wollebollen sind kreuzförmig auf einem mit Gips verstärkten Strohhut aufgenäht. Darunter verbergen sich angeblich weitere drei unsichtbare Bollen. Doch so tief wollen wir in die Geheimnisse der Bollenhutmacherinnen nicht eindringen. Andere Dörfer und Städte verwenden eigene Kreationen. So sind beispielsweise an den Hutseiten Wollrosen angebracht. Aber auch hier gilt die Farbe Rot für ledige Frauen und Schwarz für Verheiratete. Die Formen für Kopfbedeckungen entwickelten sich vielfältig. Anstatt der Strohhüte verwendete man auch Goldhauben und Flügelkappen. Unter dem Hut befindet sich meist ein schwarzes Seidenhäubchen, das unter dem Kinn mit einer Schleife gebunden wird. Über der weißen Bluse mit Puffärmeln trägt die Frau ein besticktes Samtleibchen. Ein schwerer, faltenreicher Rock, darüber eine schwarz-seidene Schürze sowie weiße Kniestrümpfe und schwarze Schuhe ergänzen die Tracht. An kalten Tagen wurde über das Leibchen eine bis zur Taille reichende Jacke, der »Tschoben«, gezogen.

Die Krone stellte im wahrsten Sinne des Wortes die Brautkrone, der Schäppel, dar. Auf einem Metallgestell wurden mit Stoffbändern Perlenketten, kleine Spiegel und bunte Glaskugeln kunstvoll verflochten. Getragen wurde der Schäppel zu bestimmten Festtagen von ledigen Trachtenfrauen und von den Brautjungfern. Die Braut selbst trug dann den Schäppel an ihrem Hochzeitstag zum letzten Mal. Den mit Abstand größten Schäppel findet man in St. Georgen. Die Männer waren mit einem langen, schwarzen, offen getragenen Mantel zum Teil mit rotem Revers oder mit einer Jacke bekleidet. Darunter befand sich eine bestickte Samtweste, die innen rot gefüttert ist. Das Haupt zierte ein schwarzer breitkrempiger Trachtenhut. Zur schwarzen Hose gehörten noch die passenden schwarzen Schuhe.

Der Schwarzwald – eine Region mit Trachtentradition

Ein Rundgang durch das Haslacher Trachtenmuseum

Badisches Hanauerland
Haslacher Trachtenmuseum

Gutachtäler Trachten
Haslacher Trachtenmuseum

St. Georgener Schäppel
Haslacher Trachtenmuseum

Elztäler und Glottertäler Trachten
Haslacher Trachtenmuseum

Hotzenwälder Trachten
Haslacher Trachtenmuseum

Villinger Radhaube
Historische Bürgerwehr und Trachtengruppe Villingen e. V.

So tickt der Schwarzwald

Die Geschichte der Uhren

Wer die Uhren aus dem Schwarzwald auf die Kuckucksuhr reduziert, weiß wenig über die weltweite Bedeutung der Schwarzwälder Uhrenindustrie. Die Winter waren früher lang und die Höhenlandwirtschaft ernährte nur mühsam die kinderreichen Bauernfamilien. So suchte man dringend nach einem Nebenerwerb.

Waagbalkenuhr

Die Holzräderuhr oder Waagbalkenuhr

Vom 17. bis 19. Jahrhundert fertigte man in zahlreichen Regionen Mitteleuropas Holzräderuhren. Die ältesten Objekte sind aus der Zeit um 1580 bekannt. Nach dem Dreißigjährigen Krieg (1618–1648) stellte man auch in einigen Schwarzwaldtälern Waagbalkenuhren in Heimarbeit her. Die Herstellung einer Holzräderuhr dauerte etwa eine Woche. Der Waagbalken, die Waag, diente als Gangregler, der die Spindel mit den Lappen antrieb, deren Tempo ein Hemmungsrad regulierte. Mit einer Schnur zog man die Spindel auf, die so mit dem Stein als Gewicht für Antrieb sorgte. Das Rad wurde mittels einer Teilscheibe gefräst und die Uhrenteile aus Holz geschnitzt oder gedrechselt. Der Uhrzeiger zeigte auf dem hölzernen Zifferblatt nur die Viertelstunden an. Die Genauigkeit der Uhr beschränkte sich auf etwa 15 Minuten pro Tag, doch durch das Umhängen der angebrachten Gewichte auf dem Balken konnte man den Gang der Uhr etwas beeinflussen. Später gab es auch Waagbalkenuhren aus Eisen zu kaufen, die sich aber nur reiche Bürger leisten konnten. Mitte des 17. Jahrhunderts wurde dieser sogenannte Foliot-Mechanismus vom Pendel abgelöst, und es entstand die Pendeluhr.

Kuckucksuhr, Jagdstück, Schwarzwald um 1900

Die Kuckucksuhr

Als erste Namen der Schwarzwälder Uhrmacherkunst werden der Drechsler Simon Dilger aus Schollach im Hochschwarzwald und der Bauer Franz Anton Ketterer aus Schönwald genannt. Auch Michael Dilger (Sohn von Simon Dilger) und Matthias Hummel sollen ab 1742 Kuckucksuhren hergestellt haben. Die Ursprünge der Kuckucksuhr liegen aber im Dunkeln. Nach einer Überlieferung entstand im Jahr 1738 die erste Schwarzwälder Kuckucksuhr. Zugeschrieben wird sie Anton Ketterer (Sohn von Franz Anton Ketterer) aus Schönwald. Dieser integrierte in eine Uhr mit mechanischem Pendelwerk ein Schlagwerk, das den Kuckuck aus einer Klappe zur vollen Stunde hervorholte. Den Kuckucksruf erzeugten zwei Pfeifen im Inneren des Gehäuses, die ein kleiner Blasebalg mit Luft versorgte. Versuche mit anderen Lauten, wie eine meckernde Ziege, eine brüllende Kuh, ein schreiender Esel oder ein bellender Hund, setzten sich nicht durch. Geblieben ist bei den Großuhren mit zwei Klappen der Viertelstundenruf der Wachtel. Aufgezogen wurde die Uhr mit einem Kettenzug. Ende des 18. Jahrhunderts dominierten im Schwarzwald allerdings mehr die Lackschilderuhren. Erst Mitte des 19. Jahrhunderts änderte sich die Marktlage bei den Kuckucksuhren. Robert Gerwig, der spätere Erbauer der Schwarzwald- und Gotthardbahn, übernahm im Jahr 1850 vorübergehend die Leitung der neuen Furtwangener »Großherzoglich Badischen Uhrmacherschule«. Seinen »Wettbewerb für vaterländische Künstler« zur besseren Gestaltung der Kuckucksuhr gewann Friedrich Eisenlohr, der damals für den Bau von Bahnhöfen und Bahnwärterhäuschen an den »Eisenbahnstraßen« verantwortlich zeichnete. Nun bekam die Kuckucksuhr ihr noch heute bekanntes Aussehen, das einem Bahnwärterhäuschen mit Schrägdach nachempfunden ist. 1862 bot Baptist Beha aus Eisenbach eine Weiterentwicklung der Uhr mit geschnitzten Beinzeigern sowie mit Gewichten in Form von Tannenzapfen an. Mit üppigen Schnitzereien, meist mit Pflanzen-, Tier- oder Jagdmotiven ausgestattet, begann der Siegeszug der Kuckucksuhr rund um die Welt, der bis heute anhält.

Die Lackschilderuhr

Die Herstellung der Lackschilderuhr begann etwa ab 1770. Diese Uhren waren zu dieser Zeit begehrter als die schmucklosen Kuckucksuhren. Das quadratische Uhrengehäuse wurde von Schildermalern mit Ölfarben bemalt. Blumenmotive dominierten, doch auch Szenen aus dem bäuerlichen Leben oder aus der Natur des Schwarzwaldes, Familienwappen und vieles mehr wurden nach den Wünschen der Kunden gemalt. Vor allem in den Wohnungen des Adels und der wohlhabenden Kaufleute zierten diese Uhren die Salons und Stuben. Noch heute findet man in den Schwarzwälder Bauernstuben überwiegend Schilderuhren und kaum Kuckucksuhren. Es dauerte allerdings fast 30 Jahre, bis die Entwicklung der Materialien und Verfahren so weit fortgeschritten war, dass die Holzlackschilder dauerhaft ihre Farben behielten. Neben den Schildermalern profitierten auch weitere Berufszweige. Holzräder

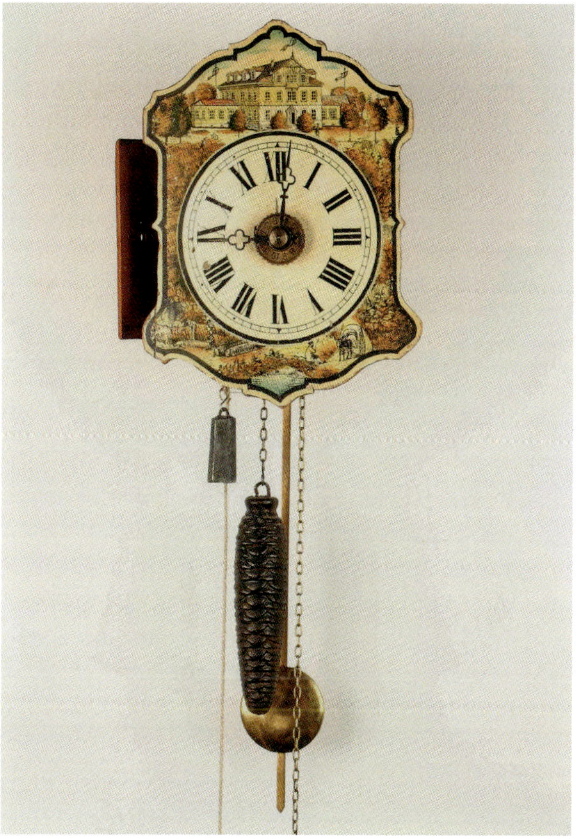

Lackschilduhr mit Abbildung der Landesgewerbehalle Furtwangen, Schwarzwald um 1880

wurden durch Metallräder ersetzt. »Drahtzieher« stellten Federwerke her. Als Ersatz für die damals üblichen Steingewichte wurden Eisengewichte geschmiedet. Bedingt auch durch die neuartigen Zahnräder aus Metall waren den technischen Spielereien nun keine Grenzen mehr gesetzt. Regulatoren und Standuhren mit zwei Federwerken, die den Westminsterschlag imitierten, konnten minutengenau die Zeit anzeigen. Eine eigene Industrie entstand.

Der Uhrenträger

Für die Verbreitung der Schwarzwälder Uhren sorgten zur damaligen Zeit die Uhrenträger. Nach dem Vorbild der Glasträger und der Strohhut-Handelsgesellschaften verkauften Uhrenträger die Zeitmesser im In- und Ausland. Nach der Ernte machten sich im

Der Uhrenträger

Herbst und Winter reiselustige Bauernburschen als Uhrenträger auf den Weg und boten die begehrte Ware feil. Mit vollen Rückentragen gelangten einige sogar auf der Donau abwärts bis in die Türkei. Das Geschäft florierte. Viele Uhrenfabriken entstanden. Bald gründete man eigene »Handelscompagnien«. Doch auch die Konkurrenz schlief nicht. Ende des 18. Jahrhunderts nutzten die Amerikaner das technische Know-how von ausgewanderten Uhrmachern aus dem Schwarzwald und überschwemmten mit neuartigen Fertigungsmethoden den Markt. Durch neue Materialien wie gewalztes Messing und den Einsatz von Spezialmaschinen konnten die Uhrwerke deutlich schneller und damit billiger hergestellt werden. Ab Mitte des 19. Jahrhunderts begann auch in Deutschland das Industriezeitalter. Doch auch später hatten es die Uhrenhändler schwer. So geschah es, dass noch vor dem Zusammenschluss mit der Europäischen Wirtschaftsunion eine Schwarzwälder Uhrenfabrik ihre Regulatoren vom Zoll an der italienischen Grenze zurücknehmen musste. Die Einfuhr von fertigen Uhrenregulatoren erlaubten die Zollbestimmungen nicht. Nach dem Rücktransport der Sendung wurden in der Fabrik die Uhren zerlegt und in Einzelteilen wieder nach Italien befördert. Nun genügten sie den Bestimmungen. Die Uhren konnten in Italien zusammengebaut und verkauft werden.

Wecker aus dem Schwarzwald

Die genaue Zeitangabe gewann immer mehr an Bedeutung. Es genügte nicht mehr, den Tagesablauf nach der Helligkeit oder dem Sonnenstand zu bestimmen. Züge fuhren jetzt nach Fahrplan. Fabrikarbeiter mussten schon früh am Morgen pünktlich ihre Arbeit beginnen. Der aufziehbare Wecker wurde in großer Menge hergestellt. Jetzt begann auch im Schwarzwald die industrielle Massenproduktion. Nach amerikanischem Vorbild produzierte der ehemalige Strohhuthersteller Erhard Junghans (siehe auch Arthur Junghans) in Schramberg billige und robuste Wecker. Die Firma Kienzle in Schwenningen am Neckar stellte 1893 bereits 162 000 Uhren im Jahr her und brachte um 1900 die erste Stechuhr auf den Markt. Die vielfältigen Produkte der Schwarzwälder Uhrenindustrie wurden zu einer begehrten Handelsware. Im Lauf der Jahrzehnte entstanden immer neue Uhrentypen.

Die Quarzuhr

Einen Quantensprung stellte im Jahr 1971 der »Chrometron CQ 2000« der Firma Staiger aus St. Georgen im Schwarzwald dar. Das erste Billigquarzwerk aus dem Schwarzwald brachte nach den mechanischen, batteriebetriebenen und elektrischen Uhrenantrieben den Umschwung. Nun gingen dank der Quarzsteuerung die Uhren noch genauer und konnten noch billiger hergestellt werden. Heute sind Quarzuhren überall im Einsatz, ob als Armbanduhr, Wanduhr, Tischuhr, Uhren mit Zifferanzeige oder mit digitaler Darstellung. Auch dienen sie als Zeitangabe in Radios, Autos oder in den Computersystemen.

Vor allem wegen der Billigkonkurrenz aus Ostasien geriet die Schwarzwälder Uhrenindustrie immer mehr unter Druck. Gegen Ende des 20. Jahrhunderts mussten Arbeitsplätze abgebaut werden. Zahlreiche Uhrenfabriken verschwanden oder verkleinerten ihren Betrieb. Auch für die Schwarzwälder Uhrenindustrie galt der Spruch: »Wer nicht mit der Zeit geht, geht mit der Zeit.« So wie in vielen anderen Branchen sorgen die globalen Einflüsse für tiefgreifende unabwendbare Veränderungen. Das Deutsche Uhrenmuseum in Furtwangen zeigt insgesamt 8000 Objekte und rund 1000 Uhren zur Geschichte der Uhren. Ob einfache Küchenwecker oder barocke Prunkuhren, vom Steinzeitkalender bis zur Atomuhr ist die ungeheure Vielfalt der Zeitmesser zu bewundern.

Schwarzwälder Persönlichkeiten I

Vom Strohhutfabrikanten zur größten Uhrenfabrik der Welt

Arthur Junghans, 1852–1920

Die Gründung des Junghans-Uhrenimperiums geht auf den Vater Erhard Junghans (1823–1870) zurück. Als Strohhutfabrikant im Schwarzwald kam es bedingt durch den amerikanischen Bürgerkrieg zu Lieferschwierigkeiten von Stroh aus den USA. Auf Anregungen von Ferdinand von Steinbeis, dem verdienstvollen Leiter der Centralstelle für Handel und Gewerbe im Königreich Württemberg, dessen Aufgabe es war, die Wirtschaftsstruktur in den Randbereichen des Landes kontinuierlich zu verbessern, stellte Junghans die Produktion auf Uhren um. In den USA existierten zu dieser Zeit im Gegensatz zum Schwarzwald bereits hoch entwickelte Maschinen zur Holz- und Metallbearbeitung. Dies machte es für die heimischen Uhrenhersteller nicht gerade einfach. Dennoch setzte sich Erhard Junghans durch.

Sein Sohn, Arthur Junghans, geboren am 19. Oktober 1852 in Schramberg, war das fünfte von insgesamt acht Kindern des Fabrikanten Erhard Junghans. Arthur machte eine zweijährige Uhrmacherlehre und besuchte die Gewerbeschule in Stuttgart. Im Deutsch-Französischen Krieg gegen Napoleon III. von 1870 bis 1871 kämpfte er als Freiwilliger, als ihn die Nachricht vom Tode des Vaters erreichte. Die Mutter Luise Junghans verkaufte zum 1. Juli 1875 die Firma Junghans an die Söhne und bestimmte den ältesten Sohn Erhard für die betriebswirtschaftliche und technische Leitung. Zu diesem Zeitpunkt war Arthur längst aus den Vereinigten Staaten zurückgekehrt. Dort erkundete er von 1872 bis 1874 als »Industrie-Spion« die Methoden der führenden Uhrenfabriken. Die Zeiten für Uhrenhersteller im Schwarzwald waren, wie schon gesagt, damals in der zweiten Hälfte des 19. Jahrhunderts nicht gerade rosig. Die Amerikaner nutzten das technische Know-how der ausgewanderten Uhrmacher aus dem Schwarzwald und überschwemmten mit

Schwarzwalduhren den deutschen Markt. Arthur rationalisierte die Uhrenproduktion oft gegen den Willen der Belegschaft und seinen Bruder Erhard mit amerikanischen Methoden. 1894 holte er den bedeutenden Erfinder Albert Hirth ins Schramberger Werk. Mit den neuen Herstellungsmethoden und den Erfindungen von Hirth ging es steil bergauf. 1897 setzte sich sein Bruder Erhard Junghans frustriert ins Privatleben ab. Besonders das »Weckerwerk Nr. 10« entwickelte sich zum Verkaufsschlager. In seiner Hochkonjunkturphase umfasste das Werk bis zu 100 Gebäude einschließlich der Werkssiedlungen für die Arbeiter und Niederlassungen. Insgesamt zählte Junghans zeitweise bis zu 3000 Beschäftigte. Während des Ersten Weltkrieges von 1914 bis 1918 musste auch Junghans die Produktion auf Rüstung umstellen. Doch noch vor seinem Tod in der Nacht vom 30. auf 31. Januar 1920 konnte Arthur Junghans die Firma wieder auf die Herstellung von Uhren umstellen. Mit ihm wurde das Schramberger Unternehmen zur größten Uhrenfabrik der Welt.

Junghans-Terrassenbau-Museum in Schramberg

In Schramberg war die Uhr Triebfeder der Industrialisierung. Heute bildet die Automobilindustrie die wirtschaftliche Basis zahlreicher Unternehmen. In beiden Industriezweigen spielten Pioniergeist, Erfindungsreichtum und kreative Tüftler über Jahrzehnte eine herausragende Rolle. In der Schramberger »Auto- und Uhrenwelt«, dem ehemaligen Fabrikgebäude von Junghans-Uhren, werden in einer einzigartigen Darstellung die Tage der Technik- und Wirtschaftsgeschichte wieder lebendig.

Alte Handwerksberufe

Vom Köhler bis zum Drahtzieher

Im Laufe der Jahre entstanden viele neue Handwerksberufe. Schon der Schriftsteller Wilhelm Hauff erzählte in seinem Märchen »Das kalte Herz« von dem schweren Leben der Flößer, Glasbläser und Köhler. Die Holzkohle des Köhlers bildete damals den eigentlichen Treibstoff für die Glashütten, Hammerschmieden und Eisenwerke. Drei bis vier Wochen lebte der Köhler in einer kleinen Hütte einsam im Wald und achtete rund um die Uhr darauf, dass es nicht zu unkontrollierten Bränden kam. Endlich konnte der Meiler geöffnet werden und die dringend benötigte Holzkohle kam zum Vorschein. Beim Einsammeln und Verpacken half die ganze Familie mit. Ebenfalls im Wald arbeitete der Harzer. Zur Harzgewinnung schälte er bereite Streifen der Baumrinde vornehmlich von Fichten ab und schlug danach zwei Millimeter tiefe Kerben in den Baumstamm. In den nächsten zwölf bis 18 Stunden floss dann das Rohharz und konnte in kleinen Behältern aufgefangen und geerntet werden. Da die Harzerei an den Bäumen große Schäden verursachte, wurde die Ausübung dieses Berufes untersagt. Obwohl von den Waldbesitzern nicht gerne gesehen, ritzten die Harzer heimlich weiter. Störhandwerker zogen von Hof zu Hof. Näherinnen, Schuhmacher, Stroh- und Korbflechter oder Sattler fertigten oder flickten gegen Kost und Logis Kleider, Schuhe, Körbe und weitere notwendige Dinge für die Bauersleute. Nur zum Schmied musste der Bauer mit dem Pferd selbst hin. Auf den Jahrmärkten deckte man sich mit den Alltagsgegenständen der Schnefler ein. Hier gab es Gebrauchsgegenstände aus Holz wie Löffel, Teller, Schachteln, Schalen oder auch Holzrechen für die Feldarbeit. Ein Teil der Schnefler spezialisierte sich auf die Herstellung von Schindeln. Wie viele Glasbläser im Schwarzwald tätig waren, ist nicht überliefert. Seit dem 15. Jahrhundert sind Glashütten bekannt, die später industriell organisiert und bei denen Zwölfstundenschichten an den heißen Schmelzöfen üblich waren. Der Vertrieb der Glaswaren erfolgte über Kompanien. Schon lange vor den Uhrenträgern waren die Glasträger unterwegs. Heute sind nur noch zwei traditionelle Glashersteller im Schwarzwald bekannt: die Dorotheenhütte in Wolfach und eine Glasmanufaktur beim Hofgut Sternen im Höllental. Mit der zunehmenden Industrialisierung, bedingt durch die Uhrenindustrie, entstanden weitere

Köhlerhütte mit brennendem Kohlenmeiler im Breiten Grunde bei Tharandt

neue Berufe: beispielsweise die Schildermaler oder die Drahtzieher, die Federwerke zum Antrieb von Uhren und später für die Grammofone herstellten. Es begann das Zeitalter der Feinwerktechnik. Ob Spinner, Weber oder Geräteehersteller, nun wurde die Herstellung automatisiert. Fabriken mit Fließbänder entstanden. Es wurde gedreht, geschliffen, poliert, geschraubt und zusammengesetzt.

Glückauf unter Tage

Eine harte Arbeit für die Bergleute

Bergwerksstollen im Schaubergwerk Schauinsland

Das ursprünglich unwegsame Gelände des Schwarzwaldes hielt weder Kelten noch Römer von der Suche nach Mineralien und Metallen ab. Und auch im Mittelalter weckten die großen Silbervorkommen die Begierde von Fürsten und Regenten. Die Vorkommen erstreckten sich über den gesamten Schwarzwald, vom Nordschwarzwald über das Kinzigtal bis in den südlichen Teil. Für die Bergleute bedeutete der Abbau der Gesteine und Erze mit den damaligen Gerätschaften eine schwere Arbeit. Sie gruben in den oft harten Fels mannshohe Stollen. Eine epochale Verbesserung kam mit dem Sprengstoff Dynamit. Der schwedische Chemiker Alfred Nobel gründete 1865 eine Firma im Hamburger Hafen und belieferte die Bergwerke mit dem hochexplosiven Stoff. Über Jahrhunderte hinweg bildete so der Bergbau im Schwarzwald einen bedeutenden Wirtschaftsfaktor. Erst im 20. Jahrhundert wurden die Bergwerke nach und nach geschlossen. Bis 1954 baute die Grube Schauinsland als größtes Bergwerk des Schwarzwalds mit 250 Bergleuten Zink, Blei und Silber ab. Das Mineral- und Metallvorkommen im

Schwarzwald verfügt über eine große Bandbreite. Am Belchen, im Münstertal und im Kinzigtal schürfte man neben Blei überwiegend Silber, in Neubulach Silber und Kupfer und in Freudenstadt Schwerspat und Silber. In Todtmoos baute man Magnetkies und Nickel ab. Als von 1961 bis 1991 in der Grube Krunkelbach bei Menzenschwand ein Uranbergwerk betrieben wurde, kam es zu Protesten der Anwohner und Umweltschützer und zur Einstellung der Förderung. Seit 2005 wird das aus den Uranlagerstätten stammende Wasser zum Betrieb eines Radonbades in Menzenschwand genutzt. Heute fördert nur noch die Grube Clara nahe Oberwolfach Industrieminerale für die Glasbläserei Dorotheenhütte in Wolfach. Viele der ehemaligen Gruben und Bergwerke kann der Besucher heute bequem besichtigen, zum Beispiel das größte Silberbergwerk Süddeutschlands, das Museums-Bergwerk Schauinsland mit seiner 800 Jahre alten Bergbaugeschichte. Wegen der hohen Luftfeuchtigkeit und der niedrigen Temperaturen um 8 Grad sind für alle Schaubergwerke warme Kleidung und festes Schuhwerk empfohlen. Leute mit Platzangst sollten von einem Besuch absehen.

Über Tage gibt es zur Information über den Bergbau im Schwarzwald einen eindrucksvollen Wanderweg um Münstertal. Der Weg über 17 Kilometer Länge, der auch die eine oder andere Abkürzung bietet, schafft für den Wanderer auf 28 Stationen einen Überblick über die geologischen Besonderheiten und über die schwere Arbeit der Bergleute unter Tage. Ähnliche Bergbauwanderwege gibt es in Wieden und Sulzburg. Ein Mineralien- und Bergbaumuseum befindet sich in Oberwolfach.

Alemannisch gschwätzt

Wir können alles außer Hochdeutsch

Den Ursprung der alemannischen Sprache können Sprachwissenschaftler nur unzureichend belegen. Zwar ist der Name »Alamanne« in römischen und frühmittelalterlichen Schriften erwähnt, doch fehlen entsprechende volkssprachliche Zeugnisse. Frühmittelalterliche Siedlungs- und Herrschaftsgebiete gab es auf dem Gebiet des heutigen Baden-Württembergs, im Elsass, in der Deutschschweiz, in Liechtenstein und Vorarlberg sowie im bayerischen Schwaben. Viel später gilt das französische Wort »Allemagne« für Deutschland als Ableitung vom Begriff »Alemannen«.
Aktuell bezieht sich die Bezeichnung Alemannen meist nur auf das heutige Südbaden. Viele Bundesbürger kennen die Bewohner im südwestlichen Eck der Republik nur als Schwaben oder Badener, schlimmstenfalls sogar als »Badenser«. Aber da es keine »Heilbronnser« oder »Frankfurtser« gibt, gibt es auch keine »Badenser«. Dafür bezeichnen die schwäbischen Nachbarn den Badener gerne als »Gelbfüßler«. Dies bezieht sich auf eine sicher erfundene Legende, wonach die Badener dem Kaiser einen Korb Eier schenken wollten. Und als diese nicht in den vorgesehenen Korb passten, stampften sie die restlichen Eier einfach mit den Füßen hinein. Im mittleren und südlichen Schwarzwald spricht man die niederalemannische Sprache, in der Schweiz mehr das hochalemannische Schwyzerdütsch. Natürlich schwätzt man im schwäbischen Teil des Schwarzwaldes Schwäbisch, während es im Norden in Richtung Karlsruhe, Heidelberg und Mannheim bereits eine hörbare Tendenz zum Kurpfälzischen gibt. Trotz aller Sprachunterschiede versteht man sich inzwischen nach dem von vielen nicht gewollten Zusammenschluss von Baden und Württemberg im Jahre 1952 untereinander sehr gut. Bei einer nachträglichen Abstimmung 1970 für ein selbstständiges Land Baden votierten nur noch 18 Prozent der Badener gegen den inzwischen sehr erfolgreichen Südweststaat.

Im Buch »Silwerdischtle us em Schwarzwald«, geschrieben von August Ganther und verlegt 1919 vom Stuttgarter Verlag »Adolf Benz & Comp.«, sind in der niederalemannischen Mundart »Luschdigi Gedichtli« aufgeschrieben.

»Spinnhudle het's«, sait d'Schmiddi zue d'r Magd.
»Spinnhudle, nit zuem sage.
Du bisch e Neddi! Fegsch nit alli Dag?
M'r sott di grad v'rschlage.«

»Des han i satt«, sait d'Magd: »I pack glich i!
I gang! Ja luege numme!
Der Dreck isch friener schu in de Eck gsi,
won i ins Hus bin komme.«

Alemannische Wörter von A–Z

Abejucke – hinunterspringen
allhäk – dauernd
anego – hingehen
Bäbb – Klebstoff
Bodschambr – Nachttopf
Buele – kleiner Bub
Chuchichästli – Küchenschrank
Chukrut – Sauerkraut
Dädsch mer – würdest du
daget – es wird hell
Deez – Kopf
Ebbes – eine Sache
endermol – früher einmal
ezgo – jetzt dann
Fisemadende – Ausreden, Dummheiten
Fliegeschiss – Kleinigkeit
Gääägs – Schadenfreude
gsi – gwesen
Gscheidle – Besserwisser
Hahnewasser – Trinkwasser
Herzbolle – weibliche Brust
I-Dipfele – Höhepunkt
ihake – einhaken
isere – unser
Jessesmäßig – überaus stark
jomere – jammern
jucke – springen
Käpsele – Könner
Karboddle – Kondom
Kipf – Brotzipfel

Latschari – blöder Kerl
loodrig – lose, locker
lupfe – heben
Maleschte – körperliches Leiden
Modschkopf – Quadratschädel
näckig – nackt
nind – nichts mehr
Nescht – Bett
nuele – wühlen
Obed – Abend
o läz – lass es
ommends – irgendwie
Pfutte – schwerfällige Frau
Pfulge – Kissen
pfuuse – dösen
Quadradladsche – dummer Kerl
Quetschkommod – Akkordeon
Raasche – Wut
Ranzepfiife – Bauchgrimmen
Rolle – Kater
Schdapfle – Steintreppe
Schermus – Maulwurf
schier – fast
Teigaff – Schimpfwort
Todeskärrele – Leichenwagen
ubache – ungehobelt
ufe – hinauf
uletzt – nicht verkehrt
verliggere – erklären
vernudle, verknuddle – kräftig drücken
Wambe – Bauch
wische – putzen
wunderfitzig – neugierig
Zacke – besoffen
Ziefer – Ungeziefer
zmol – plötzlich

Kulinarischer Streifzug

Leben wie Gott in Baden

Es ist unbestritten, die meisten Sterneköche in Deutschland kochen im Südwesten der Republik. Immer an der Spitze sind laut »Gault&Millau« die »Schwarzwaldstube« und das »Bareiss« in Baiersbronn. Wem allerdings der Weg zu weit ist oder wem das nötige Kleingeld fehlt, der findet zwischen Karlsruhe und Konstanz entsprechend seinem Geldbeutel und Geschmacksempfinden genügend Möglichkeiten. Gottlob gibt es noch viele Gastronomen, die eine bodenständige regionale Küche betreiben. Ob Fleisch, Fisch, Gemüse, Salat oder Obst, hier schmeckt es naturbelassen oder verfeinert und meist sehr gut. Die großen Portionen verteidigt die Serviererin mit den Worten: »Bei uns soll der Gast satt werden und nicht nur überleben.« Der Schwarzwald ist bekannt für seine Gastlichkeit. Begonnen hat dies im ältesten Gasthaus von Deutschland »Zum Roten Bären« in Freiburg, der bereits seit 1387 urkundlich erwähnt wurde. Heute ist die Gastronomie mit Angeboten von regionalen bis hin zu internationalen Speisen in Stadt und Land vertreten. Überall heißt es: »Lenn´s euch schmecke!« Dennoch gab es früher bedeutend mehr Gasthäuser. In jedem Dorf gab es eine Auswahl an Wirtschaften. Auffallend sind heute im Schwarzwald die vielen Landgaststätten, die manchmal etwas versteckt für den Wanderer eine willkommene Einkehr bieten. Je nach Speisenkarte gibt es die Bauernbratwurst mit Kartoffelsalat, den Schweizer Wurstsalat oder das Schinkenvesper. Wobei sich Vesper keineswegs auf die Kirche bezieht, sondern als Name für kalte Speisen gilt, die in Bayern Brotzeit oder in Österreich Jause heißen. Neben den Vespergerichten haben sich viele Ausflugsgaststätten längst zu wahren Gourmet-Treffpunkten gemausert und bieten zusätzliche Attraktionen an. Stellvertretend sind hier drei Lokalitäten genannt, die in ihrer Lage und im Angebot nicht unterschiedlicher sein könnten. Im mittleren Schwarzwald versteckt sich zwischen Schonach und Schönwald der »Reinertonishof«. Eine bewegte Vergangenheit zeichnet diesen Hof aus. So fiel das zu Beginn des 17. Jahrhunderts erbaute Gebäude im Jahre 2006 Brandstiftern zum Opfer. Zum Glück kamen keine Menschen und Tiere ums Leben. Inzwischen steht ein Neubau, der dem Original angepasst wurde. Als beliebte Vesperstube gibt es nun wieder selbst geräucherten Schwarzwälder Schinken und selbst ge-

backenes Bauernbrot. Kinder können derweil auf Ponys reiten. Für Fischliebhaber ist die »Tannenmühle« im Hochschwarzwald nahe der Ortschaft Grafenhausen ein beliebter Treffpunkt. Aus der eigenen Forellenzucht kommt der Fisch frisch auf den Tisch. Neben dem im Schwarzwälder Stil gebauten Familienhotel befindet sich ein weitläufiges Tiergehege unter anderem mit heimischen und exotischen Vögeln. Luxus dagegen bietet die 2-Sterne-Küche im Hotel »Dollenberg« in Bad Peterstal-Griesbach. Allein gelegen, etwas unterhalb der Schwarzwald-Hochstraße, bietet das 5-Sterne-Hotel eine exzellente Küche. Den Schwarzwälder Stil des Hauses ergänzt die zum Hotel gehörende in der Nähe liegende »Renchtalhütte«, die im Jahre 2003 nach einem Brand völlig zerstört und mit großem Aufwand neu errichtet wurde. Hier serviert man einfache traditionelle Gerichte aus dem Schwarzwald und Elsass.
Schon der Philosoph Arthur Schopenhauer bemerkte: »Wandern ist nur ein Umweg zum nächsten Gasthaus.« Dabei bleibt es jedem überlassen, wie lange sein »Umweg« ist. Sicher ist, mit jedem Kilometer steigt der Hunger. Nicht der Weg ist das Ziel, die Auswahl der Lokalität ist entscheidend. Mal ist es urig und mal darf es ein gehobenes Ambiente sein. Ja, die Badener verstehen es zu leben. Mal bevorzugt er oder sie die feine Küche und dann wiederum liebt man es deftig. Man isst die Schlachtplatte mit Chukrut (Sauerkraut) oder das Schäufele von der Schweineschulter genauso gerne wie den Rehrücken Baden-Baden oder die Forelle blau oder nach Müllerinnen Art. Auch eine Ochsenbrust oder einen Bauernschinken mit Buabaspitzle (Schupfnudeln) verschmäht Frau oder Mann nicht. Als Vorspeise darf es auch mal ein badisches Schneckensüpple sein oder als traditionelles Essen am Aschermittwoch ein Dutzend Weinbergschnecken mit Kräuterbutter. Die Vorliebe der Badener für Innereien stillt man an diesem Tag auch alternativ mit sauren Kutteln. Diese in Streifen geschnittene Pansen gibt es als Suppe zusammen mit Brägele (Bratkartoffeln). In geselliger Runde schmeckt dies alles doppelt so gut. Dabei ist jeder gut beraten, wenn er auf die Beilagen achtet. Gefährlich sind die kleinen weißen Bohnen, die auch als badische »Furzer« bekannt sind. Oder der Zwiebelrostbraten, denn wenn die Wirkung der Knolle den Darm laut entlüftet, zeigt jeder auf den anderen. Wichtig ist vor allem, dass das Essen mundet, denn wie heißt es so schön:

»Nach einem guten Essen kann man allen verzeihen,
selbst seinen Verwandten.«

Der Schwarzwälder Schinken

Geräuchertes Souvenir

Schwarzwälder Schinken

Ob Schinkenfabrik oder kleiner Metzgereibetrieb, für alle gelten die gleichen Kriterien zur Herstellung eines Schwarzwälder Schinkens. Seit 1997 unterliegt dieser Premiumschinken bestimmten Vorgaben. Gekennzeichnet durch das gelb-blaue Siegel der Europäischen Union (g. g. A. für geschützte geografische Angabe) dürfen nur Schweine geschlachtet werden, die nach Herkunft, Rasse, Alter und Fütterung diese Richtlinien erfüllen. Bei der Herstellung werden Teile aus dem Hinterschinken mit einer Mischung aus Koch- oder Pökelsalz eingesalzen und mit unterschiedlichen Zutaten wie Pfeffer, Senfkörnern, Wacholderbeeren, Koriander oder bei vielen kleineren Metzgereien nach überlieferten meist geheim gehaltenen Rezepten verfeinert. Binnen weniger Tage bildet sich daraus eine Lake, in der das Fleisch noch mehrere Wochen liegt. Dann folgt das Räuchern. In der Räucherkammer wird der Kamin bei relativ niedrigen Temperaturen mit Tannen- oder Fichtenreisig, Tannenzapfen, Hackschnitzel, Sägemehl oder auch Wacholderreisig beheizt. Dann hängt der Schinken mehrere Wochen im Rauch und bekommt dabei seinen besonderen Geschmack. Anschließend muss er im Trockenraum für Wochen oder je nach Qualität auch mehrere Monate ruhen und reifen. Die würzige Schwarzwaldluft sorgt dabei für das unverwechselbare Aroma. Während dieser Zeit verliert der Schinken durch den Entzug der Feuchtigkeit etwa ein Drittel seines Gewichtes. Erst dann kommt der über die Grenzen des Schwarzwaldes hinaus berühmte Schinken zum Verkauf. Wegen seiner langen Haltbarkeit ist er ein beliebtes Souvenir, das beim Verzehr noch lange an die schönen Schwarzwaldtage erinnert.

Zur Speckherstellung verwendet der Metzger auch den Bauch des Schweines. Diese sogenannte Schmalseite ist ein mit Fleisch und Fett durchwachsener Schweinebauch. Diesen Seitenspeck schneidet man in etwa knapp einen Zentimeter dicke Scheiben, entfernt die Schwarte und zerkleinert ihn dann in viele kleine Streifen. Nun kann man den Speck kalt mit einem Bauernbrot oder warm als Verfeinerung von Speisen genießen. Die ebenfalls durchwachsene Breitseite dagegen entspricht der Größe eines Koteletts und wird wie die Schmalseite zum Verzehr in kleine Stücke geschnitten.

Vesperteller mit Schwarzwälder Schinken

Geistige Obstverwertung

Von Most, Wein und Edelbränden

Der Bocksbeutel aus dem Schwarzwald

Wenn es darum geht, Obst in Most zu verwandeln, sammeln die Schwarzwälder akribisch auf den wenigen verbliebenen Streuobstwiesen fleißig die heruntergefallenen Äpfel und Birnen ein und bringen diese in die nächste Mosterei. Hier werden sie zu Saft gepresst und der Bauer bekommt von den Früchten seiner Bäume einen Anteil zu trinken. Am Anfang handelt es sich dabei um einen bekömmlichen Süßmost, doch bereits nach wenigen Wochen beginnt der Saft zu »reißen«. Nach der Gärzeit verwandelt sich der Saft in Most und ist für Kinder nicht mehr geeignet. Doch ein Fass Most im Keller sorgt bei den Erwachsenen für volle Krüge meist zu Mahlzeiten, damit man, wie man sagt, das Essen nicht trocken hinunterwürgen muss. Doch Vorsicht ist geboten. Welche Wirkung der Most auslöst, ist im folgenden Gedicht erkennbar: »Zwei Knaben tranken Most im Keller. Der eine musste auf die Toilette, doch der Most war schneller.« Das Mostgewicht der Trauben, das die Qualität des Weines im Voraus bestimmt, konnte erstmals in den 1820er-Jahren der Pforzheimer Apotheker und Goldschmied Ferdinand Oechsle mittels einer von ihm erfundenen Waage bestimmen. Die Waage misst, um wie viel ein Liter Most gemessen bei 20 Grad schwerer als ein Liter Wasser ist. So kann der Anteil des unvergorenen Traubensaftes an gelösten Stoffen, meist Fruchtzucker, gemessen werden und gibt einen Hinweis auf die Qualität des zu erwartenden Weines. Die Öchslegrade bestimmen auch nach der Reife des Weines die Einstufung des Rebensaftes. Es beginnt bei Tafel- oder Landwein und setzt sich fort in Qualitätswein, Qualitätswein mit Prädikat, Kabinett bis hin zur Trockenbeerenauslese, die in Baden mindestens 150 Grad Öchsle aufweisen muss. Die Spitze bildet der Eiswein, der erst nach dem ersten Frost, oft erst im Januar, gelesen wird. Die Rebsorte Müller-Thurgau, die 1882 der Pflanzenphysiologe Professor Müller aus Thurgau in der Schweiz mit einer Kombination aus Riesling und Silvaner züchtete, ist inzwischen der meistgetrunkene Weißwein im Ländle. Bei Rotwein dominiert die Sorte Spätburgunder. Natürlich baut ein Winzer verschiedene Sorten aus, doch regional steht das Markgräflerland für den Gutedel, das Baden-Badener Rebland und das Weindorf Durbach bei Offenburg für den Riesling. Wobei der Riesling in Durbach Klingelberger heißt und die Weine um Neuweier und Umweg als einzige Ausnahme in Deutschland neben dem Frankenwein in Bocksbeutelflaschen abgefüllt werden dürfen. Der Kaiserstuhl, der nicht unbedingt zum Schwarzwald zählt, steht für den Spätburgunder, doch kann der Schwarzwald mit der Ortenau und den bekannten Weinen wie Affentaler, Alde God oder Hex von Dasenstein gut konkurrieren. Wer nun wissen will, wo der meiste Wein lagert, wird in Breisach fündig. In der Zentralkellerei lagern in großen Edelstahltanks Millionen Liter Wein und in den Gewölben der Sektkellerei Millionen Flaschen Schaumwein. Da der Schwarzwälder so ziemlich alles verwertet, sei hier noch die Veredelung von Kirschen, Erdbeeren, Heidelbeeren und Brombeeren zu Beerweinen genannt. Nun wird es hochprozentig. Dümpeln die meisten Weine noch mit einem Alkoholgehalt von elf bis 14 Prozent herum, so kommt man bei Spirituosen schnell auf über 40 Prozent. Die bekannteste Sorte ist wohl das Schwarzwälder Kirschwasser. Spätestens bei der Schwarzwälder Kirschtorte macht man Bekanntschaft mit dieser Spirituose. Probieren sollte man neben dem Schwarzwälder Himbeergeist in Maßen auch die Spezialitäten wie Topinambur oder Zibärtle. Die winterharten Topinamburknollen schmecken als Kartoffelsorte leicht süßlich-nussig. Zu Schnaps gebrannt nennt ihn der Schwarzwälder auch »Rossler«. Die Zibarte ist eine Unterart der Pflaume. Sie wächst an den steilen Hängen des Schwarzwaldes. Viele Bauern besitzen im Schwarzwald noch das Brennrecht. Über Generationen hinweg wurden seit dem 18. Jahrhundert die Brennlizenzen weitervererbt. Man ermöglichte damals den Bauern, das Obst der Bäume von ihren Streuwiesen zu verwerten. Unter strengen Auflagen sollte dieses Brennrecht zur Erhaltung alter Obstsorten und der Kulturlandschaft der Streuwiesen dienen. Wie viel gebrannt und verkauft werden darf, steht unter strenger Kontrolle, und wer heute selbst brennen will, muss sich erst durch den deutschen Bürokratie-Dschungel arbeiten.

Die Schwarzwälder Kirschtorte

Mit und ohne Sahne

Schwarzwälder Kirschtorte

Auch wenn der unvergessene Udo Jürgens sang: »Aber bitte mit Sahne«, so muss es nicht immer mit Sahne sein. Es gibt die Schwarzwälder Kirschtorte auch ohne Sahne. Der findige Bäckermeister Johannes Ruf aus St. Peter im Schwarzwald bietet diese Spezialität nun auch in Dosenform mit original Schwarzwälder Kirschwasser an. Er schuf nach Originalrezepten einen Kirschkuchen zum Mitnehmen und Verschenken, allerdings wegen der Haltbarkeit ohne Sahne. Einfach die Dose oben und unten öffnen, den Kuchen auf einen Teller stülpen und mit Puderzucker bestäuben. Das Beutelchen mit Puderzucker wird mitgeliefert. Doch stammt die Schwarzwälder Kirschtorte nicht einmal aus dem Schwarzwald. Als Erfinder der weltbekannten Torte gilt der aus Radolfzell am Bodensee stammende Konditormeister Josef Keller, der diese angeblich erstmals im Prominentencafé »Agner« in Bad Godesberg kreierte. Nach seinen Aussagen geschah dies im Jahre 1915, als er als Geselle auf Wanderschaft war. Den Namen gab er ihr aufgrund des Schwarzwälder Kirschwassers, das der Torte ihr unverwechselbares Aroma verleiht. Doch laut einem Archivar aus Tübingen gab es die mit Kirschwasser aromatisierte Sahnetorte in der Universitätsstadt schon früher. Ob selbst gebacken, im Café oder aus dem Internet, ungeachtet wer nun diese Köstlichkeit wirklich erfunden hat, wichtig ist: Sie schmeckt und der Schwarzwald ist in aller Munde.

Baden in Baden

Sanus per aquam – gesund durch Wasser

Gesundheitsfördernde Maßnahmen, verbunden mit Vergnügen und Spaß – was will der Mensch noch mehr? Schon im Altertum machten sich die Menschen die Heilkräfte der unterirdischen Quellen zunutze. »Sanus per aquam (Spa)«, gesund durch Wasser, hieß es auch schon bei den Römern, die erste Bäder im Schwarzwald errichteten. Heute gibt es im Schwarzwald eine Vielzahl an Thermal- und Heilbädern, die den modernsten Ansprüchen genügen. Hier eine Auswahl:

Thermen im Südschwarzwald

Bad Bellingen – Die Balinea Thermen wurden vom Heilbäderverband zum vierten Mal in Folge mit der höchsten Kategorie 5 Medical Wellness Stars ausgezeichnet. 1000 m^2 Wasserfläche, 600 m^2 Saunapark, Totes-Meer-Salzgrotte.

Badenweiler – Die Cassiopeia Therme glänzt mit Kuppel- und Marmorbad und einem römisch-irischen Bad.

Bad Krozingen – Vita Classica, eine Badewelt mit modernem Design und antikem Ambiente in einer großzügigen Bäderlandschaft. Zwei Außen- und sechs Innenbecken.

Bad Säckingen – Das Aqualon Mineral Thermalbad gehört zum größten medizinischen Therapiezentrum der Region. Fernöstliche Wellnessphilosophie mit einem japanischen Pavillon, japanischen Saunadorf und japanischen Garten. Zwei Naturschwimmbecken. Salzsteinsauna.

Thermen im mittleren und nördlichen Schwarzwald

Baden-Baden – Das Römisch-Irische Friedrichsbad bietet seit 1877 römische Badekultur kombiniert mit irischen Heißluftbädern an. Spezieller Rundgang mit 17 verschiedenen Stationen. Die CaracallaTherme ist eine Wellnessanlage mit etwa 900 m^2 Wasserfläche auf zwei Etagen.

Bad Herrenalb – Siebentäler Therme mit 500 m^2 Wasserfläche.

Bad Liebenzell – Paracelsus-Therme. Felsengrotte mit Wasserfall, Gradierwerk.

Bad Wildbad – Neben der Vital-Therme gibt es den Badetempel Palais-Thermal, eine Badelandschaft im Stile der nostalgischen Ge-

Badetempel Palais-Thermal in Bad Wildbad

sellschaftsbäder mit Jugendstilfenstern, kunstvollen Wand- und Deckenmalereien sowie Fliesen mit Blumenornamenten. Eine märchenhafte Fantasie aus Orient und Okzident. Dazu ein Bademuseum zur Besichtigung.

Im Schwarzwald gibt es eine Vielzahl an Hallen- und Freibädern. Erwähnt sei noch das im Jahre 2020 eröffnete »Rulantica« des Europaparks, eine erlebnisreiche Wasserwelt mit rund 450 000 m^2 Fläche, davon 32 600 m^2 indoor. Zu den neueren Erlebnisbädern zählt auch das Schwarzwälder Badeparadies in Titisee-Neustadt. Eine »Palmenoase« mit 300 echten Palmen vermittelt Karibikfeeling. Der Eintritt ist beschränkt für Personen ab 16 Jahren. Für die Jüngeren gibt es das Rutschen-Universum »GALAXY« mit insgesamt 23 Hightech-Rutschen und einem Wellenbad.

Wanderbare Berge

Tipps für Gipfelsammler

Reinhold Messner bestieg als Erster alle Achttausender im Himalaya. Auch im Schwarzwald kann man Berggipfel sammeln – dazu ohne Sauerstoffgerät. Jeder Berg ist ein Erlebnis. Auch ein Basislager ist nicht erforderlich, denn es gibt viele Einkehrmöglichkeiten.

Feldberg 1493 m ü.d.M.

Der Feldberg ist der höchste Berg und das größte Skigebiet des Schwarzwalds. Eine Kabinenseilbahn schwebt fast bis zum Gipfel hinauf. Vom Parkplatz am Haus der Natur führt auch ein Lift zum Vorberg Seebuck mit dem Bismarckdenkmal. Diese Bahn wird im Winter als 6er-Sessellift betrieben. Von der Station Seebuck aus sind es knapp zwei Kilometer zu Fuß zum eigentlichen Feldberggipfel. Oben, von der Panoramaplattform aus, bietet sich ein herrlicher Rundblick. Daneben stehen der alte Friedrich-Luise-Turm und der 82 Meter hohe Funkturm des SWR. Im Gipfelbereich gibt es einige markierte Rundwanderwege – Gehzeit zwischen 30 Minuten und drei Stunden. Auch vom Feldbergturm/Seebuck aus bieten sich schöne Rundblicke. Mit dem Aufzug erreicht man bequem die Aussichtsplattform im 11. Stock des Turms in 45 Meter Höhe. Im Turm befindet sich das Schwarzwälder Schinkenmuseum.

Herzogenhorn 1415 m ü.d.M.

Erreichbar ist der unbewaldete Gipfel nur zu Fuß, eingeschränkt auch mit dem Mountainbike. Der kürzeste Aufstieg beginnt beim Wanderparkplatz unterhalb der Krunkelbachhütte bei Bernau (Achtung! Mit dem PKW vom 1.7. bis 1.11. nur an Werktagen erreichbar). Von dort sind es ca. 2,5 Kilometer und 150 Höhenmeter bis nach oben. Weitere Aufstiegsmöglichkeiten bieten sich praktisch von allen Richtungen her: von Bernau, vom Feldberg über Grafenmatt, von Menzenschwand oder von Todtnau über das Hasenhorn und das Bernauer Kreuz. Ein fünf Kilometer langer Naturlehrpfad ab dem Wanderparkplatz Krunkelbach verläuft durch eine fast unberührte Landschaft, in der es seltene Pflanzen der subalpinen Flora zu entdecken gibt. Zahlreiche Informationstafeln begleiten den Naturliebhaber auf den meist schmalen Wegen über Wurzeln und Felsen.

Felsformation Hochfelsen am Belchen

Belchen 1414 m ü.d.M.

Dieser Berg gilt als einer der schönsten Berge des Schwarzwaldes. Das Wander- und Skigebiet ist mit der Belchen-Seilbahn von Wieden im Wiesental erreichbar. Der Genießerpfad Belchensteig wurde im Jahr 2020 von den Lesern der Zeitschrift »Wandermagazin« zum schönsten Wanderweg Deutschlands gewählt. Er beginnt am Wiedener Eck und ist etwa 14,7 Kilometer lang. Wegen seiner seltenen Schmetterlinge und Käfer sowie Wanderfalken und Auerhähne wurde der Belchen 1949 unter Naturschutz gestellt.

Schauinsland 1284 m ü.d.M.

Der Freiburger Hausberg ist über die Passstraße oder mit der Schauinsland-Kabinenseilbahn leicht zu erreichen. Der Berg Schauinsland trägt seinen Namen zu Recht, kann man doch vom Berg oder vom Turm aus herrlich ins Land schauen. Freiburg, das Rheintal, der Kaiserstuhl, die Vogesen und die umliegenden Berge des Schwarzwaldes sind gut erkennbar. Auf dem Gipfel führt ein Rundweg entlang eines Themenpfades mit märchenhaften Holzskulpturen. Für Freizeitsportler bieten sich die Felsen nahe der Bergstation zum Klettern und die Windverhältnisse für Gleitschirmflieger an. Im Winter finden Skifahrer, Snowboarder, Rodler und Schneeschuhwanderer optimale Bedingungen. Das Museumsbergwerk befindet sich in Gipfelnähe. Informieren Sie sich über die Webseite, wann es geöffnet ist.

Kandel 1241 m ü.d.M.

Auf dem Hausberg der Stadt Waldkirch werden verschiedene Freizeitmöglichkeiten angeboten. Neben dem Wandern und Radfahren kann am großen Kandelfelsen geklettert werden. Es gibt Startplätze für Drachen- und Gleitschirmflieger. Auch Radrennfahrer und Motorradfahrer nutzen den Berg für eine Auffahrt, die auf zwölf Kilometern 926 Höhenmeter überwindet, was einer durchschnittlichen Steigung von 7,7 % entspricht. Vom großen Parkplatz und vom Berggasthaus aus sind es nur 400 m Fußweg bis zum Gipfel. Für Wintersportler gibt es drei Liftanlagen und Pisten unterschiedlicher Schwierigkeitsstufen, den beliebten Boarderpark sowie Langlaufloipen.

Hochfirst 1192 m ü.d.M.

Insgesamt 123 Stufen führen auf den 25 Meter hohen stählernen Aussichtsturm. Den Schlüssel dazu gibt es im nahegelegenen Gasthaus gegen geringen Eintritt. Vom Berg und vom Turm aus hat man einen wunderbaren Rundumblick auf den Schwarzwald, den

Feldberg, den Titisee und bei guter Sicht auf die Alpen am Horizont. Der kürzeste Weg zu Fuß führt von der Ortschaft Saig zum Hochfirst. Von hier geht auch ein Weg zur Hochfirstschanze, der größten Naturschanze Europas und Austragungsort des jährlichen Weltcupspringens von Titisee-Neustadt.

Blauen 1165 m ü.d.M.

Der Blauen ist der Aussichtsberg im Markgräflerland. Auf dem Gipfelplateau steht ein 14 Meter hoher Aussichtsturm mit Sendemast. Von da gibt es einen schönen Blick auf die Alpen, den Belchen und über die Rheinebene hinaus auf die Vogesen. Vor dem Schweizer Jura ist die Stadt Basel erkennbar. Von Badenweiler aus gibt es einen Rundweg mit einer Streckenlänge von 18 Kilometer mit insgesamt etwa 900 Meter Höhenunterschied.

Hornisgrinde 1164 m ü.d.M.

Der höchste Berg des Nordschwarzwaldes ist ein lang gestreckter Bergrücken mit einer Länge von rund zwei Kilometern. Unübersehbar ist der 23 Meter hohe Hornisgrindeturm aus Buntsandstein. Weitere Türme sind der Sendemast des Südwestrundfunks und der kleine Bismarckturm im Hochmoor sowie die Windkraftanlage. Am nahen Mummelsee beginnt eine 14 Kilometer lange Rundloipe für Langläufer. Als Grinden bezeichnet man die waldfreien Weidegründe auf den Höhen des Schwarzwaldes.

Brend 1149 m ü.d.M.

Auf dem Berg nahe Furtwangen bietet sich vom 17 Meter hohen Steinturm aus, der 1905 vom Schwarzwaldverein erbaut wurde, ein schöner Ausblick auf die Gipfel des Schwarzwaldes. Bei guter Sicht geht der Blick bis zur Schwäbischen Alb, auf die Vogesen und die Alpen. Über den Gipfel führt der Europäische Fernwanderweg E1, der vom Nordkap bis nach Sizilien verläuft, sowie der Westweg des Schwarzwaldvereins. In der Nähe befindet sich mit der Martinskapelle ein sehr beliebtes Wintersportgebiet für Skilangläufer. Zwischen der Martinskapelle und dem Brend liegen etwas versteckt im Wald imposante Felsblöcke, die Günterfelsen. Hier oben, an der Wasserscheide zwischen Donau und Rhein entspringt die Breg, der längste Quellfluss der Donau, und die Elz, die dem Rhein zustrebt.

Im Schwarzwald gibt es viele weitere wanderbare Berge, die mit oder ohne Aufstiegshilfen zu unvergesslichen Wandererlebnissen werden.

Der Schwarzwaldverein

Wenn es ihn nicht gäbe, müsste man ihn erfinden

Wegweiser für zahlreiche Wanderwege

Auch im Schwarzwald veränderte sich Mitte bis Ende des 19. Jahrhunderts die Arbeitswelt und das Sport- sowie Freizeitverhalten. Zahlreiche Turnerriegen und Sportvereine entstanden. Wanderfreunde schlossen sich zusammen. Am 8. Juni 1864 trafen sich im »Renz'schen Felsenkeller« von Freiburg sieben Gastwirte, um den »Badischen Verein von Industriellen und Gastwirten« ins Leben zu rufen. Dieses Treffen gilt als Geburtsstunde des Schwarzwaldvereins. Bereits drei Jahre später wurde der Verein in »Badischer Schwarzwaldverein« umbenannt. Die Zielsetzung war Heimatpflege und die Natur des Schwarzwaldes mit Wanderwegen der Bevölkerung nahezubringen sowie den aufkeimenden Tourismus zu unterstützen. Viele Wanderwege wurden geplant, angelegt und beschildert. Erste Aussichtstürme wurden errichtet. Schnell verbreitete sich die Idee und schon 1883 entstanden erste Ortsvereine. Gedruckte Wanderkarten und die »Monatsblätter des Badischen Schwarzwaldvereins« informierten über neue Wanderwege und Sehenswürdigkeiten. 1900 verzeichnete der Schwarzwaldverein bereits 8900 Mitglieder.

Nachdem sich nun der Verein über die gesamte Länge des Schwarzwaldes erstreckte, wagte man sich an Fernwanderwege. So entstand der 285 Kilometer lange Westweg von Pforzheim nach Basel, der erste Fernwanderweg Deutschlands. Inzwischen gibt es mit dem Mittelweg von Pforzheim nach Waldshut und dem Ostweg von Pforzheim nach Schaffhausen drei Nord-Süd-Verbindungen und insgesamt etwa zwei Dutzend Fernwanderwege. Viele bewältigen heute diese Wege in mehreren Etappen, beispielsweise den Westweg in zwölf vorgeschlagenen Teilstrecken, was einer machbaren Wanderleistung von zirka 25 Kilometern pro Tag entspricht. Übernachtungen können im Voraus gebucht und auf Wunsch ein Gepäcktransport vereinbart werden. So erlebt man den Schwarzwald in seiner ganzen Schönheit.

Im Dritten Reich erfolgte 1934 der Zusammenschluss mit dem 1884 in Stuttgart gegründeten Württembergischen Schwarzwaldverein. Nach einer Anordnung des Reichswanderführers durfte in jedem Landschaftsgebiet nur ein Wanderverein bestehen. Dieser Zusammenschluss gelang den Touristikverbänden Baden und Württemberg erst in den 1970er-Jahren, um eine gemeinsame Marke Schwarzwald zu bilden. Heute ist der Schwarzwaldverein mit über 200 Ortsvereinen und mit knapp 60 000 Mitgliedern der zweitgrößte Wanderverband in Deutschland. Organisiert ist er in 16 Bezirken. Die Mitglieder leisten mit der Pflege und den Markierungen der zahlreichen Wanderwege eine unschätzbare ehrenamtliche Tätigkeit. Das Symbol der Raute weist den Wanderern den richtigen Weg. Auch der Naturschutz ist in seiner Satzung verankert. Der Verein gibt sich offen und bei den geführten Wanderungen vor Ort sind ausdrücklich Gäste willkommen. Die vierteljährlich erscheinende Vereinszeitschrift »Der Schwarzwald« mit seinen interessanten und informativen Beiträgen steht als Download im Internet für jedermann bereit. Gut, dass es diesen Verein gibt!

Die Schwarzwaldhochstraße

Die erste deutsche Ferienstraße

Die schönste Ferienstraße des Schwarzwaldes besteht nun schon seit ihrer Fertigstellung 1930 über 90 Jahre. Inzwischen sind nach diesem Vorbild viele Touristenstraßen entstanden: die Schwarzwälder Täler- und Uhrenstraße, die Deutsche Alleenstraße, Burgenstraße, Märchenstraße, Romantische Straße und weitere. Zu Recht trägt diese Straße den Namen Hochstraße, denn überwiegend verläuft sie auf einer Höhe von über 700 m ü.d.M. auf den knapp 60 landschaftlich einmaligen Kilometern von Freudenstadt bis Baden-Baden. Entlang der Strecke bieten sich herrliche Ausblicke in die Schwarzwaldtäler, ins Rheintal und ins Elsaß bis in die Vogesen. Dazu gibt es zahlreiche touristische Highlights. Schon beim Start in Freudenstadt empfiehlt sich ein Bummel über den 216 x 219 Meter großen quadratischen Marktplatz mit dem aus Buntsandstein errichteten Vierröhrenbrunnen. Im Zentrum des Platzes reckt sich das Stadthaus mit dem Heimatmuseum empor. Der sehenswerte alte Stadtkern wurde nach historischen Plänen zwischen 1949 und 1954 wieder aufgebaut, nachdem Freudenstadt im Zweiten Weltkrieg fast völlig zerstört worden war. Schnell erreicht man von Freudenstadt die Panoramastraße auf dem Nordkamm des Schwarzwaldes. Schon nach zehn Kilometern beginnt die Abzweigung an der B500 auf dem Kniebis. Hier, an der Alexanderschanze, erbaute 1734 Herzog Alexander von Württemberg auf einer Höhe von 971 m ü.d.M. einen Schutzwall gegen die Franzosen. Ganz in der Nähe beginnt der »Lotharpfad«. Weihnachten 1999 fegte der gewaltige Orkan Lothar über Baden-Württemberg hinweg und wütete in dieser Gegend besonders schlimm. Zur Erinnerung ließ man eine verwüstete Waldfläche liegen und legte einen der Natur überlassenen Lehrpfad an. Hier beginnt auch der Naturpark Schwarzwald, der im Jahre 2014 eine Erweiterung als Nationalpark Schwarzwald erfuhr. Diese Erweiterung war durch Teile der betroffenen Bevölkerung und der holzverarbeitenden Industrie heftig umstritten. Gesiegt hatte dann die Verantwortung der Landesregierung zur Erhaltung und Bewahrung dieser einzigartigen Kulturlandschaft für die nachfolgenden Generationen und zur Unterstützung des Tourismus. Am Ruhestein entstand ein erst 2021 eröffnetes utopisch anmu-

Der Mummelsee

tendes Informationszentrum. Mit interaktiven Ausstellungen, einem Kino und für die Besucher ohne Höhenangst einem spektakulären »Waldblick-Skywalk« ist dies sicher eine besuchenswerte Einrichtung. Am Mummelsee begegnet man manchmal auf dem Parkplatz einer skurrilen Gestalt, bedeckt mit einer Krone, langem weißen Bart, grünem Kleid und mit einem Dreizackstab in der Hand. Man meint, der Gott Neptun käme einem persönlich entgegen. Nach einem empfehlenswerten Rundgang um den kreisrunden Mummelsee geht die Fahrt weiter über Unterstmatt und Sand am Schlosshotel »Bühlerhöhe« vorbei. Seit 2010 ist dieses ehemals renommierte Hotel geschlossen. In guten Zeiten gaben sich hier Politiker, Schauspieler und Industriemagnaten ein Stelldichein. Angefangen von Adenauer über Bill Clinton bis hin zu Nelson Mandela und noch vielen anderen. Inzwischen wechselten die Investoren. Von hier sind es nur noch wenige Kilometer hinunter in die Kunst- und Festspielstadt Baden-Baden. Unabhängig von den Möglichkeiten, die die Schwarzwaldhochstraße und der

Nationalpark bieten, sind kleinere Abstecher weg von der Straße zusätzliche Erlebnisse. Genannt sind hier nur beispielsweise der etwa einen halben Kilometer vom Schliffkopf entfernte Buhlbachsee, ein verwunschener Karsee. Oder die Wasserfälle von Allerheiligen, die auf schmalen Felsenpfaden zu erreichen sind. Bei Ottenhöfen gibt es einen weiteren sehenswerten Wasserfall mit einer Fallhöhe von 45 Metern. Diese Edelfrauengrab-Wasserfälle verdanken ihren Namen einer auf natürliche Weise entstandenen Auskolkungshöhle, wo laut einer Sage eine untreue Edelfrau ihr gewaltsames Ende fand. Kurz vor Baden-Baden lohnt sich ab dem Parkplatz Wannacker der kurze Weg zum Geroldsauer Wasserfall.

Der Mummelsee ist 3,7 Hektar groß und 18 Meter tief. Dieser idyllische Karsee auf 1028 Meter ü. d. M. zählt zu den meist besuchten touristischen Zielen des Schwarzwaldwaldes. Der Sage nach stand dort, wo er jetzt sein schwarzes Wasser ausbreitet, eine heilige, Gott geweihte Wohnung. Dort lebten, in tiefer Abgeschiedenheit vom stürmischen Treiben der Welt, kindlich fromme Seelen in Andacht. Durch langer Zeiten Räume herrschte hier heilige Ruhe, welche jetzt aber zum tiefen, schauerlichen Schweigen geworden ist. Denn plötzlich vernichtete des Himmels Zorn diese geweihte Stätte. Vergebens fragst du: warum? Nur mit ehrfurchtsvollem Blicke weiset der fromme Landmann dich hin auf die unergründlichen Wege der Vorsehung.

Die Sage vom Mummelsee

In der Gestalt einer Jungfrau traf einmal eine der geistigen Bewohnerinnen einen Hirtenknaben im Gebirge und gewann sein Herz durch die Reize ihrer Gestalt. An einer Quelle kamen sie täglich zusammen und koseten hier in traulichen Gesprächen, bis der Abendstern durch die Tannen flimmerte. Der Knabe spielte in ihren weichen langen Haaren, und sie lehrte ihn viele wunderschöne Lieder. So oft sie sich aber trennten, so warnte sie ihn auch, ihr nie zum See zu folgen und sie nie dort aufzusuchen, wenn sie auch mehrere Tage ausbleiben sollte. Einst harrte ihrer der junge Hirt vergebens zwei lange Tage hindurch.

Beim Frühroth des dritten konnte er's nicht länger ausdauern. Die Sehnsucht nach der Geliebten zog ihn zu dem See hin. Alles um ihn her war still und öde. Er sah nichts. Traurig setzte er sich an's Ufer und rief laut ihren Namen. Da vernahm er ein Aechzen tief unten im Schoße des dunkelschwarzen Gewässers, und plötzlich färbte sich dieß blutroth. Den Knaben ergriff ein kalter Schauder – »sie ist todt!« – rief er aus, eilte weinend nach Hause, und – starb. Auf Kinder und Kindeskinder pflanzte die Güte der wohlthätigen Geister des See's sich fort, bis einst die Enkel, ohne es zu wollen, sie verscheuchten. Oefter hatten nämlich schon die Bewohner des Thals die nächtlichen Gäste belauscht und sie gesehen, wie sie in ärmlicher Kleidung, die kaum ihre Blöße bedeckte, einherwandelten. Da hielten sie Rath zusammen, und wurden eins, zum Danke den freundlichen Geistern neue Bedeckung zu schaffen, damit sie stattlicher ihre nächtliche Reise könnten beginnen, und zierliche Kleider hingen sie auf an dem Orte, welchen die nächtlichen Geister besuchten. Aber, zürnend über die Geschenke der beschränkten Thalbewohner, obgleich sie gutmüthig ihnen geboten waren, und zürnend, daß sie belauscht wurden in ihrem stillen Wirken, kehrten die Geister zurück, und keines Sterblichen Auge hat sie seitdem erblickt. Erst nach langen Jahren, in unsern die Vergangenheit so oft verschmähenden Tagen, gaben sie wieder ihr Daseyn zu erkennen. Denn als einst die Mönche eines benachbarten Klosters in dieser wilden Gegend sich mit der Jagd vergnügten, kamen sie auch an des See's Rand. Der kindlichen Sage spottend, beunruhigten sie die stille Behausung der Geister, und schossen in die Wellen. Aber eine zürnende Stimme, gleich dem Brausen des Waldstroms, erhob sich aus der Tiefe des See's, und es begannen die vorher ruhigen Wellen sich mächtig zu heben, und in furchtbarem Aufruhr schlugen sie an die sie begrenzenden Felsen, daß es wiederdröhnte weit umher in dem Walde. Furchtsam flohen die Mönche aus dem Gebiete der zürnenden Geister, und suchten durch Messelesen und Gebet sie wieder zu versöhnen. Noch jetzt betet, auf ihre Verordnung, der Thalbewohner in nächtlicher Stille jedes Mal einen Rosenkranz, damit die beleidigten Geister wieder versöhnt werden, und aufs Neue sich mit ihnen befreunden.

Friedrich Gottschalck, »Die Sagen und Volksmährchen der Deutschen«, Halle 1814

Baden-Baden

Der mondäne Unesco-Welterbe-Kurort im Schwarzwald

Kurhaus Baden-Baden

Wer an Baden-Baden denkt, denkt vielleicht an ein wohltemperiertes Badevergnügen im Friedrichsbad oder in der Caracalla-Therme. Vielleicht auch an einen Spaziergang entlang des Flüsschens Oos in der Lichtentaler Allee. Ein Bummel durch die seit 1864 in zwei einstöckigen Ladenzeilen errichteten Kurhaus-Kolonnaden entführt, entgegen zu den heute fast immer sich gleichenden Einkaufscentern, entlang exquisiter und traditioneller Geschäftsauslagen. Nur wenige Auserwählte dürften bei den bedeutenden Veranstaltungen im Kurhaus von Baden-Baden mit dabei gewesen sein. Zu exklusiv sind und waren manche Ereignisse. So wurden im April 1934 die ersten drei Partien des Schachweltmeisterschaftskampfes zwischen Alexander Aljechin und Efim Bogoljubow ausgetragen. Die Teilnehmer des Olympischen Kongresses 1981 nominierten im Kurhaus die Städte Calgary und Seoul als Austragungsorte der Olympischen Spiele 1988. Am 3. April 2009 war das Kurhaus einer der Veranstaltungsorte des Gipfeltreffens von Staats- und Regierungschefs zum 60. Jubiläum der NATO. Aus der Vielzahl dieser exklusiven Veranstaltungen sollen hier nur noch die Bambi-Verleihungen des Burda-Konzerns oder die jährliche Wahl zum Sportler des Jahres genannt

werden. Frei zugänglich dagegen ist bei Führungen am Vormittag oder zum Spielbetrieb ab dem Nachmittag im rechten Flügel des Kurhauses das weltberühmte Casino. Diese prunkvollen Säle der Spielbank, die der Gönner Jean Jacques Bénazet finanzierte, sind im Stil der Belle Epoche den französischen Königsschlössern nachempfunden. Hier können auch der Mann oder die Frau von der Straße bei entsprechender Kleidung ihr Glück versuchen: Egal ob beim Roulette nur auf die Farben Rot oder Schwarz, gerade oder ungerade Zahlen oder nur auf eine einzelne Lieblingszahl gesetzt wird. Wenn es die Kugel will, bringt sie den 35-fachen Einsatz. Selten wird es gelingen, die Bank zu sprengen. Leichter kann man vor den Toren der Stadt auf der Pferderennbahn von Iffezheim gewinnen. Wenn der Jockey mit seinem Pferd, das man aus Unkenntnis nur wettete, weil einem der Name des Pferdes gut gefiel, als Sieger durchs Ziel geht, so ist die Euphorie groß. Mit einem noch größeren Glücksgefühl löst man dann seinen Wettschein beim Wettbüro ein. Doch Baden-Baden bietet noch mehr: einen gepflegten Kurgarten, eine Trinkhalle oder eine Fahrt mit der 1913 erbauten Standseilbahn auf den Hausberg Merkur. Für Kunstinteressierte bietet die Stadt eine

Menge: das Festspielhaus mit 2500 Sitzplätzen, das Museum Frieder Burda mit 500 Werken der klassischen Moderne, die Stourdza-Kapelle, die Russische Kirche oder auf dem Augustaplatz die Evangelische Stiftskirche.

Weniger bekannt sein dürfte dagegen, dass es im 19. Jahrhundert in Baden-Baden eine der ersten Zigarettenfabriken Deutschlands gab. Der Zigarren- und Zigarettenhändler Heinrich Rheinboldt betrieb erst im kleinen Umfang eine Tabakmanufaktur. Mitte des 19. Jahrhunderts steigerte sich die Beliebtheit von Zigaretten und Personal musste eingestellt werden. Rheinboldts Tochter Anna verliebte sich in den angestellten Kaufmannsgehilfen August Batschari. Als diese beiden 1880 heirateten, überließ der Schwiegervater Batschari die Zigarettenproduktion als Existenzgrundlage, während die Zigarrenherstellung später auf Rheinboldts Söhne überging. Batschari war sehr erfolgreich. Seine Produktion überschritt bald die Herstellungskapazität der Manufaktur und wurde zur Fabrik. Als er 1899 sein neu errichtetes Geschäftshaus Balzenbergstraße 64 bezog, stellte er bereits 110 000 Zigaretten pro Tag her. Doch auch diese Fabrik wurde aufgrund der gesteigerten Nachfrage nach Zigaretten zu klein. In dem 1906–1907 errichteten Fabrikneubau zwischen der Balzenberg- und der Mozartstraße stellte man in den letzten Jahren vor dem Ersten Weltkrieg täglich 1,5 Millionen Zigaretten her. In allen bedeutenden europäischen Städten richtete Batschari Verkaufsstellen ein; sogar in New York, an der Ecke Madison Avenue/46th Street, gab es eine Niederlassung. Zweigwerke entstanden u. a. in Bingen, Mainz und Worms (alle drei im damaligen Großherzogtum Hessen). Die Firma ABC (für August Batschari Cigarettes) erlangte Weltruhm. Als Stifter spendete Batschari einen Teil der Baukosten für die Kunsthalle und ließ eine Schutz- und Aussichtshütte am Panoramaweg bauen. Er stiftete den Batschari-Preis für das Iffezheimer Pferderennen in Höhe von 50 000 Mark. Im Gegenzug bekam er verschiedene öffentliche Auszeichnungen. Schon früh setzte er auf Reklame, wie damals die Werbung genannt wurde. Er verpflichtete berühmte Grafikdesigner wie Hans Rudi Erdt, Ivo Puhonny, Lucian Bernhard und Ludwig Hohlwein. Heute sind die alten Emailleschilder, Zigarettendosen, Plakate, Reklamemarken und Werbeinserate von Batschari gesuchte Sammlerstücke.

Der Ahornbaum

August Schnezler, »Badisches Sagenbuch«, 1846

Am Abhange des Fremersberges bei Baden lag einst die Altenburg, von welcher Alles verschwunden ist bis auf ihren Namen. Zur Zeit, als noch einige Ruinen vorhanden waren, kam ein junger Bauer dahin, um einen außerordentlich dicken Ahorn zu fällen, der zwischen dem Gemäuer stand. Mit kräftigem Axtschwung hieb er auf den Stamm los, allein die Schärfe des Eisens glitt spurlos an der glatten Rinde ab. Da trat eine schwarzgekleidete Jungfrau zu ihm aus den Trümmern hervor und fragte, was er mit dem Holze zu machen gedenke? »Ei!« – antwortete der junge Landmann – »Tisch, Stühle und anderes Hausgeräth möcht' ich mir daraus verfertigen, denn auf den St. Martinstag werde ich heirathen.«

»Dieser Ahorn widersteht auch dem besten Stahlbeile, so lange ihn meine Hand nicht berührte« – sagte die Jungfrau – »doch will ich gerne dein Werk fördern, wenn du mir gelobst, aus den Brettern auch eine Wiege zu zimmern und dein erstgebornes Kind hinein zu legen.« Nach kurzem Erwägen, daß in Erfüllung dieser Bitte nichts Gefährliches liegen könne, gelobte der Jüngling, so zu thun. Die Jungfrau berührte nun den Stamm und nach wenig Minuten fiel er unter den Streichen der Axt zu Boden, aber in demselben Augenblicke war auch die Erscheinung verschwunden.

Der Bauer hielt sein Versprechen und legte, als ihm sein Weibchen nach einem Jahr ein Knäblein geboren, das Kind in die aus den Brettern des Ahorns gezimmerte Wiege. Als seine Frau eines Tages bei derselben saß und den Knaben darin schaukelte, trat auf einmal die Jungfrau in die Kammer herein, ein dürres Zweiglein in der Hand tragend. Sie betrachtete das Kind eine Weile und faltete dann die Hände zum stillen Gebet. Hierauf reichte sie der erstaunten Mutter das Zweiglein und sagte: »Bewahret sorgsam, was ich Euch hier übergebe. Sobald Euer Sohn das fünfzehnte Jahr zurückgelegt hat, soll er den Zweig in reines, frisches Wasser stellen, und wenn dieser dann Blätter und Blüthen treibt, hinaufgehen auf die Altenburg und mit demselben den gegen Morgen stehenden runden Thurm berühren, dessen Eingang verschüttet ist. Dies wird sowohl zu seinem Lebensglücke, als zu meiner Erlösung dienen.«

Die Mutter des Knaben, eine fromme gottesfürchtige Frau, war froh darüber, daß ihr Kind bestimmt seyn sollte, einem irrenden Geiste zur ewigen Ruhe zu verhelfen. Der Knabe wuchs heran in Zucht und Ehrbarkeit, und als er das fünfzehnte Jahr erreicht hatte, stieg er hinauf zu den Ruinen und berührte den Thurm mit dem nun von Blättern und Blüthen prangenden Zweige. Da öffnete sich alsbald der verschüttete Eingang und die schwarzgekleidete Jungfrau stand vor ihm. »Wohl dir und mir!« – rief sie aus – »daß endlich diese Stunde gekommen! Ich war einst jung und schön, die einzige Erbin meines Geschlechtes und einem jungen Ritter verlobt, an dem ich mit abgöttischer Liebe hing. Allein er brach die mir geschworene Treue und gab seine Hand einer Anderen. Bald aber fand er den Tod auf dem Schlachtfelde, seine Burg wurde zerstört und seine Wittwe flüchtete sich mit ihrem Säugling auf dem Arme. Von des Tages Gluth und dem weiten Weg erschöpft, suchte sie eines Abends Ruhe im Schatten des Ahorns, der an der Mauer der Altenburg stand. Ich aber, noch immer rachbegierig, ließ sie durch meine Knechte mit Schimpf und Spott hinweg treiben, aber ihre letzten Kräfte waren geschwunden, ihre Sinne verwirrten sich, sie sprach einen gräßlichen Fluch über mich aus und stürzte sich mit dem Kinde ins Wasser. Der Fluch der Sterbenden ging in Erfüllung. Eine Krankheit zerriß schnell den Faden meines Lebens und meine Burg ward ein Raub der Flammen; mein Geist aber sollte ruhlos umherirren, bis aus den Brettern des Ahorns eine Wiege gezimmert und das Kind darin schlummern würde, welches mich zu erlösen bestimmt ist. Die Gebeine der unglücklichen Mutter und ihres Knäbleins liegen dort unter dem Hügel, wo ein bemooster Grabstein die Stätte bezeichnet. Geh hin, grabe sie aus und setze sie bei in geweihter Erde! Der Segen des Himmels wird dafür in deinem Hause blühen und auf deine ganze Familie übergehen.«

Der Jüngling folgte getreulich der Jungfrau Geheiß und Glück und Ehre krönten noch seine spätesten Lebenstage.

Schwarzwälder Persönlichkeiten II

Streitbarer Markgraf von Baden

Ludwig Wilhelm Markgraf von Baden-Baden (Türkenlouis) 1655–1707

Das Leben von Markgraf Ludwig Wilhelm war von kriegerischen Auseinandersetzungen geprägt. Insgesamt beteiligte er sich an 57 Schlachten, Gefechten und Belagerungen, aus denen er meist als Sieger hervorging. Geboren am 8. April 1655 in Paris, kam es nach seiner Geburt zur baldigen Trennung seiner Eltern Erbprinz Ferdinand Maximilian von Baden und Ludovica (Luise Christine) von Savoyen-Carignan. Daraufhin nahm der Vater den inzwischen halbjährigen Sohn zu seinem Stammsitz nach Baden-Baden mit.

1674, im Alter von 19 Jahren, trat Ludwig Wilhelm in die kaiserliche Armee ein. Schon seit 1672 tobte der Französisch-Holländische Krieg, mit dem Ludwig IV. die Vorherrschaft in Europa erringen wollte. Weil Ludwig Wilhelm Philippsburg von den Franzosen wieder zurück eroberte, unterstellte ihm Kaiser Leopold I. ein ganzes Infanterieregiment. Nach dem Frieden von Nimwegen ernannte ihn der Kaiser aufgrund seiner Verdienste zum »Obristfeldwachtmeister zu Pferd und zu Fuß«, was dem Rang eines Majors entsprach. Wegen seiner erfolgreichen Beteiligung bei weiteren Kämpfen ernannte man ihn 1683 zum General der Kavallerie. 1686, im Alter von 31 Jahren, wurde er als Feldmarschall zum Oberbefehlshaber der osmanischen Front befördert. Seinen Ruf als »Türkenlouis« erwarb er sich durch seine Erfolge im Kampf gegen die Osmanen während des Großen Türkenkriegs (1683–1699). Wegen seiner Verdienste und der in seiner Abwesenheit entstandenen Verwüstungen bei seinen Besitztümern durch die Franzosen vermittelte ihm der Kaiser eine sehr lukrative Ehe mit einer Tochter des verstorbenen Herzogs Julius Franz von Lauenburg. Vorgesehen war die ältere Tochter, doch Ludwig Wilhelm verliebte sich in die jüngere Schwester Sibylla. Schon kurz nach der Heirat mit Sibylla Augusta musste

Schlossanlage Rastatt

Ludwig Wilhelm wieder in den Krieg gegen die Osmanen ziehen. Seinen größten Triumph erzielte er in der Schlacht bei Slakamen. Dort trafen am 19. August 1691 die Heere Österreichs und des Osmanischen Reiches aufeinander. Der Kampf endete mit einem eindeutigen Sieg der kaiserlichen Truppen, der es ihnen ermöglichte, den größten Teil Ungarns gegen die Osmanen zu behaupten. Kaiser Leopold I. ernannte Ludwig Wilhelm daraufhin zum Generalleutnant aller kaiserlichen Truppen. Als sein Schloss in Baden-Baden zerstört wurde, verlegte er seine Residenz nach Rastatt. Dort ließ er nach dem Vorbild von Versailles zwischen 1697 und 1707 das Rastatter Schloss erbauen. Es gilt als die erste nach französischem Vorbild errichtete Residenz in Deutschland. Am 4. Januar 1707 starb der Markgraf in seinem noch nicht ganz fertig gestellten Schloss infolge seiner Verletzungen aus der Schlacht von Höchstädt.

Rastatt

Die Barock-, Residenz- und Festungsstadt verdankt dem Markgrafen sehr viel. Nachdem die Franzosen 1669 die Stadt niedergebrannt hatten, beauftragte der badische Markgraf Ludwig Wilhelm einen italienischen Architekten mit dem Wiederaufbau. In den ersten Jahren des 18. Jahrhunderts verlegte er den Regierungssitz von Baden-Baden nach Rastatt. So konnte nach seinen Vorstellungen die repräsentative Schlossanlage entstehen.

Beglückter Langschläfer

Bernhard Baader, »Volkssagen aus dem Lande Baden«, 1851

Einer der frühern Laternenwirthe zu Rastatt pflegte so lange im Bett zu liegen, daß, trotz des Fleißes seiner Frau, die Wirthschaft sehr zurückging. Um ihn einmal für sein langes Schlafen zu züchtigen, legte eines Morgens früh die Frau einen Haufen rother Ameisen zu ihm ins Bett, welchen sie eben im Garten ausgestochen hatte. Als sie hierauf wieder über eine Stunde gearbeitet und während dessen ihren Mann immer erwartet hatte, ging sie abermal an sein Bett, wo sie ihn wachend fand und wegen seiner Faulheit zu zanken anfing. »Ich habe heute im Bett mehr erworben, als du dein Lebenlang verdienen kannst!« gab er ihr zur Antwort und schlug die Decke zurück, unter der er um und um in Goldstücken lag, in die die Ameisen sich verwandelt hatten. Unverzüglich grub die Frau auf dem Platze des Haufens nach; allein sie fand nur noch in dessen Nähe etliche Goldstücke, die, als Ameisen, von ihr verzettelt worden waren.

Residenzstadt Karlsruhe

Die Fächerstadt

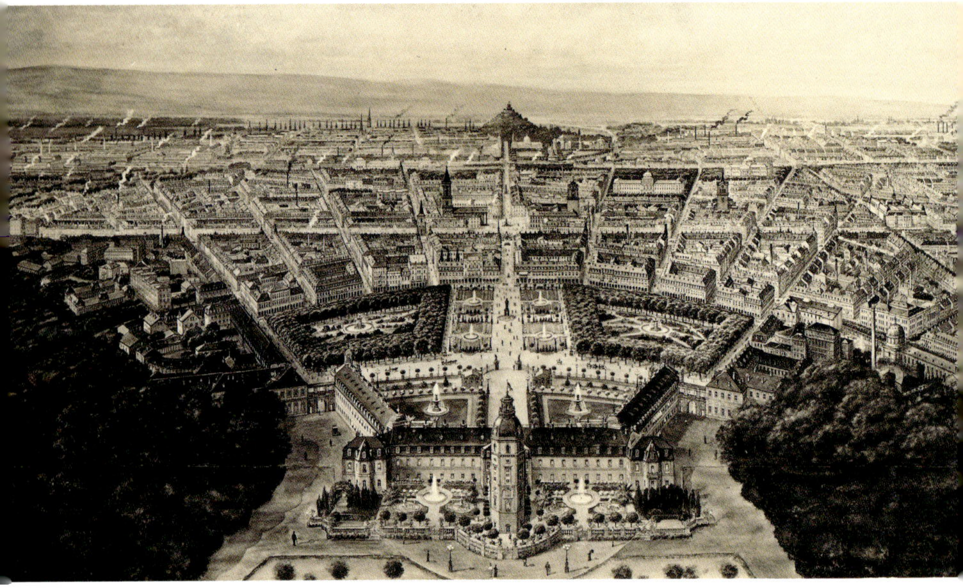

Fächerstadt Karlsruhe

Karl Wilhelm Markgraf von Baden-Durlach gründete die Stadt Karlsruhe. Laut einer Legende schlief er auf der Suche nach dem vermissten Fächer seiner Frau ein. Dabei träumte er von einer fächerartigen Stadt, in deren Zentrum ein Schloss steht. Wer allerdings glaubt, ein kriegserfahrener badischer Markgraf begibt sich auf die Suche nach einem verlorenen Fächer seiner Frau, der glaubt auch, dass ein Zitronenfalter Zitronen faltet. Zugegeben, der Markgraf hat die Fächerstadt traumhaft gestaltet. Innerhalb eines großzügigen Parks steht das Karlsruher Schloss. Von da aus breiten sich die Straßen fächerförmig aus. Das Schloss ließ er ab 1715 im Stil des Barocks als seine Residenz errichten. Es diente bis 1918 als Residenzschloss der Markgrafen bzw. Großherzoge von Baden. Immer wieder erfuhr es Umgestaltungen durch die jeweiligen Regenten und im Zuge der Märzrevolution wurde Großherzog Leopold 1849 vorübergehend aus dem Schloss vertrieben. Durch die Abdankung des letzten badischen Monarchen Friedrich II. endete 1918 die

Nutzung des Schlosses als Residenz. Im September 1944 bombardierten die Alliierten die Stadt Karlsruhe und zerstörten große Teile der Stadt und des Schlosses. Zwischen 1955 und 1966 stellte man im Zuge des Wiederaufbaus die äußere Fassade des Schlosses nach dem Original wieder her. Zum 300. Stadtgeburtstag im Jahre 2015 gab es eine weitere Sanierung. Heute befinden sich im Innern des Schlosses große Ausstellungsflächen, darunter die berühmte Karlsruher »Türkenbeute«. Diese Trophäensammlung der badischen Markgrafen aus den Türkenkriegen des 17. Jahrhunderts beinhaltet unter anderem prächtige Rüstungen und Waffen wie Dolche,

Blick auf das Schloss Karlsruhe

Eingang zum Zoologischen Stadtgarten Karlsruhe

Krummsäbel, Spieße und Streitäxte sowie das Kettenhemd von Kara Mustafa Pascha, dem ehemaligen Großwesir der Janitscharen. Neben dem Badischen Landesmuseum ist darin auch ein Teil des Bundesverfassungsgerichts untergebracht.

Natürlich bietet die mit über 300 000 Einwohnern große Stadt noch mehr Sehenswürdigkeiten. Genannt seien hier nur der Stadtgarten mit dem Zoo, der Botanische Garten, die Staatliche Kunsthalle, die Karlsburg, das Renaissance-Schloss »Gottesaue« oder das ZKM, Zentrum für Kunst und Medien.

Schwarzwälder Persönlichkeiten III

Architekt, Stadtplaner und Baumeister des Klassizismus

Friedrich Weinbrenner 1766–1826

Der als Sohn des Hofzimmermeisters Johann Ludwig Weinbrenner am 24. November 1766 geborene Friedrich Weinbrenner prägte wie kein anderer Baumeister seine Vaterstadt Karlsruhe. Neben einer Zimmermannslehre im väterlichen Betrieb besuchte er das Karlsruher Lyzeum und erlernte dort das technische Zeichnen. Nach Abschluss seiner Lehre ging der Zimmermannsgeselle auf Wanderschaft. Zuerst arbeitete er als Bauführer in der Schweiz, bevor er 1790 nach Wien kam. Dort entschloss er sich zu einem Architekturstudium, das er in Dresden und Berlin fortsetzte. Inspirationen für seine Arbeit fand er in Italien zwischen 1792 und 1797. Er betrieb archäologische Studien und machte sich detaillierte Notizen, die er für seine späteren Arbeiten verwenden wollte. Zurück von seinen Wanderjahren, arbeitete er zunächst in Karlsruhe und Straßburg, bevor ihm die Leitung des Bauwesens der Stadt Hannover übertragen wurde. In Straßburg heiratete er die Tochter des Stadtbaumeisters Arnold. Im Jahre 1800 kehrte Weinbrenner nach Karlsruhe zurück, wo er schnell Karriere machte. Seine außerordentlichen Fähigkeiten als Leiter einer staatlich geförderten privaten Bauschule wurden bald erkannt. Bereits 1801 übertrug man ihm in seiner Eigenschaft als badischem Baudirektor das gesamte Bauwesen der Stadt. Nun konnte er als Architekt seinen schon vorher entwickelten Plan für einen prächtigen Ausbau der Stadt zu einer der markantesten klassizistischen Städte verwirklichen. Wegweisende Bauten entstanden, wie die Evangelische Stadtkirche oder das Rathaus. Er wandelte die bisher eher unscheinbare Residenzstadt in einen repräsentativen Sitz des Großherzogtums Baden um, das 1806 als souveräner Staat entstand. Prächtige Bauten und Grünanlagen entstanden nach seinen Plänen, nicht nur in Karlsruhe, sondern auch in Baden-Baden sowie in weiteren Städten des großherzoglichen Landes Baden. Neben seiner stadtplanerischen Tätigkeit veröffentlichte Weinbrenner 1812 die erste deutsche Denkmalschutzverordnung. Über 100 angehende Architekten schulte er in dem nach ihm benannten »Weinbrenner-Stil«. Zahlreiche Veröffentlichungen verbreiteten seine architektonischen Grundvorstellungen. Leider sind einige seiner Bauwerke wie die Synagoge (1871 verursacht durch einen Brand des Nachbarhauses) oder das Karlsruher Hoftheater abgebrannt oder bei den Bombenangriffen im Zweiten Weltkrieg zerstört worden. Seine 1823 erbaute Pyramide als Mausoleum für den Markgrafen Karl Wilhelm gilt heute noch als Wahrzeichen der Stadt. Am 1. März 1826 verstarb der bedeutende Architekt, Stadtplaner und Baumeister des Klassizismus.

Als Wahrzeichen der Stadt Karlsruhe gilt die Pyramide auf dem Marktplatz. Wer hier ein Grab eines ägyptischen Pharaos vermutet, hat falsch getippt. Ursprünglich stand hier die Konkordienkirche, in deren Gruft die Gebeine des Stadtgründers Markgraf Karl Wilhelm ihre letzte Ruhe gefunden hatten. Nach dem Abriss der Kirche erstellte man zunächst eine Holzpyramide über der Gruft, bevor der Karlsruher Stadtbaumeister Friedrich Weinbrenner von 1823 bis 1825 eine Sandsteinpyramide als Mausoleum für den Markgrafen schuf.

Die Pyramide auf dem Karlsruher Marktplatz

Eine Inschrift an der Nordseite lautet:

> »Hier wo Markgraf Carl einst im Schatten des Hartwaldes Ruhe suchte und die Stadt sich erbaute die seinen Nahmen bewahrt auf der Staette wo er die letzte Ruhe fand weiht ihm dies Denkmahl das seine Asche verschliest in dankbarer Erinnerung Ludwig Wilhelm August Grosherzog 1823.«

Das Badnerlied

Die eigentliche Nationalhymne

Das schönste Land in Deutschlands Gau'n
das ist mein Badner Land.
Es ist so herrlich anzuschaun
und ruht in Gottes Hand.

Refrain:
D'rum grüß ich dich mein Badnerland,
du edle Perl' im deutschen Land, deutschen Land.
frisch auf, frisch auf; frisch auf, frisch auf;
frisch auf, frisch auf mein Badnerland.

In Haslach gräbt man Silbererz,
bei Freiburg wächst der Wein,
im Schwarzwald schöne Mädchen,
ein Badner möcht' ich sein.
D'rum grüß ich dich ...

In Karlsruh' ist die Residenz,
in Mannheim die Fabrik.
In Rastatt ist die Festung
und das ist Badens Glück.
D'rum grüß ich dich ...

Alt-Heidelberg, du feine,
du Stadt an Ehren reich,
am Neckar und am Rheine,
kein' and're kommt dir gleich.
D'rum grüß ich dich ...

Der Bauer und der Edelmann,
das stolze Militär
die schau'n einander freundlich an,
und das ist Badens Ehr.
D'rum grüß ich dich ...

In Rothaus steht die Brauerei,
in Neustadt steht die Spritz.
Und wir sind alle Baden treu,
d'rum ist das unser Sitz!
D'rum grüß ich dich ...

Die Geschichte des Automobils

So könnte es gewesen sein

Beide, Carl Benz und seine Ehefrau Bertha, hatten große Hoffnungen auf die 1888 stattfindende Arbeitsmaschinenausstellung in München gesetzt. Nach all den Mühen und der nach ihrer Meinung ausgereiften Konstruktion sollte doch endlich der Verkauf beginnen. Zwar verlieh man Carl Benz während der Ausstellung die »Große Goldene Medaille« für seine bahnbrechende Erfindung, doch Käufer fanden sich keine. Es war ein langer und steiniger Weg, bis er am 29. Januar 1886 seinen »Motorwagen Nr. 1«, ein dreirädriges kutschenähnliches Gefährt mit einem Benzin-Verbrennungsmotor, zum Patent anmelden konnte.

Karl Friedrich Benz (später übernahm er die damals gängige französische Rechtschreibung Carl) kam als uneheliches Kind der Dienstmagd Josephine Vaillant am 25. November 1844 in einem Gasthaus in Mühlburg, einem heutigen Stadtteil von Karlsruhe, zur Welt. Der Vater Johann Georg Benz, ein Lokomotivführer, heiratete Josephine daraufhin, doch verstarb er bereits ein gutes Jahr später an einer Lungenentzündung. Die alleinstehende Mutter vermietete an Studenten und verköstigte diese. So konnte sie ihrem Sohn den Schulbesuch auf einer höheren Schule finanzieren. Im Alter von 15 Jahren schaffte Karl die Aufnahme ins Polytechnikum Karlsruhe und absolvierte ein Maschinenbaustudium. Nach dem Studium arbeitete er als Schlosser in Karlsruhe und als Konstrukteur in Pforzheim und Mannheim. In Pforzheim lernte er seine spätere Ehefrau Bertha Ringer, einzige Tochter des Zimmermeisters Karl Friedrich Ringer, kennen, die er am 20. Juli 1872 heiratete. Mit seinem Freund August Ritter gründete er 1871 eine Eisengießerei in Mannheim. Da Friedrich Ritter kein zuverlässiger Partner war, zahlte Carl Benz diesen mithilfe der Mitgift seiner Braut Bertha Ringer aus und führte das Unternehmen unter der Bezeichnung »Carl Benz, Mannheim, Eisengießerei und mechanische Werkstätte« alleine weiter. Immer wieder tüftelte er an seinen Plänen für ein schienenloses Fahrzeug. So entstand 1879 der erste funktionierende Zweitakt-Gasmotor. Da sich die Entwicklungsarbeiten immer kostspieliger gestalteten, entschied er sich 1882 für die Umwandlung der Firma in eine Aktiengesellschaft. Nicht mehr als Alleinverant-

Patent-Motorwagen von Benz & Cie, Mannheim

wortlicher stießen seine Visionen im Unternehmen immer mehr auf Unverständnis. Deshalb verließ er 1883 die von ihm gegründete Mannheimer Gasmotorenfabrik. Am 1. Oktober desselben Jahres gründete er zusammen mit den Kaufleuten Max Caspar Rose und Friedrich Wilhelm Eßlinger die »Benz & Cie. Rheinische Gasmotorenfabrik« in Mannheim. Bereits in den ersten vier Monaten konnte das neue Unternehmen über 800 Stationärmotoren verkaufen.

Seine Ehe mit Bertha gestaltete sich sehr harmonisch. Sie gebar ihm fünf Kinder. Auch in der Firma zeigte sich immer mehr das unternehmerische Geschick seiner Ehefrau. Sie entwickelte ein erstaunliches Interesse für das von ihrem Mann konzipierte Gefährt mit dem neuartigen Motor, der mit einem Vergaser für Kraftstoffe und mit einer elektrischen Zündung funktionierte. Immer wieder machte sie selbst Probefahrten und gab Hinweise auf Verbesserungen. Ihr technisches Verständnis wuchs von Fahrt zu Fahrt. Auch die Söhne interessierten sich für dieses neuartige Automobil. Sohn Eugen begann bereits eine Lehre als Mechaniker und drehte oft einige Runden auf dem Hof der Fabrik. Immer mehr gelangten sie gemeinsam zu der Überzeugung, es handelte sich hier um ein Gefährt mit Zukunft. Umso erstaunlicher war für alle, dass sich niemand für diesen »Wagen ohne Pferde«, wie es damals hieß, interessierte. Mit Sorge beobachtete Bertha, wie sich bei ihrem Ehemann Carl immer mehr eine Resignation ausbreitete. In ihr reifte ein Plan; doch davon durfte Carl nichts wissen, denn er würde es nicht zulassen. Am 5. August 1888 war es dann so weit. Schon am Vorabend hatte Bertha gepackt und die Kinder informiert. Frühmorgens, als ihr Ehemann noch schlief, machte sie sich in Begleitung ihrer 15 und 13 Jahre alten Söhne Eugen und Richard auf den Weg. Sie holten das Automobil aus der Mannheimer Werkstatt und starteten mit Ziel ins 104 Kilometer entfernte Pforzheim. Bertha kannte den Weg recht gut. War sie diesen doch schon mehrmals mit der Kutsche ihres Mannes und als Passagier auf der Postkutsche gefahren. Die Fuhrleute, die mit ihren Pferdefuhrwerken und Ochsenkarren bereits am Morgen ihre Waren zum Mannheimer Markt fuhren, staunten nicht schlecht über die knatternde und stinkende Kutsche, die ihnen ohne Pferde entgegenkam. Bertha und ihre Söhne kamen zügig voran. Mit Tempo 15 fuhren sie entlang der Rheinebene. Immer wieder musste etwas Kühlwasser nachgefüllt werden, doch der Motor funktionierte bislang problemlos. Doch plötzlich fing er an zu stottern. Der Vergaser war verstopft. Bertha reinigte ihn mit ihrer Hutnadel, doch dabei stellte sie mit Entsetzen fest, dass der Tank mit dem Kraftstoff bereits leerer war, als er sein sollte. Offensichtlich leckte eine Benzinleitung. Ihr wurde bewusst, dass sie dies bei ihrer Planung nicht einkalkuliert hatte. Kurzerhand hielt sie vor der Stadt-Apotheke in Wiesloch an. Während die Passanten das seltsame Gefährt bestaunten, verlangte sie in der Apotheke das Leichtbenzin Ligroin und zwar so viel, wie sie nur bekommen konnte. Dieses Mittel zum Entfernen von Flecken war als Treibstoff geeignet. Erst als sie den Apotheker über die historische Fahrt informierte, erklärte sich dieser bereit, ihr seinen gesamten Bestand zu überlassen. Er schraubte alle Ligroin-Fläschchen auf und schüttete den Inhalt in einen Kanister. Mit einem Vorrat von etwa vier Litern Ligroin machten sich Bertha und ihre Söhne wieder auf den Weg. Sie hielten noch bei den nächsten Apotheken in Langenbrücken und Bruchsal, bis sie sicher waren, der Sprit würde jetzt bis Pforzheim reichen. Nun begannen die größeren Steigungen und der Viertaktmotor mit 0,75 PS Leistung schaffte manche Berge nur, wenn die Söhne kräftig mit anschoben. Bergab bereiteten immer wieder die Lederbeschläge auf den Bremsbacken Probleme. Einmal mussten sie noch eine defekte Leitung mit einem Strumpfband isolieren. Immer wieder wechselten sie sich bei der Lenkung des Automobils ab. Endlich, am späten Nachmittag trafen sie glücklich und triumphierend beim Elternhaus von Bertha in Pforzheim ein. Stolz über diese erste Fernfahrt eines Automobils telegrafierte Bertha sofort ihrem Mann, der in Sorge um sie zu Hause wartete.

Die Sensation war geschafft! Bertha Benz und ihre Söhne hatten den Beweis geliefert: Mit dieser selbst fahrenden Kutsche konnte man ohne Pferde weite und auch bergige Strecken bewältigen. Das Aufsehen war riesig. Das Großherzoglich-Badische Bezirksamt stellte Bertha Benz daraufhin weltweit den ersten Führerschein aus. Nun kamen auch die ersten Käufer. 1889 wurden die neuesten Modelle von Benz auf der Weltausstellung in Paris präsentiert. Ab dann war die Verbreitung des Automobils nicht mehr aufzuhalten. 1894 erschien mit dem Benz-Patent-Motorwagen »Velo« der erste Serienwagen der Welt. 1906 gründete Benz die Firma »Benz & Cie., Rheinische Automobil- und Motorenfabrik« in Ladenburg. Das Ladenburger Unternehmen betrieb er gemeinsam mit seinen Söhnen. 1914 wurde Carl Benz der Ehrendoktortitel der Technischen Hochschule Karlsruhe verliehen. 1926 kam es zur Fusion mit der Daimler-Motoren-Gesellschaft in die »Daimler-Benz AG« (heute Daimler AG). Carl Benz verstarb am 4. April 1929 in seinem Alterswohnsitz in Ladenburg. Bertha Benz starb am 5. Mai 1944.

Schmuckstadt Pforzheim

Die badischen Goldgräber

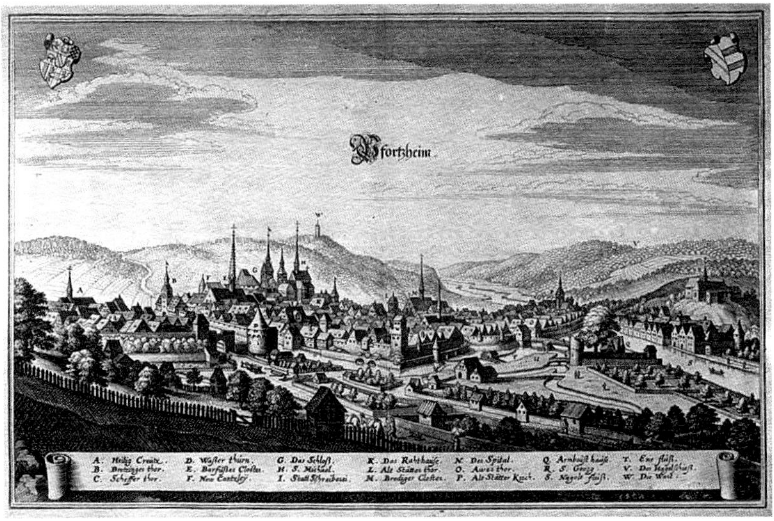

Merianstich Pforzheim

Als Wiege der Schmuckstadt Pforzheim gilt das 1718 eingerichtete »Waisen-, Toll-, Kranken-, Zucht- und Arbeitshaus«. Zur Ausbildung dieser Waisen richtete Markgraf Karl-Friedrich im Jahre 1767 eine Schmuck- und Uhrenfabrik ein. Schon vorher hatte Pforzheim als Sitz des Markgrafen von Baden eine wirtschaftliche Blütezeit. Heute ist die Stadt ein bedeutender Standort der Schmuck- und Uhrenindustrie in Deutschland. Wer allerdings in Pforzheim Gold sucht, wird nur in den vielen Schmuckgeschäften fündig. Es gibt weder ein »Goldenes Dacherl« wie in Innsbruck noch eine »Golden Gate Bridge« wie in San Francisco. Um Gold zu finden, passiert der Goldsucher beim Stadttheater die Brücke über die Enz. Nun befindet er sich auf dem Goldschmiedeweg. Entlang der Werderstraße informieren Texttafeln über die Entwicklung der heimischen Schmuck- und Uhrenindustrie. Die Edelsteinausstellung Schütt zeigt Schmuck- und Edelsteine, Uhren aus Achat und wertvolle Steinfiguren. Über die gesamte Bandbreite des abendländischen Schmuckes aus fünf Jahrtausenden informiert das Museum im Reuchlinhaus. Hier erlebt der Besucher hautnah das Schmelzen,

Pforzheim, Marktplatz 1912

Pforzheim 1945

Gießen, Pressen und Formen der Edelmetalle sowie das Schleifen und Polieren der Edelsteine. 1455 wurde Johannes Reuchlin in Pforzheim geboren. Neben Erasmus von Rotterdam zählte er zu den wichtigsten europäischen Humanisten. Wer Interesse am Kauf eines »Gedenksteines« mit etwas Gold drum herum für einen besonderen Anlass hat, für den hält die Tourist-Information eine Liste der vielen Pforzheimer Juweliergeschäfte parat. Mit Schmuck und Uhren baute sich die Stadt an der Enz nach dem Zweiten Weltkrieg wieder eine goldige Zukunft auf.

Am 23. Februar 1945 zerstörten britische Bomber innerhalb von 22 Minuten die Stadt Pforzheim fast völlig. Mindestens 17 600 Menschen fanden den Tod. Die Bomben und der Feuersturm, der sich in der eng bebauten Altstadt entwickelte, töteten fast ein Drittel der anwesenden Bevölkerung. Es dauerte Jahrzehnte, die Schäden komplett zu beseitigen.

Sage zu Pforzheim: Der dicke Amtmann

In Pforzheim lebte einmal ein Beamter, der seines Gewichtes wegen nur der dicke Amtmann genannt wurde. Seinen Dienst übte er so schlecht aus, daß er vor einer angekündigten Untersuchung in den Hohbergwald ging und sich dort im Kuhloch aufhängte. Von einem Jägerburschen, der gleich darauf vorbeikam, wurde er abgeschnitten und wieder ins Leben zurückgerufen. Durch Geld und gute Worte wurde der Bursche bewogen, zu schweigen; aber schon nach zwei Monaten erhängte sich der Amtmann wieder in seiner Wohnung im jetzigen Blumenwirtshaus. Darin mußte er dann alle Nacht umgehen. Einmal gab er dem Hauseigentümer, als der ihm aufpaßte, ein paar derbe Ohrfeigen. Ein anderer Mann fragte den Geist, der auf dem Gang vor seiner Stube auf und ab ging, wer er sei und erhielt die Antwort: »Der dicke Amtmann!« »Gib mir deine Hand, damit ich sehe, ob du wahr gesprochen!« erwiderte der Mann. »Da würde ich deine Hand übel zurichten«, sagte der Geist, »Reiche mir etwas anderes her!« Der Mann hielt ihm nun ein kleines Brett hin, auf das der Geist seine Hand legte, die sich sofort in das Holz einbrannte. Zwanzig Jahre lang dauerte der Spuk, da ließen die Hausleute endlich den Synagogendiener kommen, der mit dem siebten Buch Mosis genau bekannt war. Der Jude beschwor das Gespenst und zwang es, in Gestalt eines kleinen schwarzen Hundes in einen Sack zu schlüpfen. Diesen trug er hinaus auf das Feld bei dem Hohberg und bannte den Geist hierhin. Doch dieser wollte hier nicht bleiben und verlangte, in das Kuhloch gebracht zu werden. Das geschah auch. Seitdem zeigt sich hier der dicke Amtmann in grauem Überrock, weißer Schlafmütze und grünen Pantoffeln noch heute. Die Vorübergehenden führt er zuweilen irre und hat auch schon einige, die ihn neckten, mit Ohrfeigen traktiert.

»Das große Deutsche Sagenbuch«, Albatros-Verlag

Rund um Bad Teinach

Ein sehenswertes Dreierlei

Kabbalistische Lehrtafel Bad Teinach

Drunten im Tal am Fluss Nagold liegt das Thermalbad Teinach. Südwestlich davon das idyllische Bergbaustädtchen Neubulach und oben am Berg das malerische Fachwerkstädtchen Zavelstein mit der Burgruine. Die Heilquelle im Teinachtal zählte bereits im 17. und 18. Jahrhundert zum Lieblingsbad der württembergischen Herzöge. Der Bekanntheitsgrad der Heilquelle reicht bis ins Spätmittelalter zurück. Sie soll der Sage nach durch einen Hirsch entdeckt worden sein und heißt deshalb Hirschquelle. Schon im 17. Jahrhundert gab es einen regen Kurbetrieb. Im Jahre 1835 wurde Teinach königliches Bad. König Wilhelm I. von Württemberg ließ nach Plänen Friedrich von Thourets ein Badehaus, eine Trinkhalle und das Badhotel (Hotel Therme Teinach) errichten. Neben dem Badebetrieb lieferten Fuhrleute das Heilwasser in großen Tonkrügen bis nach Stuttgart. Heute bekommt jedermann auf Bestellung das Wasser in Flaschen von der Mineralbrunnen Teinach GmbH unter dem Markennamen Hirschquelle ins Haus geliefert. Nachdem in den 1970er-Jahren bei einer Tiefenbohrung eine weitere Quelle mit einem hohen Mineraliengehalt erschlossen wurde, erlebte Teinach einen neuerlichen Aufschwung. Mit der Renovierung des Bades im Stil des 19. Jahrhunderts entstanden eine großzügige und weitläufige Therme auf über 2500 Quadratmetern und eine Wasserfläche von 400 Quadratmetern sowie Kuranlagen mit einer künstlichen Kaskade. Neben einem Bummel durch die Kuranlagen empfiehlt sich ein Besuch der Evangelischen Dreifaltigkeitskirche. Hier gibt es mit der kabbalistischen Lehrtafel ein sagenumwobenes Flügelbild. Dieses Kleinod ist ein Triptychon mit Motiven zur jüdischen Geheimlehre der Kabbala. Es wurde nach dem Dreißigjährigen Krieg von der herzoglichen Prinzessin Antonia von Württemberg 1673 gestiftet.

Neubulach beeindruckt mit schmucken Fachwerkhäusern und einer Altstadt, die noch von einer gut erhaltenen Mauer umgeben ist. Nicht umsonst ist der Ort Teil der Deutschen Fachwerkstraße. Das Schaubergwerk »Hella Glück« mit dem Erlebnisstollen zieht viele Besucher an und wird auch zur Asthmatherapie genutzt. Bereits ab dem 11. Jahrhundert wurden hier Silber- und Kupfererze abgebaut. Nach der Schließung des Silberbergwerks 1970 nutzte man ab 1972 einen Seitenstollen zur Behandlung von Atemwegserkrankungen. Der Erfolg dieser Heilmethode führte dazu, dass Neubulach 1996 als erster Ort in Deutschland das Kurprädikat »Luftkurort mit Heilstollenkurbetrieb« erhielt. Später entstand dann der Erlebnisstollen. Dieser vermittelt den Besuchern bei Führungen die unterirdische Welt der Bergmänner. In der Bergvogtei befindet sich ein sehenswertes Mineralienmuseum.

Ganz oben am Berg steht Zavelstein. Auch hier dominieren Fachwerkbauten. Natürlich ist auch die Burgruine weithin sichtbar, die um das Jahr 1200 als Stauferburg erbaut und vom Ritter Richelin von Zavelberg bewohnt wurde. Nachdem Graf Eberhardt II. von Württemberg 1367 Zuflucht in der Burg gefunden hatte, verlieh er Zavelstein zum Dank die Stadtrechte. Anfang des 17. Jahrhunderts baute der Burgherr Benjamin Bouwinghausen von Wallmerode die Burg zu einem Schlösschen im Stil der Spätrenaissance um. Im Herbst 1634 plünderten Einwohner aus Wildberg das Schloss Zavelstein. Französische Truppen zerstörten 1692 die Stadt. Übrig geblieben ist die Burgruine mit ihrem 28 Meter hohen Turm. Bouwinghausen soll damals Krokuszwiebeln nach Zavelstein gebracht haben, deshalb blühen heute noch im Frühjahr über eine Million wilde Krokusse außerhalb des Städtchens in einem Naturschutzgebiet.

Sage vom Kaiser Heinrich III.

Brüder Grimm, »Deutsche Sagen«, 1818

Kaiser Heinrich III., Kupferstich

Kaiser Conrad der Franke ließ ein Gebot ausgehn: wer den Frieden bräche, dem sollte man das Haupt abschlagen. Dies Gebot brach Graf Leopold von Calw, und da der König zu Land kam, entwich Graf Leopold in den Schwarzwald in eine öde Mühle, meinte sich da zu enthalten mit seiner Hausfrau, bis daß ihm des Königs Huld wieder würde. Eines Mals ritt der König ungefähr in den Wald, und vor dieselbe Mühle hin. Und da ihn Leopold hörte, furchte er, der König wolle ihn suchen, und floh in das Dickicht. Seine Hausfrau ließ er in der Mühle, die konnte nirgends hin; denn es war um die Zeit, daß sie ein Kind gebähren sollte. Als nun der König nah bei der Mühle war, und die Frau in ihren Nöthen hörte schreien, hieß er nachsehen, was der Frauen gebräche. In den Dingen hörte der König eine Stimme, die sprach: »auf diese Stunde ist ein Kind hier geboren, das wird dein Tochtermann!« Conrad erschrak, denn er wußte anders nicht, denn daß die Frau eine Bäuerin wäre; und dachte, wie er dem zuvorkommen möchte, daß seine Tochter keinem Bauern zu Theil würde. Und schickte zwei seiner Diener in die Mühle, daß sie das neugeborne Kind tödteten, und zu dessen Sicherheit ihm des Kindes Herz brächten; denn er müsse es haben zu einer Buße. Die Diener mußten dem Kaiser genug thun, fürchteten doch Gott und wollten das Kind nicht tödten; denn es war gar ein hübsches Knäbelein, und legten's auf einen Baum, darum, daß etwer des Kindes inne würde.

Dem Kaiser brachten sie eines Hasen Herz, das warf er den Hunden vor, und meinte damit zuvor gekommen zu seyn der Stimme der Weissagung.
In den Weilen jagte Herzog Heinrich von Schwaben auf dem Wald, und fand das Kind mutterallein da liegen. Und sah, daß es neugeboren war, und brachte es heimlich seiner Frau, die war unfruchtbar, und bat sie, daß sie sich des Kindes annähme, sich in ein Kindbett legte, und das Kind wie ihr natürliches hätte; denn es sey ihnen von Gott geschickt worden. Die Herzogin that es gern, und also ward das Kind getauft und ward Heinrich geheißen; niemand aber hielt es anders als für einen Herzogen zu Schwaben. Und da das Kind also erwuchs, ward es König Conrad gesandt zu Hof. Der hieß diesen Knaben öfter vor sich stehen, denn die andern Junkern an seinem Hofe, von seiner klugen Weisheit und Höflichkeit wegen. Nun geschah es, daß dem Kaiser eine Verleumdung zu Ohren kam: der junge Herr wäre nicht ein rechter Herzog von Schwaben, sondern ein geraubt Kind. Da der Kaiser das vernahm, rechnete er seinem Alter nach, und kam ihm Furcht, es wäre dasjenige, wovon die Stimme bei der Waldmühle geredet hätte. Und wollte wiederum zuvorkommen, daß es nicht seiner Tochter zu einem Mann würde. Da schrieb er einen Brief der Kaiserin, in dem befahl er ihr, als lieb ihr Leib und Leben wäre, daß sie den Zeiger dieses Briefes tödten hieße. Den Brief befahl er beschlossen dem jungen Herrn an, daß er ihn der Kaiserin einhändigte und niemand anderm. Der junge Heinrich verstund sich darunter nichts als Gutes, wollte die Botschaft vollenden, und kam unterwegens in eines gelehrten Wirthes Haus; dem vertraute er seine Tasche von Sicherheit wegen, worin der Brief und anders Ding lagen. Der Wirth kam über den Brief aus Fürwitz, und da wo er geschrieben fand, daß die Kaiserin ihn tödten sollte, schrieb er: »daß die Kaiserin dem jungen Herrn, Zeiger des Briefs, ihre Tochter gäbe und zulegte unverzogenlich;« den Brief beschloß er wieder mit dem Insiegel gar säuberlich ohne Fehl. Da nun der junge Herr der Kaiserin den Brief zeigte, gab sie ihm die Tochter und legte sie ihm zu. Die Mären kamen aber bald vor den Kaiser. Da befand der Kaiser mit dem Herzogen von Schwaben und andern Rittern und Knechten, daß der Jüngling war von Leopolds Weib in der Mühle geboren, von dem die Stimme geweissagt hatte, und sprach: »nun merk' ich wohl, daß Gottes Ordnung niemand hintertreiben mag,« und förderte seinen Tochtermann zu dem Reich. Dieser König Heinrich baute und stiftete hernachmals Hirschau das erste Kloster, an die Statt der Mühle, darin er geboren worden war.

Graf Hubert von Calw

Deutsche Sagen, Brüder Grimm, 1818

Vor alten Zeiten lebte zu Calw ein Graf in Wonne und Reichthum, bis ihn zuletzt sein Gewissen antrieb, und er zu seiner Gemahlin sprach: »nun ist von Nöthen, daß ich auch lerne, was Armuth heißt, wo ich nicht ganz will zu Grunde gehen.« Hierauf sagte er ihr Lebewohl, nahm die Kleidung eines armen Pilgrims an, und wanderte in die Gegend nach der Schweiz zu. In einem Dorfe, genannt Deislingen, wurde er Kuhhirt, und weidete die ihm anvertraute Heerde auf einem nahgelegenen Berge mit allem Fleiß. Wiewohl nun das Vieh unter seiner Hut gedieh und fett ward: so verdroß es die Bauern, daß er sich immer auf dem nämlichen Berge hielt, und sie setzten ihn vom Amte ab. Da ging er wieder heim nach Calw, und heischte das Almosen vor der Thüre seiner Gemahlin, die eben ihre Hochzeit mit einem andern Mann feierte. Als ihm nun ein Stück Brod herausgebracht wurde, weigerte er es anzunehmen, es wäre dann, daß ihm auch der Gräfin Becher voll Wein dazu gespendet würde. Man brachte ihm den Becher, und indem er trank, ließ er seinen güldenen Mahlring darein fallen, und kehrte stillschweigends nach dem vorigen Dorfe zurück. Die Leute waren seiner Rückkunft froh, weil sie ihr Vieh unterdessen einem schlechten Hirten hatten untergeben müssen, und setzten den Grafen neuerdings in seine Stelle ein. So hütete er bis zu seinem Lebensende; als er sich dem Tode nah' fühlte, offenbarte er den Leuten, wer und woher er wäre; auch verordnete er, daß sie seine Leiche von Rindern ausfahren lassen, und da, wo diese stillstehen würden, beerdigen sollten, daselbst aber eine Capelle bauen. Sein Wille ward genau vollzogen, und über seinem Grabe ein Heiligthum errichtet, nach seinem Namen Hubert oder Oberk »zu Sanct Huprecht« geheißen. Viele Menschen wallfahreten dahin, und ließen zu seiner Minne Messen lesen; jeder Bürger aus Calw, der da vorüber geht, hat das Recht, an der Capellenthüre anzuklopfen.

Klosteranlage Hirsau

Mein Freund der Baum ist tot

Ruinen der Klosteranlagen St. Aurelius und St. Peter und Paul

Eine rund dreißig Meter hohe Ulme krönte über 200 Jahre lang das Bild der Klosterruine. Dieser Baum inspirierte den Tübinger Lyriker Ludwig Uhland zu seinem Gedicht »Ulmenbaum«. Uhlands volksliedhafte Verse über die Ulme, die heute weit verbreitet sind, wurden erstmals im »Morgenblatt für gebildete Stände« veröffentlicht. 1899 vertonte Richard Strauss das Werk (op. 43 Nr. 3) für Gesang und Klavier und damit gelang es noch weiter an die Öffentlichkeit. Das etwa im Jahre 830 gegründete Benediktinerkloster erlebte unter Abt Wilhelm in der zweiten Hälfte des 11. Jahrhunderts seine Bedeutung. Eine neue Klosteranlage entstand, in deren die Peter- und Paulskirche im Zentrum steht. Als französische Truppen Hirsau 1692 vernichteten, kümmerten sich erst wieder nach dem Zweiten Weltkrieg Denkmalpfleger um die Klostergeschichte und den teilweisen Wiederaufbau der Klosteranlage. Heute befindet sich neben der romanischen St.-Aurelius-Kirche ein Klostermuseum, das die Klostergeschichte mit seiner cluniazensischen Reformbewegung vermittelt. Die cluniazensische Reform war eine vom burgundischen Benediktinerkloster Cluny ausgehende geistliche Reformbewegung der katholischen Kirche des Hochmittelalters, die den Mönchen strengere Regeln auferlegte. Schön ist auch der gotische Kreuzgang. Spätestens hier spürt der Besucher, welch mystisches Flair diese Klosteranlage nahe der Stadt Calw verbreitet.

Sagenumwobenes Murgtal

Zwei Sagenwege und ein kaltes Herz

Wenn sich die beiden Quellflüsse, die vom Schliffkopf in Nähe der Schwarzwaldhochstraße kommend, in Baiersbronn zur Murg vereinen, beginnt eine wildromantische Flusslandschaft. Seit jeher war dieses Gebiet im Nordschwarzwald von Sagen umwoben. Nicht umsonst gibt es im Murgtal zwei Sagenwege und das kleine sehenswerte »Hauff Märchenmuseum«. Der in Stuttgart geborene Schriftsteller Wilhelm Hauff (1802–1827) wurde mit seinem Märchen »Das kalte Herz« bekannt. Er erzählt darin über das Leben der Flößer, Köhler, Glasmacher und Waldarbeiter in dieser Region. Die Geschichte der Berufe im Schwarzwald basiert auf Fakten und zeigt auch unter anderem, wie das Leben der Menschen im früheren Murgtal gewesen ist. Ein armer Köhler strebt nach Reichtum und lässt zu seiner Hilfe die finsteren Kräfte des Waldes wecken. Das Märchen wurde mehrmals unter dem Titel »Das kalte Herz« verfilmt und einer breiten Masse zugänglich gemacht. Ein weiteres Museum zu diesem Thema befindet sich im Museum des Schlosses Neuenbürg, etwa zwölf Kilometer südwestlich von Pforzheim. In sechs begehbaren Szenen wird das Märchen über menschliche Gier, Ehrgeiz, unerfüllte Wünsche und andere Verlockungen multimedial erzählt. Wie in einem Theater, wo Licht, Farbe, Musik und Klang für dramaturgische Effekte sorgen, erlebt der Besucher auch hier hautnah und mit allen Sinnen die schaurig-schöne Geschichte des armen Kohlenbrenners Peter Munk aus dem Schwarzwald, der durch einen finsteren Pakt zu Reichtum und Ansehen gelangt, dabei jedoch etwas Wesentliches verliert. Das Faszinierende an der Inszenierung in Schloss Neuenbürg: Der Besucher ist mittendrin im Geschehen! Doch weiter im Murgtal. Die Stadt Forbach wartet mit einem drei Kilometer langen Sagenweg auf, der von Künstlern gestaltet wurde.

Der Sagenweg von Forbach – die Stationen

Der Hexenbesen in der Ringwiese

Erzählungen berichten davon, dass auch in Gausbach einst Geister ihr Unwesen trieben. Die Ringwiese wird in alten Büchern als »Ring tanzender Hexen« ausgelegt. Ein eiserner Hexenbesen des

Künstlers Rüdiger Seidt auf einem riesigen Granitstein symbolisiert die mystische Bedeutung. Eine kleine Hexe von Corinna Genter-Boccia auf dem Hexenbrunnen ergänzt die Station.

Das feurige Teufelchen

Die kleine »Teufel-Stele« wurde vom Elsässer Künstler Thiery Gangloff gemeißelt.

Das Kapellele

Auf dem symbolischen Altar einer ehemaligen Kapelle weist das eingemeißelte Auge auf die Geschichte eines erblindeten Mädchens hin. Diese Edelstahlkonstruktion stammt von Rüdiger Seidt.

Die Zielsteine

An dieser Stelle soll ein Gausbacher einen Grenzstein mutwillig zu seinem Vorteil versetzt haben. Mit den auf Stahlstäben fast schwebend anmutenden Grenzsteinen des Künstlers Rüdiger Seidt weist dieser auf diese Geschichte hin.

Die Geschichte vom Gausbacher Mayer-Ernst

Auf dem Heimweg durch den dunklen furchterregenden Wald wurde der Gausbacher Mayer-Ernst von einem kleinen, schwarzen Männlein überfallen. Mit Angst und Schrecken entkam er dem kleinen schwarzen Teufel im Dunkel der Nacht. Zu Hause stellte er zu seinem Schrecken fest, dass das Männlein seine neu gekauften Schuhe, die er auf dem Rücken transportierte, in Kuhglocken verwandelt hatte. Rüdiger Seidt meißelte die Kuhglocke aus heimischem Sandstein.

Gernsbacher Sagenweg

Nur wenige Kilometer weiter folgt der Gernsbacher Sagenweg. Laut einer Sage hat die Gräfin von Eberstein durch einen falschen Eid den Rockertwald an sich gebracht. Als sie in dem Wald selbst es beschwören sollte, dass er ihr gehöre, da tat sie zuvor Erde von ihrem Grund und Boden in die Schuhe und steckte heimlich einen Löffel, den man damals »Schöpfer« nannte, auf den Hut und schwur alsdann: »So wahr der Schöpfer über mir ist, so wahr stehe ich hier auf eigenem Grund und Boden!« Sie glaubte, so den falschen Schwur zu umgehen, aber ihrer Strafe ist sie nicht entgangen. Der Wald indes ist dadurch an die Herrschaft gekommen, die ihn noch jetzt besitzt. Im Buch »Schwäbische Sagen« von Ernst Meier stehen viele Geschichten.

Sagenumwobene Klingelkapelle Gernsbach

Geschichten vom Rockertweible

1. In Loffenau, Reichental, Gernsbach und noch weiter im Murgtal hinauf weiß man nichts vom ewigen Jäger. Dagegen spricht man umso mehr von dem Rockertweible, das von dem Wald »Rockert« seinen Namen hat. Es geht daher in ganz zerlumpten und zerfetzten Kleidern, trägt ein großes Gebund Schlüssel am Leibe und macht oft ein Geräusch, als wenn eine Ölmühle klopft. Dieses Klopfen soll übrigens immer ein fruchtbares Jahr anzeigen. Außerdem jagt das Rockertweible beständig mit mehreren Hunden im Rockertwald.

2. Einst hatten einige Wilderer in diesem Wald ein Feuer angemacht. Da hörten sie erst aus der Ferne ein wildes Jagen und Hetzen, und dann kam das Rockertweible selbst zu ihnen her mit drei Hunden, denen die Zunge aus dem Maul hing. Es breitete seine Beine auseinander, stellte sich über das Feuer, sah die erschrockenen Wilderer eine Weile an, lachte hell auf und ging weiter. Als die Wilderer wieder zu sich kamen, fehlte dem einen der Hut, dem anderen das Gewehr, dem dritten das Messer.

3. In dem Dörfchen Scheurer bei Gernsbach saß eines Abends ein Mann am Fenster und machte Weiden zurecht. Da kam das Rockertweible, hatte ein großes Gebund Schlüssel bei sich und mehrere Hunde, die sie beständig lockte: »Hu dock! Hu dock dock dock!«

Der Mann wusste nicht, was er machen sollte, und warf eine Weidenrute zum Fenster hinaus. Die nahm das Rockertweible, band sie sich um den Leib und ging fort.

4. Ein anderes Mal kam ein Mann durch das Murgtal bei Gernsbach und hörte am Fuß des Rockertwaldes auf einer Wiese das Rockertweible jagen. Da rief er ihr zu: »Altes Schindluder, gib mir auch ein Stück von deinem Jagdrecht!« Zum Glück war eine Heuscheuer in der Nähe, in welche der Mann eilig sprang, sonst hätte es ihm schlimm gehen können. Wer nämlich unter Dach ist, über den haben die Geister keine Macht mehr. Am anderen Morgen aber lag vor der Scheuer ein ganzer Haufen »Beiner« von Wild und Vieh, womit das Rockertweible nach ihm geworfen hatte.

Von Bären und Wölfen

Seniorenresidenz für Bär, Luchs und Wolf

»Alternativer Wolf- und Bärenpark« in Bad Rippoldsau-Schapach

Keine Angst! Eine Begegnung mit einem Wolf bei einer Wanderung durch den Schwarzwald ist äußerst selten. Der Wolf meidet die Nähe des Menschen. Wahrscheinlicher ist die Begegnung mit einem Bären. Doch dazu muss man den »Alternativen Wolf- und Bärenpark« in Bad Rippoldsau-Schapach besuchen. Poldi, Kaja und Daria genießen dort ihren Altersruhesitz. Diesen alternativen Tierpark im Schwarzwald gibt es seit 2010. Er bietet derzeit acht Bären, sechs Wölfen und zwei Luchsen auf zehn Hektar ein tiergerechtes Zuhause. Es handelt sich dabei um teilweise verhaltensgestörte Tiere aus schlechten Haltungen. Die Stiftung unterhält hier ein großzügig bemessenes Gelände mit naturnahen Anlagen. Da erkunden und verstecken sich die Tiere, graben Höhlen, baden oder ziehen sich zur Winterruhe zurück. Die Freianlagen sind in Teilareale unterteilt, um die Tiere im Fall des Falles voneinander trennen zu können. Und hier kann man endlich auf einer Wanderung auch dem Wolf gefahrlos begegnen. Einzelpersonen und Gruppen erfahren dort Wissenswertes zum Tier- und Artenschutz von Bär, Wolf und Luchs.

Die Sage vom Glaswaldsee

Bernhard Baader, »Volkssagen aus dem Lande Baden«, 1851

Am Ufer des Glaswaldsees bei Bad Rappenau-Schapbach

Der Name Glaswaldsee bezieht sich auf eine Glashütte, die im 17. Jahrhundert im Seebachtal nahe Bad Rippoldsau stand. Hier wurde in früheren Zeiten Glas für die Flaschen des Rippoldsauer Sauerbrunnens hergestellt. Der Volksschriftsteller Heinrich Hansjakob schrieb über den See: »Es ist wohl der kleinste, aber nach meinem Geschmack der feinste Bergsee des Schwarzwaldes, und zwar deshalb, weil er der düsterste ist und voll von Melancholie.« Der Glaswaldsee in einer Höhenlage von 960 m ü.d.M. ist auch als »blaues Auge« im mittleren Nordschwarzwald bekannt. Er ist einer von zwölf erhaltenen Karseen im Schwarzwald. Nach einer Sage hielten sich im Glaswaldsee in früheren Zeiten Seemännlein auf. Klein wie Kinder, glich ihre Gestalt der der Menschen. Ihre untere Hälfte war jedoch den Fischen ähnlich. Auch konnten sie sich unsichtbar machen. Eines jener Seemännlein war mit den Leuten vom Seebenhof befreundet.

Die Sage vom Seemännlein

Eine Viertelstunde weiter unten am Berg wurde der Hof dem Seewesen fast zur zweiten Heimat: Jeden Morgen weckte es die Hofbewohner und blieb bis zum Abend bei ihnen. Dann musste es in den See zurückkehren. Den ganzen Tag schaffte das Seemännlein für die Seebenhofler. Besonders lag ihm das Vieh am Herzen, das schöner als je gedieh. Wenn dem Männlein eine Arbeit aufgetragen werden wollte, galt es folgende Worte zu sprechen: »Nicht zu wenig und nicht zu viel!« Sagten sie das nicht, tat das Männlein entweder viel zu viel oder viel zu wenig. Täglich bekam es auf dem Hof sein Frühstück, Mittag- und Nachtessen, das ihm unter die Treppe gestellt werden musste, wo es, alleinsitzend, dasselbe verzehrte.

Obschon sein Anzug wie sein Schlapphut stark abgetragen und seine Jacke obendrein zerrissen war, hielt es doch den Bauern stets ab, ihm andere Kleidungsstücke anzuschaffen. Endlich ließ der Bauer im Winter ein neues Röcklein machen und gab es dem Männlein. Da sagte dieses: »Wenn man ausbezahlt wird, muss man gehen; ich komme von morgen an nicht mehr zu euch.« So sehr der verdutzte Bauer auch versicherte, daß der Rock kein Lohn sei, sondern nur ein Geschenk, konnte er doch das Männlein von seinem Vorsatz nicht mehr abbringen.

Darüber erboste sich eine Magd so arg, dass sie dem Männlein kein Nachtessen mehr servierte. So musste es mit leerem Magen von dannen ziehen. Am anderen Morgen war die Magd fort und ward nie wieder gesehen. Das Seemännlein hat sich kein einziges Mal mehr auf dem Hofe blicken lassen.

Die Flößer

So könnte es gewesen sein

So halten die Schiltacher Flößer die Tradition lebendig. Beim Flößerfest kommt das 60 Meter lange selbst gebaute Floß zum Einsatz.

Martin Kehler war Flößer mit Leib und Seele. Obwohl er ein gestandenes Mannsbild war, fiel ihm jedes Mal der Abschied von seinem Schwarzwälder Heimatort Schiltach und auch von seiner Familie sehr schwer. Wusste er doch, dass es für seine Frau Maria mit den fünf Kindern während der Zeit seiner Abwesenheit nicht leicht war, den kleinen Bauernhof alleine zu bewirtschaften. Katharina, die älteste der fünfköpfigen Kinderschar, war zehn Jahre alt und konnte schon leichtere Arbeiten im Haushalt durchführen. So gehörte auch das Füttern der Hühner zu ihren Aufgaben, wobei das »Nesthäkchen«, die kleine Schwester Paulina so gut sie konnte mithalf. Ihre drei Brüder nutzten bei der Abwesenheit des Vaters meist die Gelegenheit, sich vor der anstrengenden Hofarbeit zu drücken, was aber nicht bedeutete, dass sie faul auf ihrer Haut lagen. Trotz der großen Belastung war Maria Kehler mit ihrem Leben recht zufrieden, wusste sie doch einen fleißigen und treuen Gatten um sich. Außerdem erwartete die rechtschaffene Bäuerin, die erneut »guter Hoffnung« war, in ein paar Monaten ihr sechstes Kind.

Die Kehler waren nicht reich und ohne den Lohn des Vaters wären sie nicht über die Runden gekommen. Zum Glück war Martin Kehler ein begeisterter und auch handwerklich gut ausgebildeter Flößer, und so fiel dem stämmigen Mann die Arbeit des schweren Floßbaues recht leicht. Es gehörte schon eine gehörige Portion Mut und Energie dazu, auf Baumstämmen von Schwarzwaldtannen oder krummen Eichen die wasserreiche Kinzig bis zum Rhein und dann rheinabwärts weiter bis nach Mainz oder wenigstens bis zu den Stapelplätzen und Holzmärkten von Karlsruhe und Mannheim hinunterzufahren. Die Kinzigtäler Flößer, die früher bis nach Holland flößten, waren inzwischen auf dem Rhein nicht gerne gesehen, denn der Holztransport bis ins weit entfernte Holland war Sache der Rheinflößer. Die von zahlreichen fleißigen Helfern zusammengebundenen Gestöre mussten äußerst stabil gebaut sein, denn bis zum Ziel musste das Bindematerial, die sogenannten Wieden aus Haselnusssträuchern und Weidenzweigen, die manchmal bis zu hundert Meter langen Ungetüme ohne Unfälle zusammenhalten. Die Wieden wurden jedoch von den Flößern nicht selbst gedreht, sondern meist von den Strohflechtern hergestellt. Trotz der guten Qualität der Flöße gab es immer wieder Schwierigkeiten, die sich durch das anspruchsvolle Manövrieren auf den zum Teil sehr kurvigen und unberechenbaren Flussläufen ergaben. Es war nicht einfach, ein Floß durch die zum Teil wilden Stromschnellen zu triften, deshalb unterteilte man größere Flöße in einzelne Gestöre (Gehänge). So ließ sich das Floß besser lenken.
Am Vorabend der Abfahrt trafen sich die meisten Flößer, die überwiegend streng gläubig waren, mit ihren Familien in der evangelischen Stadtkirche von Schiltach, um sich den Segen von »Allerhöchster Stelle« zu erflehen. Das aus Sandstein gebaute Gotteshaus mit seinem 54 Meter hohen Kirchturm wurde in den Jahren 1839 bis 1843 erbaut und zählt mit zu den größten evangelischen Kirchen in Baden. Der Pfarrer, der sich für diesen Anlass eine launige, aber auch fromme Rede hatte einfallen lassen, sparte in seiner Predigt nicht mit Ermahnungen und erinnerte die frommen Flößer daran, jeden Tag dem Herrgott für seine Gnade zu danken. Nach dem Segen des Geistlichen gingen die Flößer, wie es Tradition war, ins Wirtshaus, um auf ein gutes Gelingen anzustoßen. Nach einigen geleerten Krügen Bier ging man nach Hause, um sich vor der großen Fahrt noch etwas auszuruhen.
Es war noch sehr früh am Morgen des 6. Juli 1869, als sich Martin Kehler auf den Weg zur Floßanlegestelle machte, um sich mit den anderen Flößern auf den beschwerlichen Weg zu begeben. Seine

Frau Maria hatte ihm noch zur Wegzehrung Speck, geräucherte Würste und einige Bauernbrote in den Rucksack gepackt. Diese Verpflegung musste bis Mainz reichen. Fürs Trinken war gesorgt. Ein Fass Bier stand bereits fest vertäut auf dem Floss. Mit einem Kuss verabschiedete sich der Flößer von seiner Frau, während die Kinder noch tief und fest schliefen. Er nahm seine lange Flößeraxt und wollte gerade das Gehöft verlassen, als ihm seine Frau noch nachlief, um ihm seine hölzerne Pfeife zu bringen, die er in der Eile vergessen hatte. Sie wusste, dass ihr Gemahl unterwegs nicht gerne auf dieses rauchige Vergnügen verzichtete. Martin Kehler war gut gelaunt, schien doch das Wetter für die nächsten Tage zu halten. Regenwetter war bei den Flößern äußerst unbeliebt. Die Stämme wurden dadurch glitschig und bildeten eine große Gefahrenquelle. Und sich durch einen Unfall zu verletzen, war das Letzte, was Kehler auf seiner beschwerlichen Reise gebrauchen konnte. Am Treffpunkt angelangt, begrüßten ihn seine Flößerkameraden sehr herzlich. Dank der kräftigen Regenfälle der vergangenen Tage mussten die beiden Flüsse Kinzig und Schiltach nicht mit Holzscheiten gestaut werden. Bei Niedrigwasser stauten sie immer kurz vor der Abfahrt das Wasser und nutzten nach dem Entfernen des Staumaterials den Wasserschwall. Während sie noch den Zusammenhalt der Stämme kontrollierten, fanden sich am Ufer mehrere Frauen ein. Die meisten Ehefrauen ließen es sich nicht nehmen, ihre Männer an der Anlegestelle persönlich zu verabschieden. Zu seiner Freude entdeckte Martin Kehler auch seine Gemahlin unter den zahlreichen Frauen. Er stieg nochmals kurz vom Floß und umarmte sie fest. Man wusste ja nie, ob es ein Wiedersehen gab. Dann legte das lange Gefährt aus Tannenholz von der Anlegestelle ab, um die abenteuerliche und gefährliche Reise zu beginnen. Noch lange winkte Martin Kehler seiner Frau mit seinem breitrandigen schwarzen Filzhut zu, der ihn vor Sonne und Regen schützte. Zuerst schwamm das Floß ganz ruhig auf der Kinzig dahin. Erst als die Kinzig bei Kehl in den Rhein mündete, wurde die Fahrt bedeutend unruhiger. Nach Tagen erreichten sie vorbei an Rastatt, Karlsruhe, Speyer, Mannheim und Worms den Holzsammelplatz in Mainz. Glücklicherweise war ihnen auf dieser Fahrt das Wetter gewogen und ohne größere Schwierigkeiten konnten sie die für Holland bestimmten Schwarzwälder Tannen abliefern. Sofort wurde die wertvolle Fracht bezahlt. An den Holzsammelplätzen stellte man größere Flöße zusammen. Je breiter der Fluß, desto größer die Flöße. Am Niederrhein erreichten sie eine Größe von über 300 Meter Länge. Kehler wunderte sich immer wieder über den gewaltigen Holzbedarf der Niederländer.

Seit Jahrhunderten lieferten die Flößer aus dem Schwarzwald die begehrten geraden Schwarzwaldtannen. Millionen wurden zum Bau der Städte Amsterdam und Rotterdam benötigt. Die aktuelle Lieferung diente aber wohl mehr dem Schiffsbau. Das mächtige niederländische Handelsimperium besaß unter anderem Kolonien in Indonesien, Guyano, Surinam sowie weitere Standorte in den niederländischen Antillen. Kehler konnte es egal sein. Wichtig war, wie er und seine Familie im Schwarzwald überleben konnten. Zurück ging es zusammen mit den Flößern aus dem Murgtal, die ebenfalls geliefert hatten, mit der Eisenbahn. Sie genossen gemeinsam diese komfortable Rückreise, die für die Kinzigflößer erst in Hausach endete. Dabei wurde ihnen bewusst, welche Konkurrenz den Flößern mit dem Bau der Eisenbahnen entstand. Vor vielen Jahren mussten sie die lange Reise, manchmal zurück von Amsterdam, als Mitfahrgelegenheiten auf Lastkähnen stromaufwärts bewältigen. Bevor die Dampfschiffe den Rhein stromaufwärts fuhren, zogen Pferde am Ufer auf Treidelpfaden die Schiffe. Da nun die Schwarzwaldbahn bis Hausach fertig gestellt war, fuhren die Flößer mit dem Zug und nur noch das letzte kurze Stück mit der Postkutsche bis Schiltach. Erleichtert begrüßte Familie Kehler die gesunde Heimkehr ihres Familienvaters.
Die Flößerei aus dem Schwarzwald wurde über viele Jahrhunderte betrieben und wurde erst durch den Bau der Eisenbahnen vom »Dampfross« verdrängt. Nun konnte man noch schneller viel mehr Holz liefern. Den folgenden Kahlschlag ersetzte man durch schnell wachsende Fichten.

Das Flößer-Diplom

Am Pavillon des Loßburger Zauberlandes direkt am Kinzigsee, beginnt der erlebnisreiche Flößerpfad entlang der Kinzig. Der erste etwa zwölf Kilometer lange Weg über Loßburg bis Alpirsbach entstand bereits im Jahre 1995. Später gab es dann eine Erweiterung von 20 Kilometern über Schiltach bis nach Wolfach. Insgesamt ist es nun ein empfehlenswerter Wanderweg mit einer Länge von 32 Kilometern mit 34 informativen Schautafeln und einem zwölf Meter langen Floßnachbau. Der Wanderer erfährt vieles über das Quellgebiet der Kinzig, die Flößerei und über die harte Arbeit der Holzknechte. Zusätzliche Informationen erhalten Interessierte anhand eines Flyers. Unter www.floesserpfad.de/audioguide kann der Audio-Guide für Kinder und Erwachsene heruntergeladen werden. Damit ist man bestens gewappnet, die Fragen zum Erwerb des Flößer-Diploms zu lösen. Ein Spaß für die gesamte Familie.

Die seltsame Fahrt

Bernhard Baader, »Badisches Sagenbuch«, 1846

Auf dem verfallenen Bergschlosse bei Kirnbach befindet sich in einem steilen Felsen ein brunnenartiges Loch von unergründlicher Tiefe. Aus demselben steigt in den Adventsnächten eine Kutsche, die mit zwanzig grauen Geißböcken bespannt ist und an der zwei brennende Laternen hängen. Sie wird von einem ehemaligen Grafen des Schlosses gelenkt, welcher, in voller Rüstung und mit geschlossenem Helmgitter, allein darin sitzt. Mehr denn hundert Knappen folgen ihr aus dem Felsenloche nach, jeder einen Speer und eine angezündete Fackel in den Händen tragend. Mit Blizesschnelle und wildem Getöse fährt der Zug den steilen Felsen und eine Schlucht hinab und macht dann unten im Thale Halt. Hier sammeln sich die Knappen im Kreis um die Kutsche, der Graf steigt aus und legt an ein Rad den Hemmschuh, worauf er sich wieder hineinsetzt. Unter großem Geschrei werfen sodann die Knappen ihre lodernden Fackeln, die sogleich erlöschen, von sich, und verschwinden mit der Hälfte der Geißböcke, welche als Vorspann gedient hatten. Bei dem spärlichen Lichte der zwei Laternen kehrt hierauf der Graf mit den übrigen zehn Böcken und mit gesperrtem Rade nach dem Felsenloche zurück, indem er, trotz dem, den Weg eben so schnell hinauffährt, als er ihn mit dem starken Vorspann und ohne Sperre herabgekommen ist.

Leuchtendes Gengenbach

Eine sagenhafte Stadt

Weltgrößtes Adventskalenderhaus

Im Advent leuchten die Fenster des Rathauses in Gengenbach. Nicht nur die 24 Tage, auch das ganze Jahr über glänzt die Stadt an der Kinzig. Gengenbach zählt mit zu den schönsten Orten im Schwarzwald. Schmucke Fachwerkhäuser, so weit das Auge reicht, und im harmonischen Miteinander Türme, Tore, Winkel und Gassen. Im Mittelpunkt der Stadt befinden sich der wunderschöne Marktplatz und das Rathaus. Seit einem Vierteljahrhundert ist dieser Rathaus-Adventskalender jährlich in der Adventszeit Anziehungspunkt für viele Besucher. Er fand inzwischen viele Nachahmer in anderen Städten. Doch Gengenbach bietet noch mehr: Zusätzlich kann man innerhalb der Stadt einen Advents- und Weihnachtsweg beschreiten. Neben den beleuchteten Rathausfenstern, deren Motive jährlich wechseln, findet man verteilt in der Stadt originale Fensterbilder aus vergangener Zeit, neue und historische Krippen und religiöse Weihnachtsdarstellungen von berühmten Künstlern. Die Stadt hatte schon immer einen Bezug zu Bildern und Sagen. Gleich oberhalb der Weinberge befindet sich die Jakobuskapelle. Diese Wallfahrtskirche steht dort seit 1681 und diente den Kelten und Alamannen (heute Alemannen) sowie auch den Römern als Kultstätte. Etwa eineinhalb Kilometer weiter gibt es eine Teufelskanzel. Der Sage nach sprang hier der Teufel unter schaurigem Fluchen von der Kanzel. Johannes Künzig schreibt in seinem Buch »Schwarzwald-Sagen«, Jena 1930:

Die Rettung Gengenbachs durch einen Juden

In Gengenbach war ein großer Brand ausgebrochen, der schon das spätere Gasthaus zum Engel und auf der anderen Seite den Niklasturm zu erreichen drohte. Da kam ein alter Jude aus Diersburg des Weges und schlug an diese beiden Häuser geheimnisvolle Zettel mit hebräischen Buchstaben an. Dabei sprach er unverständliche Gebete und warf in beide Häuser ein neu gebackenes Brot. Sofort legte sich das Feuer, ohne weiter um sich zu greifen. Mit Staunen sahen das die Einwohner von Gengenbach und besonders, weil das einer von den Juden war, die man seit jeher verachtete und verfolgte. Die Stadt wollte sich dankbar zeigen und stellte ihm die Erfüllung eines Wunsches in Aussicht. Da bat der alte Mann nicht für sich, sondern für seine Glaubensgenossen, man möge ihnen in Zukunft eine Ansiedlung im reichsstädtischen Gebiet erlauben. Man willfahrte ihm und wies den Juden eine so benannte Judengasse an.

Bereits im Mittelalter lebten in der freien Reichsstadt Gengenbach Juden. Das jüdische Viertel konzentrierte sich wohl hauptsächlich auf die Gegend der Judengasse, die bereits 1877 in Engelgasse umbenannt wurde. Eine jüdische Gemeinde bestand von 1895–1938 als Filialgemeinde von Offenburg, deren Mitglieder unter anderem eine Viehhandlung, Tabakwarengroßhandlung, Weinhandlung, Textilwarenhandlung und ein Textilgeschäft betrieben. Noch vor dem Zweiten Weltkrieg wanderten die Juden wegen der zunehmenden Entrechtung und der Repressalien aus.

Schwarzwälder Persönlichkeiten IV

Burda Moden mit Schnittmusterbogen – eine europäische Erfolgsgeschichte

Aenne Burda 1909–2005

1949 stürzte sich Anna Magdalene Burda, die sich Aenne nannte und am 28. Juli 1909 in Offenburg zur Welt kam, ins Verlagsgeschäft. Sie hatte genug vom Haushalt, der Erziehung ihrer drei Söhne und den Eskapaden ihres Mannes, der Druckereibesitzer Franz Burda, den sie am 9. Juli 1931 geheiratet hatte. Es war die Zeit nach dem Zweiten Weltkrieg und den folgenden Hungerjahren, in der sich die deutsche Frau aus der tristen Epoche befreite und sich modisch emanzipierte. Nach der Währungsreform 1948 konnte man wieder Stoffe kaufen. Ihr Mann hatte den Modeverlag seiner ehemaligen Sekretärin und Geliebten Elfriede Breuer finanziell unterstützt. Aenne Burda setzte ihren Mann unter Druck und übernahm den inzwischen verschuldeten Verlag in Lahr mit 48 Mitarbeitern. Am 1. Oktober 1949 gab sie ihre erste Modezeitschrift heraus, die mit dem Titel »Burda Moden« bereits ein Jahr später in einer Auflage von 100 000 Exemplaren erschien. 1950 gründete sie den Verlag »Burda Moden«. Neu bei Burda Moden war der in der Zeitschrift beigelegte Schnittmusterbogen. Millionen Frauen setzten sich an die Nähmaschinen und schneiderten nach diesen Schnittmustern ihre modische Kleidung. So konnte man zu die-

Titelbild »Burda Moden« 1965

ser Zeit preiswerte Kleidung herstellen. Die Kombination Modezeitschrift mit Schnittmusterbeilage verbreitete sich schnell in ganz Europa. Binnen weniger Jahre entwickelte sich Burda Moden zur weltweit größten Modezeitschrift. Bis 1965 erreichte die Auflage bereits die Höhe von einer Million gedruckter Exemplare. Ab Mitte der 1980er-Jahre erschien Burda Moden in russischer Sprache als erste westliche Zeitschrift in der Sowjetunion.

Auch die Illustrierte »Bunte«, die ihr Mann erstmals 1948 unter dem Namen »Das Ufer« herausgab, entwickelte sich zu einer auflagenstarken Publikumszeitschrift. Ihr Ehemann Franz Burda verstarb am 30. September 1986 im Alter von 83 Jahren. Das Erbe wurde aufgeteilt. Der jüngste Sohn Hubert Burda übernahm den Verlag und führte ihn als erfolgreichen Konzern weiter. Bis 1994 beteiligte sich Aenne Burda in der Geschäftsleitung, zog sich dann aber nach 45 Jahren Verlagsleitung ins Privatleben zurück. Dort widmete sie sich der Rosen- und Orchideenzucht und beteiligte sich an zahlreichen sozialen Projekten. Am 3. November 2005 verstarb sie im Alter von 96 Jahren in Offenburg. Ihr Sohn Franz Burda jr. verstarb 2017. Sohn Frieder eröffnete im Oktober 2004 das Kunstmuseum »Frieder Burda« in der Lichtentaler Allee von Baden-Baden. Er starb 2019.

Herr Peter Dimringen von Staufenberg

Nach dem altdeutschen Gedicht Erkenbolds aus dem 14. Jh.

In der Ortenau unweit Offenburgs liegt Staufenberg, das Stammschloss des Ritters Peter Dimringer, von dem die Sage lautet:

Er hieß einen Pfingsttag früh den Knecht das Pferd satteln, und wollte von seiner Veste gen Nußbach reiten, daselbst Metten zu hören. Der Knappe ritt voran, unterweges am Eingang des Waldes sah er auf einem Stein eine wunderschöne, reichgeschmückte Jungfrau mutterallein sitzen; sie grüßte ihn, der Knecht ritt vorüber. Bald darauf kam Herr Peter selbst daher, sah sie mit Freuden, grüßte und sprach die Jungfrau freundlich an. Sie neigte ihm und sagte: Gott danke dir deines Grußes. Da stund Peter vom Pferde, sie bot ihm ihre Hände und er hob sie vom Steine auf, mit Armen umfing er sie; sie setzten sich beide ins Gras und redeten, was ihr Wille war. »Gnade, schöne Fraue, darf ich fragen was mir zu Herzen liegt, so sagt mir: warum ihr hier so einsam sitzet und niemand bei euch ist?« – Das sag ich dir Freund auf meine Treue: »weil ich hier dein warten wollte; ich liebe dich, seit du je Pferd überschrittest; und überall in Kampf und in Streit, in Weg und auf Straßen hab ich dich heimlich gepfleget, und gehütet mit meiner freien Hand, daß dir nie kein Leid geschah.« Da antwortete der Ritter tugendlich: daß ich euch erblickt habe, nichts liebers konnte mir geschehen, und mein Wille wäre, bei euch zu seyn bis an den Tod. »Dies mag wohl geschehen – sprach die Jungfrau – wenn du meiner Lehre folgest: willst du mich lieb haben, darfst du fürder kein ehelich Weib nehmen, und thätest du's doch, würde dein Leib den dritten Tag sterben. Wo du aber allein bist und mein begehrest, da hast du mich gleich bei dir, und lebest glücklich und in Wonne.« Herr Peter sagte: »Frau, ist das alles wahr?« Und sie gab ihm Gott zum Bürgen der Wahrheit und Treue. Darauf versprach er sich ihr zu eigen, und beide verpflichteten sich zu einander. Die Hochzeit sollte auf der Frauen Bitte zu Staufenberg gehalten werden; sie gab ihm einen schonen Ring, und nachdem sie sich tugendlich angelacht und einander umfangen hatten, ritt Herr Peter weiter fort seine Straße. In dem Dorfe hörte er Messe lesen, und that sein Gebät, kehrte alsdann heim auf seine Feste, und sobald er allein in der Kemenate war, dachte er bei sich im Herzen: wenn ich doch nun meine liebe Braut hier bei mir hätte, die ich draußen auf dem Stein fand! Und wie er, das Wort ausgesprochen hatte, stand sie schon vor seinen Augen, sie küßten sich und waren in Freuden beisammen.

Also lebten sie eine Weile, sie gab ihm auch Geld und Gut, dass er fröhlich auf der Welt leben konnte. Nachher fuhr er aus in die Lande, und wohin er kam, war seine Frau bei ihm, so oft er sie wünschte.

Endlich kehrte er wieder heim in seine Heimath. Da lagen ihm seine Brüder und Freunde an, daß er ein ehelich Weib nehmen sollte; er erschrak und suchte es auszureden. Sie ließen ihm aber härter zusetzen durch einen weisen Mann, auch aus seiner Sippe. Herr Peter antwortete: eh will ich meinen Leib in Riemen schneiden lassen, als ich mich vereheliche. Abends nun, wie er allein war, wußte es seine Frau schon, was sie mit ihm vor hatten, und er sagte ihr von neuem sein Wort zu. Es sollte aber zu damal der deutsche König in Frankfurt gewählt werden; dahin zog auch der Staufenberger unter viel andern Dienstmännern und Edelleuten. Da that er sich so heraus im Ritterspiel, daß er die Augen des Königs auf sich zog, und der König ihm endlich seine Muhme aus Kärnthen zur Ehe antrug. Herr Peter geriet in heftigen Kummer und schlug das Erbieten aus; und weil alle Fürsten darein redeten, und die Ursache wissen wollten, sprach er zuletzt: daß er schon eine schöne Frau und von ihr alles Gute hätte; aber um ihrentwillen keine andere nehmen dürfte, sonst müßte er todt liegen innerhalb drei Tagen. Da sagte der Bischof: Herr, laßt mich die Frau sehen. Da sprach er: sie läßt sich vor niemand, denn vor mir sehen. So ist sie kein rechtes Weib – redeten sie alle – sondern vom Teufel; und daß ihr die Teufelin minnet mehr denn reine Frauen, das verdirbt euren Namen und eure Ehre vor aller Welt.« Verwirrt durch diese Reden sagte der Staufenberger »er wollte alles thun, was dem König gefalle;« und alsobald ward ihm die Jungfrau verlobet unter kostbaren königlichen Geschenken. Die Hochzeit sollte nach Peters Willen in der Ortenau gehalten werden. Als er seine Frau wieder das erste Mal bei sich hatte, that sie ihm klägliche Vorwürfe, daß er ihr Verbot und seine Zusage dennoch übertreten hätte, so sey nun sein junges Leben verloren »und zum Zeichen will ich dir Folgendes geben; wenn du meinen Fuß erblicken wirst und ihn alle andere sehen, Frauen und Männer, auf deiner Hochzeit, dann sollst du nicht säumen, sondern beichten und dich zum Tod bereiten.« Da dachte aber Peter an der Pfaffen Worte, daß sie ihn vielleicht nur mit solchen Drohungen berücken wolle, und es eitel Lüge wäre. Als nun bald die junge Braut nach

Staufenburg gebracht wurde, ein großes Fest gehalten wurde, und der Ritter ihr über Tafel gegen über saß, da sah man plötzlich etwas durch die Bühne stoßen, einen wunderschönen Menschenfuß bis an die Knie, weiß wie Elfenbein. Der Ritter erblasste und rief: weh meine Freunde, ihr habt mich verderbet, und in drei Tagen bin ich des Todes. Der Fuß war wieder verschwunden, ohne ein Loch in der Bühne zurück zulassen. Pfeiffen, Tanzen und Singen lagen danieder, ein Pfaff wurde gerufen, und nachdem er von seiner Braut Abschied genommen und seine Sünden gebeichtet hatte, brach sein Herz. Seine junge Ehefrau begab sich ins Kloster, und betete zu Gott für seine Seele, und in allen deutschen Landen wurde der mannhafte Ritter beklaget.

Im 16. Jahrh. nach Fischarts Zeugniß, wußte das Volk der ganzen Gegend noch die Geschichte von Peter dem Staufenberger und der schönen Meerfei, wie man sie damals nannte. Noch jetzt ist der Zwölfstein zwischen Staufenberg, Nußbach und Weilershofen zu sehen, wo sie ihm das erste Mal erschienen war; und auf dem Schlosse wird die Stube gezeigt, da sich die Meerfei soll unterweilen aufgehalten haben.

Brüder Grimm, »Deutsche Sagen«, 1818

Zell am Harmersbach

Heimat von Hahn und Henne

Mittelalterliche Fachwerkhäuser und Jugendstilfassaden, malerische Winkel und Gassen prägen das Stadtbild der ehemals kleinsten Reichsstadt im Heiligen Römischen Reich deutscher Nation. Das kleine Städtchen mit etwa 8000 Einwohnern und seinen fünf Kunst- und Heimatmuseen ist vor allem durch seine Keramikmanufaktur bekannt. Hahn und Henne, das schwarze Federvieh aus dem Schwarzwald, hat Zell in den letzten 100 Jahren populär gemacht. Die leuchtend grüngelben Tassen, Teller oder Eierbecher mit Schwarzwald-Hahn und Schwarzwald-Henne sind auf den Frühstückstischen der Chinesen, Koreaner und Amerikaner ein beliebtes Dekor oder werden in Deutschland bei populären Fernsehserien wie beispielsweise »Die Rosenheim-Cops« eingesetzt. Begonnen hatte dies im Jahre 1794, als der Stadtrat dem Unternehmer Josef Anton Burger erlaubte, eine Fayence-Fabrik zu eröffnen. Als der Fabrikmaler Karl Schöner im Jahre 1898 zur Geburt seiner Tochter Hahn und Henne zeichnete, war dies gleichzeitig die Geburt einer neuen Keramikserie. Bis heute sind ländliche Motive und fröhliche Farben, handgefertigte und größtenteils von Hand bemalte Ware das Markenzeichen der Zeller Keramikproduktion. Heute ist die über 200 Jahre alte Geschichte der Zeller Keramikmanufaktur mit zahlreichen Exponaten und Unikaten in einer musealen Ausstellung zu sehen. In einer Filmecke werden vergangene Zeiten lebendig und die heutige aufwändige Herstellung sichtbar. Doch auch ein Rundgang durch den denkmalgeschützten Stadtkern lohnt. Sehenswert ist der Storchenturm, die 1760 von A. Renn gebaute Alte Kanzlei und die Stadtkirche St. Symphorian. An der Straße nach Unterharmersbach steht die Wallfahrtskirche »Maria zu den Ketten«, die in diesem Buch im Kapitel über die Wallfahrten erwähnt ist. Der Fürstenberger Hof als heimatgeschichtliches Museum, die Villa Haiss mit ihrer zeitgenössischen Kunst und das Puppenmuseum von Nordrach sind ebenfalls sehenswerte Ziele.

St. Gallus im Harmersbacher Tal

August Schnezler, »Badisches Sagenbuch«, 1846

Vor Alters, als das Harmersbacher Thal noch eine Wildniß war, wohnte darin der heilige Gallus als Einsiedler. Seine Hütte stand an einem Brunnen und nächst einer Dornhecke, aus welcher manchmal ein wunderschöner Gesang ertönte. Eines Tages kam zu dem Heiligen ein Bär daher gehinkt und hielt ihm mit Stöhnen seine Tatze hin, worin ein großer Dorn steckte. Gallus zog ihn geschickt heraus und nun führte ihn das dankbare Thier zu einem Felsen, wo er eine Menge wilden Honigs fand; auch wich es nicht mehr von seiner Seite, trug ihm Holz herbei und verrichtete sonstige häusliche Dienste.

Als der Andrang der Leute zu dem Heiligen zu sehr überhand nahm, zog er sich eine Stunde weiter in das Thal zurück, an den Ort, wo jetzt die ihm geweihte Pfarrkirche von Oberharmersbach steht. Aber auch hier entging er dem Zulaufe der frommen Menge nicht, weshalb er sich mit seinem Bären in die Schweiz begab, wo er nachmals das Kloster St. Gallen gründete. Ungeachtet seiner Entfernung pilgerten die Leute noch immer in das Thal zu seinen verlassenen Hütten, und als auch sie den Gesang aus dem Dornbusche hörten, suchten sie daselbst nach und fanden ein hölzernes Muttergottesbild mit dem Jesuskindlein im Arme. Dort erbauten sie nun eine Kapelle, und nachher ließ sich der Gesang nicht wieder vernehmen. Statt der Kapelle steht jetzt auf dem Platze die Wallfahrtskirche »Maria zur Kette«, und außen über ihrer Hauptthüre das hölzerne Madonnabild. Bei demselben haben schon manche Hülfe gefunden, auch werden durch das Wasser des Brunnens verschiedene Leibesübel, besonders Augenleiden, vertrieben.

Schwarzwälder Persönlichkeiten V

Der widerspenstige Herr Pfarrer

Heinrich Hansjakob
1837–1916

Am 19. August 1837 kam Heinrich Hansjakob als Sohn des Gastwirtes und Bäckers Philipp Hansjakob und seiner Frau Cäcilie in Haslach im Kinzigtal zur Welt. Von 1852–1859 besuchte er das Lyzeum in Rastatt und studierte anschließend Theologie und Philosophie in Freiburg. 1863 wurde er zum Priester geweiht. Als Lehramtspraktikant am Gymnasium in Donaueschingen hatte er Einblicke in die »Fürstlich Fürstenbergischen Sammlungen«. Der Archivdirektor und der Bibliothekar animierten ihn zu einer Dissertation und so promovierte er 1865 mit einer historischen Abhandlung über die Grafen von Freiburg an der Universität in Tübingen. Anschließend bestellte man ihn zum provisorischen Schulleiter der Höheren Bürgerschule in Waldshut. Seine erste Auflage einer Biografie über den Erzbischof von Freiburg wurde beschlagnahmt und verboten. Dadurch wurde das Werk erst richtig interessant und es folgten weitere Auflagen, sodass im Jahre 1868 insgesamt sechs Auflagen erschienen. Seine »Engener Rede« für die Katholische Volkspartei, die »Salpetererschrift« und das Werk »Aus den Ferien« machten das Maß für die Obrigkeit endgültig voll. Er wurde aus dem Schuldienst entlassen. Als katholischer Priester ließ er sich nach Hagnau an den Bodensee versetzen. Dort wirkte er ab 1. Dezember 1869 und machte sich als »Wasserdoktor am See« einen Namen. Er riet den Leuten zur Mäßigung in der Lebensführung und empfahl ihnen Wasseranwendungen und Kompressen. Er selbst führte als katholischer Pfarrer kein keusches Leben. Man weiß von mindestens drei unehelichen Kindern und manche Einwohner von Hagnau und Meersburg behaupten noch heute, sie seien Nachkommen des Herrn Pfarrer. Politisch betätigte er sich als Abgeordneter der Katholischen Volkspartei (später Zentrumspartei) im badischen

Hagnau am Bodensee

Landtag von Karlsruhe. Seine aufrührerische Art bescherte ihm einen sechswöchigen Gefängnisaufenthalt in Radolfzell wegen Beleidigung von Staatsbeamten, die er in seiner »Markdorfer Rede« angegriffen hatte. Am 20. Oktober 1881 gründete Hansjakob den Winzerverein Hagnau und damit die erste Winzergenossenschaft in Baden. Seine großen Erzählungen begannen etwa ab 1880. Insgesamt verfasste er 74 Bücher und Schriften, darunter das bekannte Werk über das schwere Leben der Bergarbeiter im Kinzigtal. Neben Lokalgeschichten aus dem mittleren Schwarzwald schrieb er viele politische und wissenschaftliche Beiträge. Seine Reiseberichte aus verschiedenen Regionen Europas verkauften sich hervorragend. Viele seiner Werke erschienen in mehreren Auflagen und so zählte Hansjakob mit zu den meistgelesenen Autoren seiner Zeit.
1884 übernahm er die Stelle als Pfarrer der St.-Martins-Kirche in Freiburg. Hier setzte er sich besonders für das Bewahren der Tracht ein. 1893 veröffentlichte er in Freiburg einen »Aufruf zur Bildung eines Vereins für die Erhaltung der Volkstrachten«. Noch im selben Jahr gründete sich dieser Verein als »Volkstrachtenverein Freiburg

Der Freihof – heute Hansjakob-Museum in Haslach

im Breisgau«, in dem ab 1895 unter Beibehaltung der Selbstständigkeit alle badischen Trachtenvereine zusammengefasst wurden. Hansjakob war im Beirat des Vereins. Trotz der ständigen Auseinandersetzungen mit den Kirchenbehörden behielt er das Amt als Pfarrer bis 1913. Immer mehr kämpfte er mit seinem Nervenleiden und ließ sich monatelang in eine Heil- und Pflegeanstalt einweisen. Von 1913 bis zu seinem Tode am 23. Juni 1916 lebte er wieder in seiner Heimat in Haslach.

Die Erinnerung an Heinrich Hansjakob wird vielfältig wachgehalten. Seine Heimatstadt errichtete eine Skulptur am Kapuzinerkloster. Zahlreiche Schulen und Bildungseinrichtungen tragen seinen Namen und in vielen Städten gibt es eine Hansjakobstraße. Stationen aus seinem Leben und eine Sammlung seiner Bücher, Erzählungen, Reiseberichte, Predigten und politischen Schriften befinden sich in den Museen von Haslach und Hagnau. Das »Hansjakobarchiv« ist wohl die umfassendste Sammlung von Autografen, Manuskripten und vor allem seiner Bücher in verschiedensten Auflagen. Es ist Teil des Stadtarchivs von Haslach im Kinzigtal.

Der Fohrenbühler Schellenmarkt

Der Grenzort zwischen Baden und Württemberg

Pfingsten gehört seit jeher zu den Hochfesten der Christenheit, was sich an der Vielfalt des im Schwarzwald entwickelten Brauchtums zeigt. Einer dieser vielen Bräuche, von denen in unserer modernen Zeit immer mehr in Vergessenheit geraten, waren die im Schwarzwald an mehreren Orten abgehaltenen Schellenmärkte. Übrig geblieben ist im mittleren Schwarzwald davon lediglich nur noch der »Fohrenbühler Schellenmarkt«. Urkundlich nachgewiesen ist dieser Markt schon im Jahre 1548, lange bevor die Passhöhe Fohrenbühl (784 m ü. d. M.) an der Straße zwischen Schramberg und Hornberg besiedelt wurde. Hier oben trafen sich die Hirtenbuben, Mägde und Knechte an ihrem höchsten Feiertag im Jahr. Pfingsten war für das »Gesinde«, wie man die Hirtenbuben, Mägde und Knechte früher nannte, ein höherer Feiertag als Weihnachten. An diesem Tage musste sogar der Bauer das Vieh und den Stall selbst versorgen. Auf der grünen Wiese kam es dagegen zum Tausch von »Schellen»« (Kuhglocken). Jeder Hirte war nämlich stets bestrebt, mit einem harmonischen Geläute seiner Herde zu bestechen. Gleichzeitig bot sich hierbei die Möglichkeit, selbst geschnitzte Flöten, kleinere Werkzeuge und sonstige Handarbeiten, welche das Hütevolk neben der Bewachung der Herde herstellte, feilzubieten. Schon um 1900 herum gesellten sich professionelle Händler dazu und boten an ihren Ständen neben gewerblich gefertigten Schellen auch Schleckereien, Strickwaren und anderes Nützliches sowie unnützen Krimskrams an. Bis zu Beginn der 1950er-Jahre, unterbrochen von den schlimmen Kriegsjahren, fand der Schellenmarkt auf und entlang der Passstraße zwischen dem badischen Landgasthof »Schwanen« und dem württembergischen Gasthaus »Adler« statt. Als dann im Zeichen des Wirtschaftswunders der Verkehr auf der Straße immer mehr zunahm und den Markt, weshalb die Leute eigentlich hier hochfuhren, beeinträchtigte, wurde seitens der Behörden ein Ultimatum gestellt: Entweder stellt einer der landwirtschaftlichen Betriebe auf dem Fohrenbühl geeignetes Gelände zur Abhaltung des Marktes zur Verfügung oder der Markt wird aus »verkehrstechnischen- und Sicherheitsgründen« unterbunden. Ab da sorgte der Jung-Schwanenwirt für den weiteren Bestand des Festes.

Text: Hans-Jörg Lauble, Fohrenbühl

Zügig durch den Schwarzwald

Erlebnisreiche Verbindungen im Sommer und Winter

Dreiseenbahn am Schluchsee

Der interessanteste Teil des Schienennetzes dürfte die Strecke der *Schwarzwaldbahn* zwischen Hornberg und St. Georgen sein. Innerhalb von nur 40 Kilometern überwindet die Bahn zwischen Hausach und St. Georgen zirka 600 Höhenmeter, fährt über zahlreiche Brücken und durch 37 Tunnels von den insgesamt 39 Tunnels auf der Strecke zwischen Offenburg bis Konstanz. Interessante Ausblicke auf die Schwarzwaldbahn bietet der Schwarzwaldbahn-Erlebnispfad. Es gibt einen oberen und einen unteren Erlebnispfad mit einer Länge von jeweils sechs Kilometern darüber hinaus 16 Verweilstationen mit Informationstafeln. Die Wege sind für Kinderwägen nicht geeignet. Start und Ziel ist jeweils der Bahnhof Triberg. Neben dem etwa 20 Meter hohen und 150 Meter langen Eisenbahnviadukt bei Hornberg gibt es bei der *Höllentalbahn* zwischen Freiburg und Donaueschingen mit dem 36 Meter hohen und 224 Meter langen Ravenna-Viadukt eine noch eindrucksvollere Eisenbahnbrücke. Einen weiteren Superlativ bietet die *Dreiseenbahn* Titisee-Schluchsee-Seebrugg. An dieser Strecke liegt der Bahnhof Feldberg-Bärental, der mit 967 m ü. d. M. Deutschlands höchstgelegener Regelstrecken-Bahnhof ist.

Sauschwänzlebahn

Für Dampflokfreunde ist die *Sauschwänzlebahn,* auch Kanonenbähnle genannt, ein Erlebnis. Die Fahrzeit dieser Museumsbahn zwischen Blumberg und Weizen beträgt zirka eine Stunde. Diese 25,8 Kilometer lange Strecke, die in den Jahren 1887 bis 1890 angelegt wurde, sollte damals mit schwerem Militärgerät befahrbar sein. Deshalb durfte die Höhendifferenz nicht mehr als ein Prozent betragen. Dafür benötigte sie viele Schleifen, vier Brücken, mehrere Viadukte, sechs Tunnel, darunter den einzigen Kreisverkehrstunnel von Deutschland. Abfahrtsbahnhof ist Blumberg-Zollhaus. Veranstalter der Sonderfahrten sind die Bahnbetriebe Blumberg GmbH & Co.

Die KONUS-Karte

Freie Fahrt für Feriengäste

Dank des dichten Streckennetzes ist der Schwarzwald gut zu »erwandern«. Heute nutzt man dieses Transportmittel für ein entspanntes Reisen und bindet es in seine Tourenplanung ein. Nach einer ausgedehnten Wanderung bringt einen dieses Verkehrsmittel bei entsprechender Planung wieder zurück an den Ausgangsort.

Feriengäste erhalten bei der Anmeldung in ihrem Quartier eine Gästekarte. In 147 Urlaubsorten im Schwarzwald ist diese Gästekarte mit KONUS verbunden. Konus heißt übersetzt: Die kostenlose Nutzung von Bus und Bahn im Schwarzwald. Ab dem Check-in am Anreisetag kann der Inhaber dieser Karte neben den öffentlichen Bussen und Bahnen auch die Stadtbahnen von Freiburg nutzen. Dazu noch die S1 auf der Albtalbahn zwischen Bad Herrenalb und Ettlingen, die S6 der Enztalbahn zwischen Bad Wildbad und Pforzheim Hbf sowie die Nagoldbahn von Bad Liebenzell bis Pforzheim. Gültig bleibt die Konus-Karte bis zum Abreisetag für Züge der 2. Klasse. Beförderungsgelder für Fahrräder und Tiere sind von der kostenlosen Nutzung ausgeschlossen und müssen extra gelöst werden.

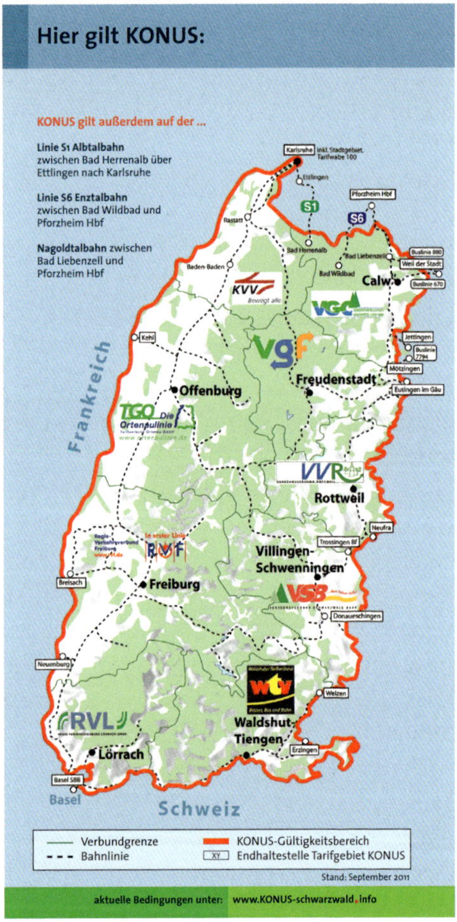

Schwarzwälder Persönlichkeiten VI

Der Eisenbahnpionier

Robert Gerwig
1820–1985

Der am 2. Mai 1820 in Karlsruhe geborene Robert Gerwig machte bei der »Großherzoglichen Oberdirektion des Wasser- und Straßenbauamtes« eine steile Karriere. Nach seinem Studium am Polytechnikum Karlsuhe begann er 1841 als Praktikant, bekam 1844 eine Festanstellung als Ingenieur und ab 1846 leitete er ein eigenes Referat, das sich neben dem Straßenbau auch mit dem Bau von »Eisenbahnstraßen«, wie es damals hieß, beschäftigte. Im selben Jahr heiratete er Caroline Beger, die Tochter des großherzoglichen badischen Direktors der Hofdomänenkammer. Die Ehe blieb kinderlos. Neben verschiedenen Straßenbauten im Schwarzwald wie Vöhrenbach–Villingen, St. Blasien–Waldshut oder dem Brückenbau zwischen Waldshut und dem schweizerischen Koblenz, war er auch am Bau der Hochrheinbahn Waldshut–Konstanz beteiligt. Zwischendurch übernahm er die Interimsleitung der Uhrmacherschule in Furtwangen.

1857 erhielt er den amtlichen Auftrag, den Entwurf von Oberbaurat Johann Sauerbeck einer Eisenbahnlinie über den Schwarzwald bis an den Bodensee zu überarbeiten. Aus militärstrategischen Gründen sollte die Bahnlinie nicht über das einfacher zu bebauende württembergische Gebiet führen. Noch im selben Jahr legte Gerwig einen Entwurf mit neuartigen Kehrtunneln vor, doch schien den Experten ein Kurvenradius von nur 180 Meter für einen Langholztransport ungeeignet. 1865 legte der Ingenieur eine verbesserte Lösung mit zwei Doppelschleifen bei Niederwasser und Triberg vor. Dies überzeugte die Verantwortlichen und er erhielt den Auftrag. Mehr als 1000 Arbeiter, darunter viele aus Italien, machten sich nach den Plänen von Gerwig an die Arbeit. Eine Unterbrechung gab es zwischen 1870 und 1871 durch den Krieg gegen Frankreich. Noch vor der Eröffnung der Bahn am 10. November 1873 durfte Gerwig mit Genehmigung des Großherzogs als leitender Oberingenieur zum Bau der Gotthardbahn wechseln. Nach seinen Plänen entstand die erste schweizerische Verbindung ins Tessin und damit nach Italien. Vorzeitig kehrte Gerwig zurück und nahm hier seine Arbeit wieder auf. Die Fertigstellung seiner Ravennabahn durch das Höllental erlebte er nicht mehr. Er starb am 6. Dezember 1885 in Karlsruhe.

Das Jahrhundertwerk Schwarzwaldbahn sorgte nachhaltig für den Aufschwung in dieser Region. Heute erinnern noch Straßennamen und die Gerwigschulen von Hausach, Furtwangen, St. Georgen und Singen sowie das Denkmal am Bahnhof Triberg an den verdienstvollen Industriepionier. 2009 inszenierten Rolf »Royce« Langenbach und Peter Bruker das Musical »Gerwig«. Die insgesamt neun Vorstellungen im Kurhaus Triberg sahen 6000 Besucher. 2016 sendete der SWR ein höchst amüsantes 45-minütiges Hörspiel, in dem der imaginäre Robert Gerwig gleich zu Beginn wegen eines Schienenersatzverkehrs zu spät zum Interview kommt.

Schöne Ausblicke auf die interessanteste Strecke der Bahn bietet eine Wanderung auf dem Schwarzwald-Erlebnispfad. Start und Ziel ist der Bahnhof Triberg. Es gibt einen oberen und einen unteren Erlebnisweg mit einer Länge von jeweils sechs Kilometern. Sogenannte Verweilstationen mit Hinweistafeln informieren über den Bau der Bahn.

Bilder zum Bau der Schwarzwaldbahn

Eisenbahnviadukt in Hornberg

Tunnelarbeiten

Mit Volldampf unterwegs

So könnte es gewesen sein

Juni 1871: Der am 2. Mai 1820 geborene Oberbaurat Robert Gerwig lehnte sich entspannt in die Sitzpolster des Erste-Klasse-Abteils. Er befand sich auf der Rückfahrt vom Schwarzwald in seine Geburtsstadt Karlsruhe. Zum Glück hatte sein Kutscher gerade noch rechtzeitig den Bahnhof von Hausach erreicht, bevor sich das Dampfross auf das erste fertige, etwa 33 Kilometer lange Teilstück der Schwarzwaldbahn Richtung Offenburg in Bewegung setzte. Gerwig war verantwortlich für den 1867 begonnenen Bau der Schwarzwaldbahn, die das Großherzogtum Baden mit der Schweiz und später durch den Gotthardtunnel mit dem Königreich Italien verbinden sollte. Meist plante Gerwig von zu Hause aus, doch ein katastrophaler Einsturz im 1697 Meter langen Sommerauer Tunnel vor St. Georgen erforderte seine Anwesenheit. Glücklicherweise gab es keine Toten, nur ein paar leicht verletzte Arbeiter. Nicht auszudenken, wenn die Straße über dem Tunnel und das Bauernhaus mit in die Tiefe gerutscht wären. Gerwig wusste, auch diesen Rückschlag würden er und die Karlsruher Großherzogliche Oberdirektion, die für den Straßenbau und für die »Eisenbahnstraßen« zuständig zeichnete, verkraften. Genauso gut, wie damals die Unterbrechung der Bauarbeiten zwischen 1870 und Februar 1871. Weil die süddeutschen Staaten im Krieg gegen Frankreich den Preußen und dem Norddeutschen Bund gegen Napoleon III. beistanden, mussten die deutschen Bauarbeiter als Soldaten kämpfen und die italienischen Bauarbeiter in ihre Heimat zurückkehren. Nachdem sich am 1. Januar 1871 unter Kaiser Wilhelm I. und seinem Reichskanzler Otto von Bismarck das Deutsche Reich gründete, herrschte seither im Land so etwas wie eine Aufbruchsstimmung. Geld gab es genug für die Schwarzwaldbahn und in Karlsruhe berief sich das Gremium der badischen Staatsbahnen bei der Finanzierung immer auf »allerhöchstherrliche Verordnungen«. Schließlich kostete die Schwarzwaldbahn bis zu ihrer Fertigstellung die damals unvorstellbare Summe von 50 Millionen Reichsmark. Aus militärstrategischen Gründen wählte man die teuerste Lösung mit dem Viadukt in Hornberg und den auf dieser Bergstrecke notwendigen 37 von insgesamt 39 Tunnel zwischen Hausach und St. Georgen, die zur Überwindung des Höhenunterschieds erforderlich waren.

Einfacher wäre die Variante über Schiltach, Schramberg und Königsfeld nach Villingen gewesen, doch die führte über württembergisches Gebiet. Die Bregtallinie scheiterte an den geologischen Schwierigkeiten in der Wutachschlucht. Auch im nördlichen Hegau entschied sich der Bauingenieur für einen Umweg über Immendingen in Richtung Engen.

Unvermindert schnell fuhr nun der Zug in Richtung Offenburg. Seit dem Einsatz der nahtlosen Stahlräder der Firma Krupp aus Essen war die Fahrt rasanter geworden. Gerwig erfreute sich an der vorbeifliegenden Landschaft. Innerlich amüsierte er sich über die Bedenken von Ärzten, die nach der ersten Fahrt der »Ludwigeisenbahn« von Nürnberg nach Fürth im Dezember des Jahres 1835 vermuteten, dass wegen der Geschwindigkeit von etwa 30 Stundenkilometern die Fahrgäste dem Wahnsinn verfallen könnten. Gerwig liebte den Schwarzwald. Gern dachte er an seine Tätigkeit als kommissarischer Leiter der Badischen Uhrmacherschule in Furtwangen zurück. Seine erste Aktion damals war ein Wettbewerb zur Verbesserung der Kuckucksuhr für »vaterländische Künstler«, den Friedrich Eisenlohr mit seinem Entwurf eines Bahnwärterhäuschens gewann. Eine große Anzahl von Straßenbauten entstanden unter seiner Regie: St. Blasien–Albbruck, Vöhrenbach–Villingen, Schönwald–Furtwangen oder die Rheinbrücke Waldshut–Koblenz, die Hochrheinbahn Waldshut–Konstanz oder der Friedrichstollen in Baden-Baden. In Gedanken versunken schaute der Ingenieur durch das Abteilfenster auf die Kinzig. Plötzlich tauchte ein gemächlich treibendes Floß auf. Krumme Eichenstämme, fest vertaut, und darauf zur Verpflegung der Mannschaft ein Ochse, einige Schweine, viele Fässer Bier und Kisten, vermutlich mit Glaswaren aus Wolfach und Uhren aus Schramberg gefüllt. Sicher, so dachte er, ging diese Fracht mit den für den Schiffsbau geeigneten Eichenstämmen nach Rotterdam. Nach wie vor benötigen die Holländer jede Menge Holz aus dem Schwarzwald. Vor Jahren lieferten die Flößer hauptsächlich lange gerade Tannen, die sich als Pfähle zum Bau von Häusern im sandigen Untergrund der Städte Amsterdam und Rotterdam besonders eigneten. Doch dieses Floß, so vermutete Gerwig, dürfte wohl eines der letzten sein. Immer mehr Waldbesitzer bedienten sich nun der schnelleren Eisenbahn und lieferten so mehr Holz. Den Kahlschlag der Tannen und Eichen ersetzten sie durch schnell wachsende Fichten.

In Offenburg angekommen stieg Gerwig auf die badische Hauptbahn um. Sein Vorgänger Oberbaurat Johann Sauerbeck hatte diese Strecke von Mannheim nach Basel 1840 begonnen und 1852 fertiggestellt. Zu dieser Zeit befand er sich noch in der Ausbildung. Sein aus Pforzheim stammender Vater, Ministerialrevisor Christian Gerwig, schickte ihn auf die polytechnische Schule in Karlsruhe. 1841 schloss er sein Ingenieurstudium mit dem Prädikat »Vorzüglich« ab. Noch im gleichen Jahr begann er als Praktikant bei der Großherzoglichen Oberdirektion des Wasser- und Straßenbauamts. Bereits Anfang 1844 berief ihn der Landesherr zum Ingenieur. Schon zwei Jahre später leitete Gerwig aufgrund seiner guten Leistungen ein eigenes Referat. Zu Beginn des Jahres 1857 erhielt er den amtlichen Auftrag, den Entwurf der Eisenbahnlinie über den Schwarzwald bis an den Bodensee von Oberbaurat Sauerbeck zu überarbeiten. Bereits Ende des Jahres legte er einen Entwurf mit neuartigen Kehrtunneln vor. Dies brachte ihm zwar hohe Aufmerksamkeit ein, doch

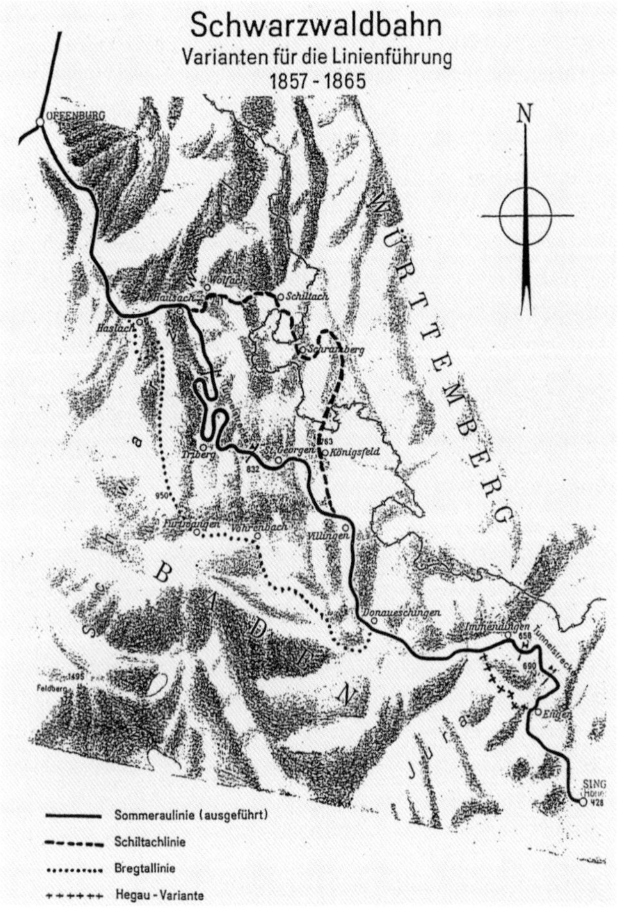

waren die geplanten engen Kurven mit einem Radius von nur 180 Metern für den Langholztransport ungeeignet. Das musste auch der junge Ingenieur einsehen. Doch diese Niederlage ließ ihm keine Ruhe. Nach gründlichen Untersuchungen legte er 1865 eine verbesserte Lösung mit zwei Doppelschleifen bei Niederwasser und Triberg mit einem Kurvenradius von 300 Metern vor. Dies überzeugte die Verantwortlichen, und so erhielt er den Auftrag zum Bau der Schwarzwaldbahn.

Im Rheintal fuhr nun der Dampfzug zügig in Richtung Karlsruhe. Er freute sich, endlich wird er wieder bei seiner Frau sein. Trotz seiner Freude auf die Heimkehr waren seine Gefühle zwiespältig. Zum einen freute er sich auf seine anstehende Beförderung zum Baudirektor, zum anderen wusste er nicht, wie seine Frau auf das Angebot reagieren würde, Oberingenieur beim Bau der Gotthardbahn zu werden. In der Schweiz schätzte man Gerwigs vorzügliche Kenntnisse der Botanik und Geologie, die er bereits bei Gutachten zu Voruntersuchungen der Gotthardbahn unter Beweis gestellt hatte, und war begeistert von seinen Kehrtunneln der Schwarzwaldbahn. Nach seiner Ankunft in Karlsruhe gelang es ihm, mithilfe seines Schwiegervaters, seine Frau zu überzeugen. Im Frühjahr 1872 zog er dann mit ihr in den noblen Züricher Vorort Enge. Seine hohen finanziellen Forderungen, ein Jahresgehalt von 40 000 Franken und 100 000 Franken nach Vollendung der Gotthardbahn, dazu im Falle seines Ablebens eine jährliche Absicherung seiner Frau, genehmigten die Schweizer erst nach einer längeren Bedenkzeit. Mit den ersten Bauarbeiten im Januar 1873 begannen aber auch die Schwierigkeiten. Der Ärger um den Luzerner Bahnhof, Differenzen mit dem Tunnelbauer Louis Favre und Naturkatastrophen im Tessin vereitelten die Anwesenheit von Gerwig bei der Eröffnung der Schwarzwaldbahn am 10. November 1873 durch den Großherzog Friedrich I. Als die Schweizer Presse Gerwig auch noch Opulenz und Verschwendungssucht vorwarf, kehrte das Ehepaar im Frühjahr 1875 nach Karlsruhe zurück. Wieder im badischen Staatsdienst plante er viele weitere Bauvorhaben. Die Fertigstellung der Höllentalbahn mit dem 222 Meter langen und 37 Meter hohen Ravenna-Viadukt erlebte er nicht mehr. In der Nacht vom 5. auf den 6. Dezember 1885 riss ihn ein Blutsturz aus dem Arbeitsleben.

Triberg

Mehr als nur ein Wasserfall

Rathaussaal in Triberg

Weit über den Schwarzwald hinaus sind Deutschlands höchste Wasserfälle bekannt. Über sieben Fallstufen stürzt das Wasser der Gutach 163 Meter in die Tiefe. Täglich ab Weihnachten verwandelt der »Triberger Weihnachtszauber« das Areal um den Wasserfall in ein fantastisches Wintermärchen. Eine Million Lichter erstrahlen und bringen Triberg zum Leuchten. Für Kinder gibt es im Burggarten beim Kurhaus in Anwesenheit einer Lichterprinzessin und eines Prinzen ein buntes Programm, wie beispielsweise eine Märchenerzählerin. Höhepunkte des Weihnachtszaubers sind die Feuershow von Hannes Schwarz und das Feuerwerk. Ganzjährig bietet die Indoor-Freizeiteinrichtung »Triberger Land« in der Hauptstraße auf über 300 Quadratmetern Ausstellungsfläche eine interaktive Modelleisenbahn-Anlage. Gleich neben dem Eingang zum Wasserfall bietet das Schwarzwaldmuseum sehenswerte Ausstellungen. Auf über 1600 Quadratmetern Ausstellungsfläche ist eine unglaubliche

Fülle an Themen und Exponaten zu bestaunen, die sehr anschaulich dargestellt und teilweise funktionsfähig zum Ausprobieren sind: ein Modell der Schwarzwaldbahn, ein nachgebildeter Bergbaustollen mit Mineraliensammlung, Schneflerwerkstatt, Schwarzwälder Uhren, Dreh- und Jahrmarktsorgeln, Orchestrien, Trachten, Glaserzeugnisse, Bauernschlafstube und Exponate zu den Anfängen des Wintersports im Schwarzwald. Dieses Museum entstand bereits im Jahre 1873 und ist dem Triberger Bürgersohn Hermann Schwer, dem Gründer der bekannten Saba-Werke von Villingen, zu verdanken. Auffällig im Museum sind die zahlreichen Schnitzereien von Karl Josef Fortwängler. Der Triberger Schnitzer, den man auch »Schnitzersepp« nannte, gestaltete nicht nur das Museum, er verewigte sich auch künstlerisch mit dem Triberger Rathaussaal. Dieser aus schwer zu bearbeitendem Kiefernholz gestaltete, reich verzierte Saal hat es in sich. Er zeigt eindrucksvolle Szenen aus dem Leben im Schwarzwald und regt auf humorvolle Weise zum Nachdenken an. Der damalige Bürgermeister Ewald Keil überzeugte die Verantwortungsträger der Stadt, die schließlich am 14. Juli 1926 ihre Einwilligung zur Ausgestaltung des Saales gaben. Bereits im gleichen Jahr fand am zweiten Weihnachtsfeiertag die Präsentation des Werkes statt. Fortwängler, der begnadete Schnitzer, stellte innerhalb eines halben Jahres ein geschnitztes Kunstwerk her, das seinesgleichen sucht. Szenen aus der Natur- und Tierwelt, dem bäuerlichen Leben, dem städtischen Handwerk, aber auch die Kultur und Religion waren neben den abgebildeten Honorationen der Stadt in geschnitzter Form präsent. Dabei trat auch sein hintersinniger Humor zutage. Zwei Bürger, die dem Schultes die Meinung sagen, stehen mit lang gezogenen Ohren da. Mit diesem Schnitzwerk will der Künstler dem Betrachter das Leben im Schwarzwald und vor allem in Triberg vor Augen führen. Das 1926 entstandene Meisterwerk von Karl Josef Fortwängler, dem »Schnitzersepp«, ist im ersten Stock des im Weinbrennerstil erbauten Rathauses während der Amtszeiten zu besichtigen.

Der Triberger Galgen

Eine Hinrichtungsstelle mit Ausblick

Der Triberger Galgen

Zwischen dem 13. Jahrhundert bis zu den Napoleonischen Kriegen 1805 verwalteten die Habsburger zahlreiche Besitztümer in der Schweiz, im Elsass und im Schwarzwald. Ab 1536 umfasste dieses Vorderösterreich auch die Herrschaft Triberg. Die Vogteien vertraten die Interessen der Habsburger und der Landesfürsten und waren unter anderem mit der Gerichtsbarkeit ausgestattet. Bereits im Jahre 1349 ist für die Herrschaft Triberg ein Galgen verzeichnet. Eine Karte des Benediktinerklosters St. Georgen zeigt bereits Ende des 16. Jahrhunderts einen Galgen mit zwei Gehenkten. Die Villinger Pirschgerichtskarte weist sogar zwei hölzerne Galgen auf der »Dreyberghöhe« aus. 1721 wurden die Holzgalgen durch die heutige steinerne Anlage ersetzt. Bis zur Abschaffung der Todesstrafe durch Erhängen im Jahre 1787 unter Kaiser Joseph II. sind 15 Hinrichtungen überliefert, davon zwölf wegen Hexerei. Die Leiber der Gehenkten wurden in der Nähe des Galgens vergraben. Den historischen Galgen findet man an einer landschaftlich reizvollen Stelle auf über 1020 m ü.d.M. gelegen, direkt an der Kreisstraße K5728 Schönwald-Villingen zwischen dem Stöcklewaldparkplatz und der Abzweigung nach St. Georgen bzw. Furtwangen-Rohrbach. Ganz in der Nähe befindet sich der Stöcklewaldturm mit einer herrlichen Aussicht. Eine Tafel mit Beschreibung informiert die Besucher.

Männerparkplätze

Eine Karikatur nur für kurze Zeit

Wer die Karikaturen des französischen Satiremagazins »Charlie Hebdo« kennt, für den ist dieses Wandbild im Parkhaus von Triberg eher harmlos. Die Franzosen pflegen einen eher toleranten Umgang mit Satire als wir Deutsche. Für alle, die sich an dieser Abbildung stören, sie ist schon längst überstrichen. Wie viele Städte litt auch die Stadt Triberg unter Parkplatznöten. Das Karlsruher Architekturbüro Judith Haas legte aufgrund der Hanglage einen gelungenen terrassenartigen Entwurf vor, der vom Gemeinderat genehmigt und schließlich 2012 umgesetzt wurde. Aus den baulichen Gegebenheiten kam es nahe der Einfahrt zu zwei schwierig einzuparkenden Plätzen. Der findige Bürgermeister Dr. Gallus Strobel erklärte diese beiden Plätze kurzerhand zu Männerparkplätzen und beauftragte den bekannten ortsansässigen Grafiker und Zeichner Werner Oppelt, dies bildlich darzustellen. Dieser, seiner künstlerischen Freiheit folgend, brachte dann die etwas frivole Karikatur an. Nun begann ein ungeahnter Medienrummel. Neben der lokalen Berichterstattung meldeten sich TV-Sender und Zeitungen aus aller Welt. Der Bürgermeister trat in der beliebten Sendung »Sag die

Karikatur zu den Männerparkplätzen in Triberg

Wahrheit« auf und sogar eine Zeitung in Australien berichtete von den Männerparkplätzen. Da der Bürgermeister behauptete, man könne beide Parkplätze nur rückwärts einparken und seien deshalb nur für männliche Fahrkünste geeignet, forderten ihn zwei Frauen zum Duell. Allen dreien gelang das Einparken unfallfrei. Wer letztendlich die Poleposition errang, wurde nicht verraten. Nach Beschwerden aus der Bevölkerung wurde diese kostenlose Werbung für die »kleine Stadt im großen Walde« wieder entfernt.

Weltgrößter Uhrenträger

Triberg ist um eine Attraktion reicher

Weltgrößter Uhrenträger im Größenvergleich

In Triberg begegnet man dem weltgrößten Schwarzwälder Uhrenträger. Schon seit Jahrhunderten tragen Schwarzwälder Uhrenträger ihre Produkte auf dem Rücken in ferne Länder, denn so erfolgte der Transport der weltbekannten Schwarzwälder Uhren. Ohne diesen Vertriebsweg wäre der Verkaufserfolg nicht möglich gewesen. Nachdem nun in Triberg und in seiner Umgebung die weltgrößten Kuckucksuhren schon jahrelang zu besichtigen sind, fehlte nur noch der weltgrößte Uhrenträger. Im Auftrag des traditionsreichen »Parkhotel Wehrle« wurde der Kuckucksuhrenträger geschnitzt. Insgesamt ragt er über vier Meter in die Höhe. Nicht nur der Triberger »Schnitzersepp«, der das Schwarzwaldmuseum mit seinen Schnitzereien und den Rathaussaal verzierte, auch das moderne Schwarzwälder Schnitzerhandwerk zeigt hier den staunenden Betrachtern sein Können. Um den weltgrößten Uhrenträger im »Parkhotel Wehrle« zu finden, weist am Eingang des Wasserfalls der »kleinere« Bruder, der mit 2,20 Metern ebenfalls zu den größeren Schwarzwälder Uhrenträgern zählt, die Besucher auf diese Sehenswürdigkeit hin.

Liebespralinen

Ein misslungener Lausbubenstreich eines Hintergässlers

Nicht nur die bekannte Schwarzwälder Kirschtorte wird im Schwarzwald von den Konditoren hergestellt, auch eine große Auswahl an leckeren Pralinen gehört zu ihrem Repertoire. Stellvertretend für alle sei hier die Schwarzwälder Genusswerkstatt von St. Georgen genannt, die mit über 40 Sorten ein außergewöhnliches Sortiment an Pralinen und Trüffeln anbietet. Die Ausbildungsqualität dieser Werkstatt dokumentiert eine Reihe von Preisträgerinnen, darunter Rebecca Schreiber, die als deutsche Meisterin im Jahre 2014 in Taipeh (Taiwan) bei der UIBC-Weltmeisterschaft der Konditoren die Bronzemedaille errang. Zu den Spezialitäten der Schwarzwälder Konditoren zählt zweifellos die Schwarzwälder Kirschpraline. Diese »Schwarzwaldkirschen«, die mit einer gehörigen Portion Kirschwasser gefüllt und mit Schokolade überzogen sind, erfreuen sich großer Beliebtheit bei Einheimischen und Touristen.
Diese Beliebtheit wollte schon vor über 60 Jahren der Triberger Dichter und Schriftsteller Dieter Stein nutzen. Stein, Verfasser von über 450 humorigen Alltagsweisheiten oder um es mit seinen Worten zu sagen: »Gedichte, die die Welt nicht braucht«, erzählt in einem seiner Bücher »Jugenderinnerungen eines Hintergässlers« eine wahre Geschichte. Als pubertärer Jüngling hatte er eine grandiose Idee. In der Schulklasse ging ein Katalog des Flensburger Erotikversandhauses Beate Uhse von Hand zu Hand. Darin angeboten war eine die Liebe fördernde Substanz, die sein Interesse weckte. Kurzerhand bestellte er unter falscher Altersangabe eine Packung, kaufte in einer Triberger Konditorei eine Schachtel Schwarzwälder Kirschpralinen und machte sich an die Arbeit. Er füllte die Pralinen als »Sonderanfertigung« mit der gelieferten »liebesfördernden« Flüssigkeit aus dem Erotikversandhaus. So präpariert, sollte diese Packung bei Mitschülerinnen als stimulierende Substanz für frühpubertäre Liebesspiele dienen. Über Nacht legte er die »Liebespralinen« in den Kühlschrank. Ohne zu ahnen, dass die Großmutter, die in der Nacht einen Heißhunger bekam, dieses kalorienreiche Naschwerk verspeiste, ohne zu wissen, für welchen Zweck dieses bestimmt war. So sehr nun der kleine Dieter die Oma aufmerksam am nächsten Tag beobachtete, eine leidenschaftliche Erregung bei der Frau konnte er nicht feststellen.

Kuckuck im Großformat

Wer hat die größte Kuckucksuhr der Welt?

Weltgrößte Kuckucksuhr an der Straße zwischen Triberg und Schonach

In der Gegend von Schönwald und Schonach entstand im Jahre 1738 die erste Schwarzwälder Kuckucksuhr. Im Land der Tüftler war es deshalb nicht verwunderlich, dass knapp 250 Jahre später der Schonacher Uhrmacher Josef Dold seine Idee einer größten Kukkucksuhr der Welt verwirklichte. Von 1977–1980 erbaute er eine Kuckucksuhr so groß wie ein kleines Schwarzwaldhäuschen. Im Inneren dieser Uhr befindet sich ein riesiges handgefertigtes Kukkucksuhrenwerk aus Holz. Zu jeder vollen und halben Stunde zeigt sich der Kuckuck und ruft die aktuelle Stunde. Das Uhrwerk im Maßstab 50:1 ist integriert in ein zauberhaftes Häuschen und hat eine Höhe von 3,50 Metern, ist 3,30 Meter breit und einen Meter tief. Das größte Holzrad besitzt einen Durchmesser von 1,85 Metern. Die Pfeifenhöhe beträgt 1,55 Meter und die Pendellänge 2,70

Meter. Allein der Kuckuck ist einen dreiviertel Meter hoch. Schon 1984 verzeichnete das »Guinnessbuch der Rekorde« diese Uhr als Weltrekord der Kuckucksuhren. Seither kamen Besucher aus nah und fern und besichtigten die begehbare Kuckucksuhr an der Straße zwischen Triberg und Schonach.

Doch dies entfachte den Neid eines Konkurrenten. Im Eble-Uhrenpark an der B33 zwischen Triberg und Hornberg entstand eine sechs Tonnen schwere 4,50 x 4,50 Meter große Kuckucksuhr im Maßstab 60:1. Diese ebenfalls begehbare Kuckucksuhr betitelte Eble als die größte Kuckucksuhr der Welt. Dies allerdings war nicht im Sinne der Familie Dold. Schließlich fand man eine salomonische Lösung: die Kuckucksuhr von Josef Dold heißt nun »1. Weltgrößte Kuckucksuhr« und die Eble-Uhr »Weltgrößter Kuckuck«.

Schalensteine und Blindensee

Zwei mystische Orte

Gleich zwei mystische Orte gibt es im Bereich des heilklimatischen Kurortes Schonach. Bekannt ist dieser Ort als Austragungsort des Schwarzwaldpokals. Dieser internationale FIS-Weltcup, bestehend aus Skispringen und zehn Kilometer Langlauf, wird jährlich vom Fernsehen übertragen. Nahe beim »Haus des Gastes« im Zentrum des Ortes beginnt der etwa 2,5 Kilometer lange Schalensteinweg. Niemand weiß, ob diese schalenförmigen Steine von der Natur geformt sind oder von Menschenhand verändert wurden. Dazu gibt es viele Fragen: Waren die Baumeister Wetter, Eiszeit oder Humussäure, oder haben vor langer Zeit Menschen die Schalen bearbeitet und für kultische oder andere Zwecke genutzt? Wie so vieles im sagenhaften Schwarzwald ist dafür eine fundierte Erklärung nicht bekannt.

Die Schonacher Schalensteine

Trachtenbrunnen

Dieser Stein ist der Bevölkerung auch als »Heidenstein« oder als »lebendiger Stein« bekannt. Er wurde vom Trachtenverein zum »Trachtenbrunnen« gemacht. Auf der Vorderseite befindet sich eine Schale mit Ablauf und auf der Rückseite sind direkt unter dem Einlauf zwei flache, ineinander liegende Schalen.

Teufelstritt

Fast in Sichtweite des Eingangs zum Naturerlebnispfad, 300 Meter nordöstlich, liegt die größte bekannte ovale Schale. Sie hat eine Ausdehnung von etwa 85 auf 65 Zentimeter. Besonders markant sind ihr flacher Boden und die scharfen Außenkanten. Ausgelöst durch die ständig fortschreitende Verwitterung bewegen sich viele solcher Restlinge. Dieser rutschte abwärts und wird nur durch eine mächtige Tanne gehalten.

Augenstein

In direkter Nachbarschaft versteckt sich zwischen einigen Jungtannen ein riesiger Felsblock. Auf seiner Oberseite sind zwei fast auf einer Höhe nebeneinanderliegende kreisrunde Schalen. Als hätte der Felsen seinen Blick gegen den Himmel gerichtet.

Altarstein
Der Blick geht hinauf. Der Felsen ruht erhaben auf einem großen Granitblock. Er kann fast rundum begangen werden. Wäre hier kein Wald angepflanzt, läge dem Betrachter Schonach zu Füßen. Aufgrund seiner außergewöhnlichen Lage kommt ihm eine besondere Bedeutung zu. Der Stein enthält westlich eine Sitzschale und talseitig drei stufenförmig angeordnete »Wasserschalen« mit einem Auslauf.

Summstein
Am Summstein treffen sich Naturerlebnispfad und Schalensteinweg. In diesen Felsblock wurde eine kopfgroße Bohrung eingearbeitet. Hält der Besucher den Kopf hinein und summt oder macht andere Geräusche, so scheint der ganze Felsblock die Schwingung aufzunehmen. Fast unbemerkt befindet sich auf der Oberseite jedoch auch ein Näpfchen mit etwa 15 Zentimetern Durchmesser.

Eulenstein
Vom Summstein aus ist in nordöstlicher Richtung der dunkle Schatten einer etwa 25 Zentimeter großen Schale sichtbar. Auf dem Stein befindet sich eine weitere fast gleich große Schale. Ein Blick von oben lässt den Stein mit den beiden Schalen wie das Gesicht einer Eule aussehen.

Wildsaustein
Sieht man diesen Stein aus ca. 50 Meter Entfernung, so hat der Stein Konturen einer sitzenden Wildsau. Bei näherem Anschauen verstärkt sich der Eindruck noch durch die Gesteinseinschlüsse vulkanischen Ursprungs. Die Schale auf dem Rücken ist hergestellt wie zum Sitzen und um auf der »Sau« zu reiten.

Kippstein
In unmittelbarer Nähe eines Windrades liegt ein riesiger, nach oben spitz zulaufender Restling, der von einigen Felsplatten unterlegt ist. Vor langer Zeit muss der Fels in Folge der Verwitterung am Nordhang abgerutscht sein. Heute könnte ein Betrachter vermuten, dass der Stein mit seiner wunderschönen kreisrunden Schale mit der über den ganzen Fels führenden Längsrille absichtlich so aufgestellt wurde.

Geisterfelsen
Der kegelförmig stehende Felsen birgt einige größere und auch kleinere Schalen. Sein ursprünglicher Platz war vermutlich etwas oberhalb. Besonders in der Dämmerung scheinen seine Schalen zu einem mystisch magischen Geistergesicht zu verschmelzen.

Zwischen Schonach und Schönwald – der Blindensee

Der Blindensee
Nur wenige Kilometer entfernt von Schonach liegt der Blindensee. Er ist etwas versteckt zwischen den beiden Schwarzwaldgemeinden Schonach und Schönwald und zählt seit Jahrzehnten zu den beliebtesten Ausflugszielen in dieser Region. Man findet ihn anhand der Wegeschilder oder mit der Wanderkarte »Schonach–Schönwald–Furtwangen–St. Georgen«. Bereits im Jahre 1960 wurde diese Gegend zum Naturschutzgebiet erklärt. Der sagenumwobene nahezu kreisrunde See liegt, aus geologischer Sicht gesehen, in einem Hochmoor. Auf einem breiten Holzsteg können die Besucher das Moor trockenen Fußes überqueren, um an das Ufer des idyllisch gelegenen Sees zu gelangen. Auch wenn in dieser Höhenlage Nebel selten ist, so vermittelt der See mit seinem dunklen Wasser einen mystischen Eindruck. Unterstützt wird dies mit einer Sage:

Das Ochsengespann im Blindensee

Einst soll ein Bauer aus der Umgebung mit seinem Ochsengespann in den Bereich des Hochmoores geraten sein. Vermutlich hatte der Bauer, der den Wagen lenkte, unterwegs dem Kirschwasser etwas zu reichlich zugesprochen und war auf dem Kutschbock eingeschlafen. Während des Traums zog er den falschen Zügel und lenkte sein Gespann dadurch direkt in das Moor. In dem Morast versanken alsbald Wagen, Tiere und der Bauer. Drei Tage später, so erzählt man sich, sollen das Gespann, samt Bauer, in der Nähe von Kehl am Rhein wieder ans Tageslicht gekommen und gesehen worden sein.

Johannes Künzig, »Schwarzwald-Sagen«, Jena 1930

Das Deutsche Phonomuseum

Zwei Sammler und ein Sponsor schufen ein einzigartiges Museum

Trichtergrammophone im »Phonomuseum St. Georgen«

Gottlob Weisser richtete als Elektrotechniker der Firma PE bereits Mitte der 1950er-Jahre mit Unterstützung der Firmeninhaberin Hermine Ebner ein Werksmuseum ein. Gleichzeitig sammelte der Feinmechanikermeister Walter Grieshaber beim Konkurrenten Dual ebenfalls Phonogeräte und Zubehör. Mit dem Neubau des Rathauses 1972 präsentierten die beiden erstmals ihre Sammlungen im Erdgeschoss des Verwaltungsgebäudes als Phonomuseum der Öffentlichkeit. Durch die Aufgabe eines nahegelegenen Kaufhauses ergab sich Jahre darauf die Möglichkeit einer Erweiterung. Dank einer großzügigen Spende von Georg Papst, Mitinhaber der ortsansässigen Firma Papst Motoren, konnte im Juli 2011 der Umzug erfolgen. Nun war auf einer Ausstellungsfläche mit insgesamt 1000 Quadratmetern viel Platz für weitere Exponate, die vor allem von der Familie Dietz zur Verfügung gestellt wurden. So entstand diese einmalige Sammlung.

Das Museum zeigt eine fast lückenlose Geschichte der Phonoindustrie, angefangen vom 1877 erfundenen Phonographen von Thomas Alva Edison bis hin bis zu den modernen Hi-Fi-Geräten. Neben den von den ehemaligen St. Georgener Firmen Dual und PE hergestellten alten Plattenspielern dominieren farbenprächtige Trichter-Grammophone als Blickfang inmitten der Ausstellung. Kuriositäten der Phonoindustrie wie die Tonaufzeichnung auf Draht und Folienbandkassette werden gezeigt. Ebenfalls ausgestellt sind Musik- und Fernsehtruhen aus den 1930er- bis zu 1960er-Jahren und Geräte der neueren Vergangenheit wie tragbare Kassettenspieler, Walkmen und Geräte zur Videoaufzeichnung wie VHS- und Betamax-Rekorder. Auch professionelle Geräte von Rundfunk und Fernsehen sind ausgestellt. Beim Abspielen der alten Schellack- und Vinylplatten wippen die Besucher im Takt des Rock'n'Rolls, Swing-Jazz und der bekannten Schlager aus ihrer Jugendzeit kräftig mit. Auf zwei Etagen ist aus der Idee der beiden Sammler Gottlob Weisser und Walter Grieshaber eine einmalige Sammlung entstanden.

Der gute Ton

Dual, PE und Saba

Musiktruhe mit Radio und Plattenspieler

Die Brüder Josef und Christian Steidinger haben am 1. Februar 1907 in St. Georgen eine Fabrik für Feinwerktechnik gegründet. Neben verschiedenen technischen Geräten, vor allem für die Uhrenindustrie, stellten sie auch Federwerke zum Antrieb von Grammophonen her. Mit einer Kurbel konnte man das Federwerk aufziehen und die von Emil Berliner erfundene Schallplatte abspielen. Es war die große Zeit der Schellackplatten, die mit 78 Umdrehungen in der Minute die anfälligen Wachswalzen ablösten, da die Phonographen nur eine Abspieldauer von etwa zwei Minuten hatten. Nach dem Ersten Weltkrieg setzte sich immer mehr der elektrische Antrieb durch. Doch schon vor dem Krieg trennten sich 1911 die Gebrüder Steidinger. Josef verließ die Firma und gründete mit der Firma Perpetuum ein eigenes Unternehmen als Konkurrenz zu seinem Bruder. Seine Tochter Hermine Steidinger heiratete 1936 den Fabrikanten und Erfinder Albert Ebner aus Cannstatt. Nach der Heirat wurde die Firma in Perpetuum-Ebner umbenannt. Beide Unternehmen PE und Dual florierten, auch durch die ab 1930 begonnene Herstellung von Grammophonen.

1933 überließ Christian Steidinger aus gesundheitlichen Gründen die Firma Dual seinen Söhnen. Anfangs der 1950er-Jahre stellte Dual als erstes Unternehmen in Europa Plattenspieler für die neuartigen Mikrorillenplatten her, die mit Geschwindigkeiten von 33 1/3, 45 und 78 Umdrehungen pro Minute liefen und beidseitig abgespielt werden konnten. Der Erfolg der Langspielplatte mit dem neuen Kunststoff Vinyl machte die Schallplatten nicht nur leichter, sondern steigerte auch die Tonqualität. Plattenwechsler, Tonbandgeräte, qualitativ hochwertige Lautsprecherboxen wurden hergestellt und in Zusammenarbeit mit den Firmen Grundig und Saba Musiktruhen bestückt. Dies bescherte dem Unternehmen ein rasantes Wachstum. Mit der Herstellung des ersten Hi-Fi-Plattenspielers aus Deutschland wurde Dual zum größten deutschen Hersteller der Fonoindustrie. Niederlassungen wurden gegründet und zeitweise arbeiteten über 3500 Mitarbeiter bei Dual. Zum 1. Januar 1973 übernahm Dual im gegenseitigen Einvernehmen die Firma PE, die in ihrer Blütezeit immerhin 1400 Beschäftigte zählte. Ab diesem Zeitpunkt wurden die beiden Firmen unter der Federführung Dual weitergeführt. Doch auch Dual spürte Ende der 1970er-Jahre den starken Konkurrenzdruck vor allem aus Japan. So musste die Firma 1982 Insolvenz beantragen. Die französische Thomson-Gruppe kaufte Dual und gab sie 1988 an die Schneider AG weiter. Schneider stellte auch Fernsehgeräte und Videorekorder mit dem Dual-Logo her. 1994 erwarb die Karstadt/Quelle AG die Nutzungsrechte für Europa der Marke Dual und gab diese 2004 an die Linmark Electronics Ltd. weiter. Als diese 2009 in die Insolvenz ging, erwarb eine Dual GmbH (bis Ende 2019 als DGC firmierend) wieder die Namensrechte. Noch heute stellt die Alfred Fehrenbach GmbH Plattenspieler mit dem Namen Dual her.

Schon 1980, noch vor der Firma Dual, verkaufte Saba seine Firma mit Sitz in Villingen an den französischen Thomson-Konzern. Inzwischen ist die weltbekannte Marke »Saba« völlig vom Markt verschwunden. Wie so viele namhafte Firmen im Schwarzwald hatte auch dieses Unternehmen seine Wurzeln in der Uhrenindustrie. Joseph Benedikt Schwer gründete 1835 in Triberg die Firma, die im Laufe der Jahrzehnte Weltgeltung erlangte. Bereits 1923 stieg die damalige Metallwarenfabrik in das boomende Radiogeschäft ein. Nach der Herstellung von Transformatoren und Radiobausätzen stellte man ab 1927 eigene Radiogeräte her. Im Jahre 1935 rangierte Saba mit zehn Prozent Marktanteil in Deutschland bereits an zweiter Stelle hinter Telefunken. Der damals bekannte Volksempfänger fehlte in fast keinem Haushalt. Wie viele Betriebe musste auch Saba im Zweiten Weltkrieg militärische Geräte herstellen. Kurz vor

Kriegsende zerstörten Bomber zwei neu errichtete Werksgebäude. Um die schwierige Nachkriegszeit zu überstehen, produzierte man Tablettenröhrchen, einen Spielzeugkran und Telefonapparate. Erst 1947 konnte man wieder Radiogeräte produzieren. Schon bald stellte sich wieder der frühere Erfolg ein. Dagegen blieb die begonnene Kühlschrankproduktion hinter den Erwartungen zurück. In den 1950er-Jahren begann das neue Zeitalter des Fernsehens. Der von Saba hergestellte »Schauinsland W II« und die Herstellung von Tonbandgeräten, Kassettenrekordern und Kofferradios erforderten eine Expansion. So entstanden weitere Werke. Die Erfindung der drahtlosen Fernbedienung wird der Firma Saba zugeschrieben. Doch nicht alle ihre Erfindungen für Satelliten, Tonstudios oder Geräte zur Beseitigung von Schlafstörungen waren erfolgreich. So kam es, bedingt auch durch die Billigkonkurrenz im Ausland, zum Niedergang der Firma und zum Verkauf an den französischen Konzern.

Die Donauquelle

Brigach und Breg bringen die Donau zuweg

St. Martinskapelle in Furtwangen im Quellgebiet der Breg

Wer hat nun die Donauquelle? Ganz klar, es ist Ansichtssache. Für die Furtwangener ist es die Breg. Für die Griechen, Römer und St. Georgener ist es die Brigach. Für die Fürstenberger ist es die Donauquelle von Donaueschingen. Die Argumente: Die Breg ist der längste Quellfluss, die Brigach der wasserreichste und die Donauquelle vereinigt alle miteinander. Die Donauquelle im Fürstlich Fürstenbergischen Schlossgarten ist standesgemäß fürstlich eingefasst und mit einer Balustrade und Skulpturengruppe umgeben. Unterirdisch fließt der Donaubach durch den Schlosspark und nach etwa 100 Metern Entfernung in die Brigach. Diese vereinigt sich dann mit der Breg. Nun beginnt die Donau, die nach 2888 Kilometern ins Schwarze Meer mündet. Dabei ging es schon am Ursprung sehr knapp her. Oben an der Martinskapelle nahe Furtwangen trennten sich auf 1085 m ü.d.M. zwei Quellen. Während sich die Elz für den Weg zur Nordsee entschied, wendete sich die nur 100 Meter entfernte Bregquelle in Richtung Süden. Auch bei der jun-

Der Gott »Danubius« wacht über die Bregquelle und wer die Brigachquelle bewacht, davon mehr in der nächsten Geschichte.

gen Donau kam es zu Unstimmigkeiten, ob man auf dem richtigen Weg sei. Der Großteil des Wassers entschied sich wie die Elz für die Nordsee und tauchte an der Donauversickerung bei Immendingen einfach unter. Nachdem das Wasser als Aachquelle wieder zutage tritt, fließt es 32 Kilometer weiter und mündet bei Radolfzell in den Bodensee. Von hier gelangt es über den Rhein zur Nordsee. Ein karger Rest fließt als Donau durch das Donautal in Richtung Sigmaringen weiter.

Der Dreigötterstein

Die Kopie an der Brigachquelle

Dreigötterstein

Bei der Erneuerung des Küchengewölbes im Hirzbauernhof in Brigach kam 1888 oder 1889 ein ungewöhnlicher Fund zum Vorschein. Die Steinplatte mit der Darstellung von Hirsch, Hase und Vogel sowie den drei Köpfen ist vermutlich keltischen Ursprungs. Manche Historiker sehen auch römische Einflüsse und weisen es als Quellheiligtum mit Göttersymbolen aus. Das Alter von etwa 2000 Jahren zeugt von der frühen Bedeutung der Brigachquelle und unterstreicht die Meinung, nicht die Breg, sondern die Brigach sei die eigentliche Donauquelle. Einzigartig ist die Quelle selbst, denn nirgends sonst entspringt eine Flussquelle im Keller eines Bauernhofes. Von dort wird sie über eine Rohrleitung zu der erwähnten Quellanlage geleitet. Der umliegende Hirzwald und der Hirzbauernhof (Hirz = Hirsch) bilden einen schönen Rahmen für den Beginn eines der Hauptquellflüsse der Donau. Schon die Griechen haben sich mit dem Fluss, den sie Danubius und Istros nannten, lange vor unserer Zeitrechnung beschäftigt. Herodot (um 490–420 v. Chr.) beschreibt den Ursprung der Donau als die Heimat der Kelten. Man weiß nicht genau, wo der römische Kaiser Tiberius im Jahr 15 vor Christus mit seiner Expedition zur Quelle der Donau war. Strabo schreibt dazu: »Tiberius aber sah die Quellen der Donau.« Tacitus hat etwa 100 Jahre später die Quellgegend beschrieben. Die Beschreibung der Brigachquelle passt sehr gut zur Umgebung. Es heißt dort: »Die Donau, welche aus dem weich und sanft erhöhten Joch des Berges Abnoba hervorgeflossen.« Nach dieser genauen Schilderung kann man annehmen, dass er die Quelle mit eigenen Augen gesehen haben musste.

1719 veröffentlichte der St. Georgener Pfarrer W. Breuninger ein Buch mit dem Titel »Die Ur-Quelle des Weltberühmten Donaustromes«. In diesem Buch wird die Quelle so beschrieben:
» - - - unter den Fenstern der Wohnstuben nun bemerckten Hofes (Hirzbauernhof in Brigach) die gegen Osten sehen findet sich ein kleiner und schlechtes Anbau- und Hüttlein und in demselbigen der Wahre und eigentliche Ursprung, Ur-Quelle und allererster Anfang der Weltbeschrieenen Donau bestehen in einer schönen klaren Quelle welche ein frisches und gesundes Wasser ohnablässig quillet in deren Grund man zwar keine Oeffnungen sichet und aus solchen das Wasser heraus dringen sondern es quillet dasselbige recht aus der Wurzel des hartanligenden Berges beständig hervor. Die Quelle ist rings herum mit Holz gefasset und in eine Vierung gebracht anbey nicht besonders groß und hat nicht weiter als bey 20. Schuh in ihrem Umfang und den 3. in der Tieffe - - -. Ihr Ablauff wird von dem Innhaber des Hof-Guts in Teichel gefasset und muss die stolze Donau zu erst in Gestalt eines schlechten Brunnen der Welt und in derselbigen einem Bauren gleich unter dessen Fenstern dienen - - -. Endlich nachdem die Donau auff diesem ersten Weg den Ablauff einiger an den beederseits zerstreuten Höfen ligenden Hauß-Brunnen der zwar gering und sich meistens in die angelegene Wissen verlieret nebst dem Sommer-Auer Wässerlein zu sich genommen fanget sie schon an Grossen Herren zu dienen und läßt sich ihrem ersten Landes-Herren dem Durchläuchtigsten Herzog von Würtemberg zu gefallen zur Anschwemmung eines unten an dem St. Georgischen Closter-Berg ligenden und in vierzehen Morgen Felds bestehenden schönen Weyhers gebrauchen in welchem die wohlgeschmachteste Fische an Karpfen besonders auch Hechten Bersicht und sich enthalten. Nachdeme nun unsere Donau von ihrer Geburts-Stadt an / bey dritthalb Stunden fortgewandert / und auf ihrem angetrettenen ersten Weg innerhalb zweyen Stunden verschiedene Brunnen-Bächlein in sich trincket / so nimmet sie ohnauffhörlich zu.«

Den Streit, ob nun die Brigach oder die Breg die Donau zuweg bringen, reklamiert Donaueschingen mit der Donauquelle für sich. Sicher ist: ohne die beiden Quellflüsse würde die Donau die Versickerung bei Immendingen nicht überstehen und austrocknen.

Das Haus Fürstenberg zu Donaueschingen

Fürstlich Fürstenbergische Sammlungen

Die Donauquelle im Fürstlich Fürstenbergischen Schlossgarten

Die Fürsten zu Fürstenberg zählen zum ältesten europäischen Hochadel. Nach dem Untergang des römischen Reiches verteilten die Herrschenden eroberte oder frei gewordene Ländereien zur besseren Verwaltung an Hochadelige. Im Jahre 1283 belehnte der deutsche König Rudolf von Habsburg den Adeligen Heinrich I. Graf von Fürstenberg mit der Landgrafschaft Baar. Verbunden damit war auch das Recht, Bier zu brauen. 1488 verkauften die Witwe Barbara von Habsburg und ihre Söhne das Schloss und das Dorf Donaueschingen an die Grafen Heinrich und Wolfgang von Fürstenberg. Dank einer klugen Heiratspolitik und günstiger Erbgänge kamen die Grafschaft Heiligenberg und weitere Besitztümer hinzu. 1664 wurde den Brüdern Franz Egon, Hermann Egon und Wilhelm Egon zu Fürstenberg-Heiligenberg die erbliche Reichsfürstenwürde verliehen. Fürst Joseph Wilhelm Ernst verlegte 1723 seinen Herrschaftssitz nach Donaueschingen und baute ein neues Schloss, umgeben von mehreren Funktions- und Repräsentationsbauten. Nach und nach entstanden die Fürstlich Fürstenbergischen Sammlungen, die einschließlich der Hofbibliothek der Wissenschaft zugänglich gemacht wurden. Auch in der folgenden Zeit setzte sich die Förderung von Kunst und Kultur fort. Die öffentlich zugänglichen Museen mit den kunstgeschichtlichen Sammlungen oder den naturkundlichen Sammlungen mit ausgestopften Tieren aus aller Herren Länder sind auch heute für die Besucher ein Erlebnis. Das Spektrum reicht von bedeutenden Künstlern wie Anselm Kiefer bis hin zu zeitgenössischen Werken. Das großzügige Mäzenatentum der Fürsten führte zur Gründung der Donaueschinger Musiktage, ein Forum der zeitgenössischen Tonkunst mit Aufführungen von Komponisten wie Hindemith und Stockhausen, und zur Veranstaltung des Donaueschinger Reitturniers. Beides erlangte internationale Bedeutung. Öffentliche Kritik am Haus Fürstenberg kam erst auf, als man aus finanziellen Gründen Teile der ererbten Sammlungen veräußerte: Wertvolle Inkunabeln wurden bei Sotheby's versteigert, eine einzigartige Handschriftensammlung an das Land Baden-Württemberg verkauft, Werke von berühmten altdeutschen Meistern an den Unternehmer Reinhold Würth gegeben, ein Bild von Hans Holbein zu einem hohen Preis der Staatsgalerie Stuttgart überlassen. Aufsehen erregte 2004 der Verkauf der Fürstenberg-Brauerei. Seither liegt nun der Schwerpunkt der Fürstenberger auf der Holzwirtschaft mit ihrem enormen Waldbesitz in Deutschland, Österreich und Kanada. Verstimmungen gab es mit der Stadt Donaueschingen, da die Donauquelle zeitweise gesperrt und die Förderung des Reitturniers eingestellt worden war. Nun ist die Donauquelle im Fürstlich Fürstenbergischen Schlossgarten für Besucher wieder freigegeben. Der Quelltopf ist kunstvoll eingefasst und mit einer Skulpturengruppe umgeben. Sichtbar sind darin die Wasserbläschen, wie sie nach oben steigen und den Donaubach bilden. Dieser fließt unterirdisch durch den Schlosspark und nach etwa 100 Meter Entfernung in die Brigach, die sich später mit der Breg vereinigt. Ab da beginnt die Donau ihre lange Reise bis zum Schwarzen Meer.

Die Wutachschlucht

Eine überwältigende Urlandschaft

Die Wutachschlucht

Bereits von 1903–1904 fand die Erschließung der Wutachschlucht durch den Schwarzwaldverein statt. Diese urwüchsige Schlucht, in der die Wutach einen 60 bis 170 Meter tiefen Canyon gegraben hat, ist ein tolles Naturerlebnis mit einer vielfältigen Tier- und Pflanzenwelt. Hier kommen Wanderer, Hobbygeologen und Botaniker voll auf ihre Kosten. Das abenteuerliche Wildflusstal bietet eine überwältigende Urlandschaft mit romantischen Schluchten, Wasserfällen und urwüchsigen Wäldern. Mitten im Naturpark Südschwarzwald geht es entlang auf manchmal engen Wanderpfaden. Deshalb ist festes Schuhwerk und eine entsprechende Trittsicherheit Voraussetzung. Für Kinderwagen und Radfahrer ist die Schlucht nicht geeignet. Ein empfohlener Rundwanderweg von acht Kilometern beginnt am Wanderparkplatz Boll. Nach dem Einstieg in die Wutachschlucht geht es links am Fluss entlang bis zur Dietfurtbrücke. Dort wird der Fluss überquert und folgt dann der Markierung bis zum Landgasthof Schattenmühle. Von da ab geht man über den großen Wanderparkplatz hinauf in die Lothenbachklamm bis zur

B315. Den Rückweg nach Boll legt man auf dem Panoramaweg zurück. Eine kürzere Alternative ist die etwa 4,5 Kilometer lange Strecke vom Parkplatz Schattenmühle durch die Wutachschlucht nach Boll, von wo man dann mit dem Wanderbus, der etwa stündlich verkehrt, wieder zurückfährt. Je nach Witterung und Jahreszeit sind die Wanderwege in der Schlucht streckenweise rutschig, vor allem an den Steilhängen. In den Wintermonaten wird das Begehen der Schlucht nicht empfohlen. Ein besonderes Erlebnis ist eine mehrstündige Führung mit dem Wutachranger. Dazu ist eine Anmeldung erforderlich.

Villingen und Schwenningen

Eine Hochzeit ohne Liebe

Villingen – Niedere Straße

Die Villinger mögen die Schwenninger nicht und umgekehrt wollen die Schwenninger die Villinger nicht. Dennoch mussten sie aufgrund der Gemeinde- und Kreisgebietsreform am 1. Januar 1972 »heiraten«. So beschloss es die damalige CDU-Alleinregierung unter Ministerpräsident Hans Filbinger in Stuttgart. Auf Vorschlag von Innenminister Karl Schiess wurden 32 Landkreise in Baden-Württemberg neu gebildet und das über die badische und schwäbische Grenze hinweg. Im Gegenzug für die neue Doppelstadt Villingen-Schwenningen opferte der am Bodensee geborene Innenminister die alte Reichsstadt Überlingen an das schwäbische Friedrichshafen. Während nach dreimaligem Anlauf an den Kreistag des Bodenseekreises Tausende Überlinger neuerdings stolz mit ihrem alten Autokennzeichen »ÜB« fahren, sind die Villinger immer noch mit ihrem ungeliebten »VS« unterwegs. In Anlehnung an das frühere »VL«, mit »Viel Liebe« übersetzt, assoziieren die Altvillinger jetzt das »VS»« mit »Vorsicht Schwabe!«. Vergleicht man diese Vermählung mit einer Zwangsehe, so ist die Zähringerstadt Villingen der alte Bräutigam. Schon ein Fürstengrab aus der Hall-

Schwenningen am Neckar – »Kienzle Uhrenfabriken«

stadtzeit aus dem 6. Jahrhundert vor Christus und Siedlungsspuren aus der Merowingerzeit weisen Villingen als Siedlungsplatz aus. Im Jahre 817 wurde Villingen erstmals als »Ad Filiengas« erwähnt. Die junge Braut dagegen kann in ihrer Ahnentafel erstmals eine Erwähnung als Ansiedlung »Suanniga« in einer Urkunde des Königs Heinrich II. nachweisen. Weil sich die Braut zur Landesgartenschau im Jahre 2010 herausputzte und von 1,1 Millionen Menschen besucht wurde, können sich die Villinger seither aufgrund des gewonnenen »Heiratsguts« mit der an der Quelle des Neckars liegenden Partnerstadt eher anfreunden: Bietet nun die geschaffene Parklandschaft im Schwenninger Moos einen weiteren Erholungsort für alle Bürgerinnen und Bürger der Doppelstadt. Inzwischen hat man sich aneinander gewöhnt und feiert am 1. Januar 2022 gemeinsam die Goldene Hochzeit.

Der Villinger Simson

Eine Volkssage

Steht man in Villingen vor den Resten der Stadtbefestigung am Romäustor, so liest man folgende Inschrift:

Als man zählt 1498 Jahr,
Hat hier gelebt, glaubt fürwahr,
Ein Wundermann, Romeyas genannt.

Im ganzen Land gar wohl bekannt,
Nachdem er ritterliche Thaten vollbracht,
Seine Stärke ihn verführet hat,
Fing an, seine Obrigkeit zu schelten.
Dessen mußt er im Thurm entgelten.
Broch wunderlich mit List daraus
Und floh in Sanct Johanniser Haus.
Allda noch ein Balken zu finden,
Welchen Romeyas dahin tragen konnte;
Wagt sich hernach über d'Mauern n'aus,
Belagert Kusenbeeg, das feste Haus,
Das er in wenig Zeit eingenommen,
Daher wiederum Gnad bekommen,
Daß im Spital bis an das Grab,
Die Herren-Pfrund ihm geben ward,
Endigt also in Ruh sein Leben.
Gott woll' uns allen den Frieden geben!

Die Sage von Romeyas

Gegen Ende des 15. Jahrhunderts lebte zu Villingen ein Mann, der von beinahe riesenhafter Gestalt und Gliederstärke war. Als Lieblingsgeschäft trieb er die Jägerei, beschränkte sich aber nicht auf die Gemeindewaldungen, sondern holte sich auch aus den entlegeneren Forsten der Umgegend reiche Beute an Schwarz- und Edelwild, weßhalb ihn die Nachbarn, als einen verheerenden Wilderer, gar gerne gefangen und in Verwahrung und Strafe genommen hätten, wär' ihm nur etwas leichter beizukommen gewesen. Unser Held stund in Villingen wegen seiner herkulischen Eigenschaften in hohem Ansehen und war, wenn auch von dieser Seite nicht wenig gefürchtet, doch von Seite seines geraden offenen Gemüths, seines mannlichen Charakters und leutseligen Wesens, bei Alt und Jung im Volke sehr beliebt. In Folge des noch nicht ganz abgeschafften Faustrechts und der Villinger kriegsständiger Einrichtung waren die hiesigen Bürger in Rotten und Fähnlein eingetheilt. Anführer eines solchen Fähnleins war auch Romeyas geworden und, dasselbe stets in kriegerischer Uebung zu erhalten, unternahm er mit ihm bald da, bald dorthin, bald als Freund, bald als Feind, Streifzüge in die benachbarten Orte, je nachdem sie mit den Villingern auf friedlichem oder feindlichem Fuße standen. Die andern Rottenmeister trieben es nicht viel besser, doch war keiner so gefürchtet auf weit und breit, wie unser Held. So bekriegten sie die Städte Haslach, Hornberg, Rotweil etc. und nahmen an Beute weg, was ihnen gefiel, wenn sie den Sieg errungen hatten.

In einem solchen Strauße mit der benachbarten Stadt Rotweil zeichnete sich nun Romeyas durch ein Kraftstück aus, das ihm den Ehrennamen »der Villinger Simson« auf ewige Zeiten erworben hat. Bei nächtlicher Weile schlich er sich, von der Dunkelheit begünstigt, durch den Graben watend, dicht an das Stadtthor, schlug mit einigen Streichen die Wachen nieder, mit ein Paar andern das Thor ein, hob den einen schweren hölzernen Flügel desselben aus, lud ihn auf seine Schultern und trug ihn, ohne nur einmal auszuruhen, im Triumphe bis auf den Stumpen, einen zwischen Villingen und Rotweil gelegenen Berg, wo er ihn als Siegesdenkmal aufstellte.

Auf solchen Zügen wurde geraubt und gebrandschatzt, daß es oft ein Greuel war; zugleich verschmähten diese Rotten nicht, das edle Handwerk der Wegelagerei zu treiben, das sie den Rittern trefflich abgelernt hatten. Eine schöne Glocke auf einem der Thürme des Villinger Münsters ist die Beutefrucht eines derartigen Zuges nach Düningen, einem drei Stunden von da gelegenen Würtembergischen Dorfe.

Bei der unbeschränkten Freiheitsliebe und Streitlust, die Romeyas' ganzes Wesen erfüllte, konnt' es nicht fehlen, daß er bald in arge Händel nicht nur mit der Nachbarschaft, sondern auch mit dem Villinger Stadtrathe selbst gerieth, der ihm nichts recht nach Sinnen machte; besonders erboßt war er auf eine der ersten Rathspersonen, auf den Stadtschreiber und Schultheißen, Hans von Frankfurt genannt, der ihn einmal ziemlich hart zur Strafe gezogen. Er suchte

Der Romäusturm

seine Rache an ihm durch solche Stachelreden und thätliche Beschimpfungen auszulassen, daß sich zuletzt der Magistrat genöthigt sah, diesen unruhigen Kopf wo möglich unschädlich zu machen. Am Tage Mariä Empfängniß, im Jahr 1498, ward Romeyas auf Befehl des Stadtraths unversehens gefangen genommen und in das Verließ des Michaels-Festungsthurmes, den sogenannten Diebsthurm, gesperrt. In diesem Thurme sieht man noch, 30 Schuh über dem Fundamente, in der Mitte des dicken Holzbodens ein Loch, durch welches unser Held hinuntergelassen wurde und durch welches er auch seine Nahrung, wie es heißt, ein ganzes gebratenes Kalb täglich, erhalten haben soll. Romeyas aber machte sich die abgenagten Knochen trefflich zu Nutze; er sammelte sich binnen kurzer Zeit einen solchen Vorrath davon, daß er sich eine Art von Stiege, die er in die Mauerritzen und gebohrten Löcher seiner Kerkermauer einkeilte, verfertigen und darauf bis zur Decke klettern konnte. Allein da das erwähnte Loch in der Mitte derselben, durch welches ihm seine Kost herabgelassen wurde, noch ohngefähr 12 Schuhe vom Saume der Mauer entfernt war, gelang es ihm doch nicht, auf diese Weise zu entkommen. Dazu verhalf ihm hingegen glücklicherweise sein eigener Gefängnißwärter, den er durch Versprechung reichlichen Lohnes zu bestechen wußte. Dieser steckte ihm die nöthigen Instrumente zu, um den Bohlenboden, welcher die Decke seines Verließes bildete, zu durchbrechen. Aus dem Thurme, der an der Stadtmauer steht, entfloh nun Romeyas, auf dem sogenannten Umlauf an der Ringmauer, nach St. Johann, einer ehemaligen Commende des Teutschherren-Ordens, in die sogenannte Freiheit. (Ort, in welchem Verfolgte freies Asylrecht genossen.) Da ihm dort der Stadtrath nichts anhaben konnte, beschloß er, mit ihm zu kapituliren. Wirklich fügte sich Romeyas den gestellten Bedingungen, schwor sein unordentliches Leben ab und erhielt bis auf seinen Tod den Genuß der sogenannten weißen Pfründe im heiligen Geist-Spitale, in dessen Kirchlein, wo heut zu Tage das Kornhaus steht, er auch begraben wurde.

Bernhard Baader, »Volkssagen aus dem Lande Baden und den angrenzenden Gegenden«, 1851

Bad Dürrheim

Vom Kuhort zum Kurort

Bad Dürrheim mit den alten Salinentürmen

Obwohl bereits im Jahre 889 erstmals in einer Urkunde als »Durroheim« genannt, dümpelte der ländliche Ort unter der Regentschaft des Adelsgeschlechts »Der Esel von Dürrheim« und später unter dem Johanniterorden Villingen fast eintausend Jahre vor sich hin. Am 25. Oktober 1806 wurde der Ort badisch. Nun begann ein neues Zeitalter. Der Umschwung kam am Abend des 25. Februar 1822, als in 345 Fuß Tiefe (ca. 988 Meter) ein Salzstock von exzellenter Qualität mit insgesamt 26 Prozent Solegehalt gefunden wurde. Die 1828 fertiggestellte Salinenanlage machte nun Dürrheim zum Zentrum der Salzproduktion. Ab 1851 konnte man die Sole auch für den Badebetrieb nutzen – in großem Stil ab 1883. In diesem Jahr ließ die badische Großherzogin Luise ein Soleheilbad für Kinder errichten. 16 Jahre später eröffnete das Kurhaus. 1921 erhielt der Ort das Prädikat »Bad«. 1972 erfolgte die Aufgabe der Saline aus wirtschaftlichen Gründen. Zu diesem Zeitpunkt hatte sich der Ort längst zu einem anerkannten Kurort entwickelt. Großen Anteil hatte dabei der 1954 gewählte Bürgermeister Otto Weis-

Bad Dürrheim – Kurgarten

senberger. Unbeirrt ging er seinen Weg und aufgrund der von ihm veranlassten Bohrung fand man 1956 bestes Mineralwasser. Für den Verkauf füllte man am 23. Mai 1959 die erste Flasche der Marke »Bad Dürrheimer Mineralwasser« mit dem Logo »Vom Quell her gut« ab. Innerhalb kürzester Zeit entwickelte sich diese Marke zu einem Verkaufsschlager. Bereits 1964 erhöhte sich die stündliche Abfüllmenge von 5000 auf 12 000 Glasflaschen. Bürgermeister Otto Weissenberger, genannt »Löwe der Baar«, förderte bis zum Ende seiner Amtszeit 1979 weiterhin die Entwicklung des rasant wachsenden Kurortes. Kurkliniken entstanden, sowie ein Mineralhallen- und -freibad sowie ein Kurstift. 1987 eröffnete im höchsten Solebad Europas das Mineral-Erlebnisbad »Solemar«. Auf über 4000 Quadratmetern entstand eine Therme mit 13 Innen- und Außenbecken, Dampfbad, Wasserfall, Salzgrotte und Saunalandschaft sowie Therapiemöglichkeiten für Rheuma und Asthma. Mit einer eleganten Holzarchitektur, die von den Zimmerleuten meisterlich umgesetzt wurde, überspannt eine Holzglaskuppel den inneren Badebereich und sorgt für ein einmaliges Flair. Das alte Kurhaus wurde 1993 gründlich mit einer Wandelhalle und einem Soletrinkbrunnen renoviert. Der nach der Großherzogin Luise benannte Kurpark verbindet in der Hauptachse der Sole-Allee drei Kunstwerke zum Thema Sole: Solepfeiler, Soletor und Salzquell. Der Rosengarten, Naturheilgarten und die Lindenallee sind inzwischen gern genutzte Freizeitanlagen der zahlreichen Besucher, Kur- und Rehagäste. 2013 erhielt die Stadt das Prädikat »Kneipp-Kurort« und ist somit in Baden-Württemberg der einzige Kurort mit drei Prädikaten in der Kombination »Staatlich anerkanntes Soleheilbad«, »Heilklimatischer Kurort« und »Kneipp-Kurort«.

Die alten Salzspeicher der Saline dienen heute anderen Zwecken. Hier ist der »Narrenschopf« untergebracht, das Museum der »Vereinigung Schwäbisch-Alemannischer Narrenzünfte e. V. (VSAN)«, eine Vereinigung von 68 Zünften. Insgesamt sind in den ehemaligen Solebehältern, die durch Gänge verbunden sind, 400 Narrenfiguren mit ihren sehenswerten Masken und Kleidern aus dem Schwarzwald und der Baar ausgestellt. Aber auch närrische Gestalten aus Oberschwaben, dem Allgäu und der Schweiz vervollständigen die wohl größte Ausstellung dieser Art in Deutschland.

Narri, Narro

Die fünfte Jahreszeit

Fastnachtsmuseum Narrenschopf Bad Dürrheim

Wenn um zwölf Uhr mittags an Epiphanie (Dreikönigstag, 6. Januar) der letzte Glockenschlag der Kirchturmuhr verklingt, beginnt die eigentliche schwäbisch-alemannische Fastnacht. Während am Bodensee die Narren die Fasnet mit ihren Karbatschen laut einschnellen, staubt der Narr im Schwarzwald sein Häs (Fasnetskleid) und seine Schemme oder Larve erst mal ab. Einige Mitglieder von Traditionszünften tragen ihre Verkleidung erst in den letzten Tagen vor dem Aschermittwoch. Andere Zunftmitglieder bereiten sich jetzt auf die kommenden Narrensitzungen und Narrenumzüge vor. Auch bei der schwäbisch-alemannischen Fastnacht ist deren Ursprung nicht bekannt. Vermutlich diente der Mummenschanz nicht nur der Winteraustreibung, sondern oft der Auflehnung gegen die Obrigkeit oder den Klerus, denn Kinder und Narren sagen die Wahrheit. So sind klösterliche Aufzeichnungen bereits aus dem 14. und 15. Jahrhundert bekannt, die diese ihrer Meinung nach heidnischen Sitten und Bräuche verboten hatten.

Es lag schon immer in der Natur des Menschen, sich zu verkleiden und für eine gewisse Zeit seine Identität zu wechseln. Verwendete man in früheren ärmeren Zeiten vorhandene Naturalien wie Baumflechten, Federn, Schilf, Stroh, Stoffreste, Nussschalen oder leere Schneckenhäuser und für die Masken Leder oder Felle, so kamen mit dem beginnenden Wohlstand kunstvoll geschnitzte Holzmasken, bemalte Fastnachtskleider und allerlei Zubehör wie Schellenriemen, Narrensäbel und Streckscheren dazu. Die erstmals 1830 erwähnte älteste alemannische Fastnachtsgestalt dürfte der Elzacher Schuttig sein. Über einer einem Teufel ähnlichen aus Lindenholz geschnitzten Maske thront ein mit Schneckenhäusern bestückter Dreispitz, dessen Enden rote Wollebollen zieren. Ein roter Anzug mit geschlitzten Stoffreihen vervollständigt die Verkleidung. In der Hand hält der Schuttig eine an einem Stecken befestigte »Subloder« (aufgeblasene Schweinsblase), die er als Schlaginstrument benutzt. Ab dieser Zeit entstanden in den folgenden Jahrzehnten im Schwarzwald viele Zünfte mit unterschiedlichen Ausgestaltungen. Neben den Glatt- oder Weißnarren, wie beispielsweise die Narros von Villingen und Rottweil, entstanden auch Tiermasken, die ähnlich einem Bären, Fuchs, Schaf, Geißbock oder einer Katze sind. Auch Teufels- oder Hexengestalten zählten zu den beliebten Motiven. In den frühen Dreißigerjahren des letzten Jahrhunderts entstand in Offenburg die erste alemannische Hexenzunft. Heute gibt es in vielen Städten oder Gemeinden von Baden-Württemberg mindestens eine Narrenzunft. Nachwuchssorgen gibt es wegen des großen Zulaufs durch den »Narrensamen« nicht.

Im Laufe der Jahrzehnte hat sich ein fast allgemeiner Ablauf etabliert. So beginnt am »Schmotzigen Dunschdig« (schmotzig wegen den fettigen Fasnetsküchle) frühmorgens der Tag mit dem Lehrerwecken der Schüler. Vormittags folgt die Schülerbefreiung aus den Schulen und die Rathauserstürmung. Der Nachmittag gehört meist den Kinderumzügen und dem Narrenbaumsetzen durch die Zimmermannsgilden. Am Abend marschieren in Nachthemd und mit Zipfelmütze bekleidete Narren beim »Hemdglonkerumzug« mit. Anschließend trifft man sich bei verschiedenen Saalveranstaltungen oder in den Wirtshäusern. Hier ziehen einzelne närrische Gruppen, Blaskapellen oder seit ein paar Jahrzehnten auch Guggenmusikkapellen (schräge Blasmusik) durch die Lokale. Am Fasnachtssamstag finden meist Fastnachtsbälle statt. Der Höhepunkt am Sonntag ist der große Umzug. Auch wenn nun die Fastnacht verschieden gefeiert wird, so findet beispielsweise am Montag der bekannte Rottweiler Narrensprung oder die feuchtfröhliche Fahrt »Da-Bach-Na« auf der Schiltach in Schramberg statt. Am Abend des Dienstags endet dann das närrische Treiben. Die Fastnacht wird mit dem Verbrennen von Strohpuppen beerdigt. Doch damit ist noch nicht Schluss. Am Aschermittwoch trifft man sich zum Geldbeutelwaschen und, bevor die Fastenzeit beginnt, zum Schneckenessen oder auch zum Verzehr der Kuttelsuppen. In manchen Gegenden wie im Markgräflerland oder am Hochrhein gibt es am folgenden Wochenende die »Buurefasnet«. Die bekannteste davon ist wohl der Basler »Morgestraich«. So vielfältig wie die alemannische Fasnet ist, so unterschiedlich sind auch die Narrenrufe. Sehr verbreitet ist der Ruf: »Narri, Narro.« Die Kinder sagen verschiedene Verse auf, damit sie von den Narren beschenkt werden. Hier nur wenige Beispiele:

Alemannische Fastnachtssprüche

Hoorig, hoorig, hoorig isch dia Katz
ond wenn dia Katz it hoorig isch,
no fangt se koane Mäuse it!

Borschdig, borschdig, borschdig isch dia Sau
ond wenn dia Sau net borschdig isch,
no git se koane Läberwürscht!

Hoorig, hoorig, hoorig isch de Hund
ond wenn de Hund it hoorig isch,
no isch er au it g'sund!

Giizig, giizig, giizig isch dr Beck
ond wenn dr Beck it giizig wär,
no gäb er au en Gipfel her!

Der Balzer Herrgott

Das Baumwunder von Gütenbach

Balzer Herrgott bei Gütenbach

Die alten Leute, die seine Geschichte kannten oder mehr von ihr wussten als wir Heutigen, sind gestorben. Da für sie die Entstehung fast selbstverständlich war, schenkten sie dem in den Baum eingewachsenen Herrgott keine besondere Bedeutung.

Schon die Herkunft des aus hell gelblich ockerfarbenem Sandstein geschaffenen Christuskörpers gibt Stoff zum Erzählen. Hugenotten hätten ihn auf der Flucht aus Frankreich an dem steilen Hang liegen gelassen, sagen die einen. Nein, sagen andere, es seien Royalisten gewesen, die während der französischen Revolution aus Frankreich geflohen seien. Eine Bäuerin erzählt, er sei von einem Kloster während der Kriegszeiten hergebracht worden, um ihn vor der Zerstörung zu schützen. Irgendwo ist zu lesen, dass er um 1800 herum aufgrund eines Gelübdes von einem Bauern namens Balzer aus der Glashütte erstellt worden sei.

Dieser Bauer sei dann in die »Neue Welt« ausgewandert. Es sei das Hofkreuz vom Winkelhof gewesen, sagt dieser, jener aber behauptet, es sei auf dem Sattelhof gestanden. Das Kreuz, das den Herrgott trug, sei aus Eisen geschmiedet gewesen, wird erzählt. Andere sagen, der Herrgott hing an einem Holzkreuz; wieder andere behaupten, das Kreuz sei wie der Herrgott aus Stein gewesen.

Vom Herrgott wird gesagt, dass er ein spätgotisches Werk sei und früher über der Dornenkrone einen Strahlenkranz aus Blech getragen habe. Die drei kleinen, viereckigen Vertiefungen, die zu beiden Seiten und auf dem Scheitel des Hauptes eingehauen sind, würden darauf hinweisen. Die Arme und Beine seien von einem Jäger aus Wut über entgangene Beute abgeschossen worden, steht in einem Zeitungsbericht; in einem anderen ist zu lesen, dass das Vieh dem auf dem Boden liegenden Herrgott die Arme und Beine abgetreten habe. Der Herrgott sei dann an den Stamm der Buche gelehnt worden, dort angewachsen und mit ihm hochgewachsen. Das ist nicht möglich; denn ein Baum wächst am Dolden in die Höhe und am Stamm in die Breite. Der Herrgott war schon immer so hoch am Baum, von der Wurzel gemessen sind es 1,90 bis zirka zwei Meter. Jedes Jahr schob sich die Rinde der Buche ein Stückchen weiter über den steinernen Herrgott.

1986 war sein Verschwinden durch Einwachsen in die Buche absehbar. Es musste etwas getan werden. Es wurde beschlossen, den Herrgott im begrenzten Rahmen freizuschneiden. Gegen Ende des Monats November 1986 machte sich der Gütenbacher Holzbildhauer Josef Rombach daran, die Umwallung zu beseitigen. Zwei Baumspezialisten von der Insel Mainau versiegelten das freigelegte Holz gegen Pilze und Feuchtigkeit und schufen eine künstliche Rinde. Die Freilegung war gut gelungen. Im Laufe von neun Jahren ist die Umwallung so gewachsen und hat starken Druck auf den Kopf ausgeübt. Es war zu befürchten, dass der Kopf abgesprengt wird. Im Oktober 1995 wurde eine Rille um die Umwallung geschnitzt, um das Wachstum zu verhindern. Es besteht nun die Hoffnung, dass der Balzer- oder, wie ihn die Alten nannten, Winkelherrgott uns noch lange erhalten bleibt.

Text und Bild: Gemeinde Gütenbach

Zu Gast bei den Brüder Grimm

Das Café Märchengarten im Simonswäldertal

Märchen-Café mit Erlebnisgarten

Auf der Fahrt durch das 25 Kilometer lange wildromantische Simonswäldertal von Gütenbach bis nach Bleibach nahe Waldkirch wird es im unteren Teil des Tales märchenhaft. In der Untertalstraße der Gemeinde Simonswald nahe dem Flüsschen Wildgutach trifft der Cafébesucher auf bekannte Märchenfiguren. Max und Moritz, Schneewittchen und Rotkäppchen leisten Gesellschaft bei einer Tasse Kaffee oder Tee mit einem Stück Kuchen dazu. Bei einem Rundgang durch den Garten des Cafés sind wundervolle in mühevoller Handarbeit entstandene Miniaturbauten zu besichtigen. In diesem kreativen Erlebnisgarten werden die Märchen der Brüder Grimm und auch die der anderen Märchenerzähler lebendig und wecken bei Erwachsenen Kindheitserinnerungen. Kinder erleben staunend die Märchen, die sie vom Vorlesen kennen: Rotkäppchen besucht die Großmutter, Rapunzel lässt ihr Haar herunter, Schneewittchen liegt im Sarg, Hänsel und Gretel besuchen das Knusperhäuschen, die Gänseliesel streichelt ihre Gans und die Prinzessin küsst den Froschkönig. Zahlreiche Gartenzwerge ergänzen die Szenerie. Einfach märchenhaft! Diese Mini-Meisterwerke sind ein Spaß für Groß und Klein.

Orgeleien

Musik von der Rolle

Jahrmarktorgel der Gebrüder Bruder, Waldkirch, aus dem Jahre 1926

Was wäre ein Jahrmarkt oder eine Kirmes ohne Musik? Wenn es pfeift, bläst und trommelt, gerät man schnell in Festtagslaune. Wunderbar, wenn sich die Figuren auf den Jahrmarktsorgeln drehen und der Dirigent den Taktstock schwingt, dann schmecken Zuckerwatte und gebrannte Mandeln einfach besser. Das Kettenkarussell oder die Schiffsschaukel wären ohne diese Orgeln ein eintöniges Fahrgeschäft. Aus dem Schwarzwald lieferten Orgelbauer über Jahrhunderte hinweg Kirchenorgeln, Dreh- und Jahrmarktsorgeln sowie Orchestrien, elektrische Klaviere und Leierkästen in die ganze Welt. Dabei hatten und haben die Orgelbauer aus Waldkirch großen Anteil. Gleich fünf Orgelbauer sind mit ihren Werkstätten in der Stadt am Kandel vertreten. Bereits im 18. Jahrhundert fertigte man in vielen Ländern Europas Drehorgeln. Orchestrions spielten meist Blasmusik. In Tanzsalons oder in Hallen von großen Hotels ertönten vorwiegend bekannte Melodien aus Symphonien und Opern, aber auch Märsche und Tanzmusik. Eine weitere Entwicklung waren die Jahrmarktsorgeln, die im Gegensatz zu den stationären Orchestrions von Jahrmarkt zu Jahrmarkt transportiert werden konnten. Zu den Zentren der Herstellung im Schwarzwald zählten die Stadt Freiburg und die Gemeinde Vöhrenbach für Orchestrions, während die Jahrmarkts-, Straßen- und Drehorgeln überwiegend in Waldkirch produziert wurden. Der Spieluhrenbauer Carl Blessing aus Unterkirnach lieferte Blessing-Orchestrien bis nach Russland. Der Vöhrenbacher Michael Welte, ein Schüler von Blessing, erfand für einen Käufer in Odessa einen Musikautomaten, der alle Instrumente imitieren konnte. Seine von ihm entwickelten gelochten Papierstreifen ließ er sich patentieren. Diese Notenrollen lösten damit die bisher verwendete metallene Stiftwalze ab. Die Verbreitung der Grammofone nach dem Ersten Weltkrieg bedeutete das Ende des Orchestrions. Nicht aber für den Bau von Jahrmarktsorgeln. Die Firma »Orgelbau Jäger & Brommer Mack Rides« (siehe Franz Mack) in Waldkirch und weitere Firmen setzten ihre Fertigung fort, zur Freude aller Volksfest- und Kirmesbesucher.

Eine sehenswerte Orgelsammlung bietet das Elztalmuseum in Waldkirch. Seine Sammlungen an fantasievollen, klangschönen Dreh- und Jahrmarktsorgeln sowie Orchestrien sind im barocken Schlossbau aus dem 18. Jahrhundert zu besichtigen. Alle drei Jahre feiert Waldkirch seine Orgelbautradition, zu dem Orgelfreunde mit großen Orchestrien und kleinen Drehorgeln namhafter Orgelbauer oder Marke Eigenbau aus der ganzen Welt anreisen und die Festbesucher verzaubern. Über 100 historische Orchestrien, Dreh- und Jahrmarktsorgeln erklingen dann an allen Ecken und in den Straßen der Stadt. Bei der großen Parade auf dem Marktplatz präsentieren die Schausteller ihre bunt bemalten Instrumente. Der Besuch ist ein sehenswertes und hörenswertes nostalgisches Klangerlebnis, bei dem Kindheitserinnerungen wach werden.

Schwarzwälder Persönlichkeiten VII

Der Visionär aus Waldkirch

Franz Mack 1921–2010

Der Gründer des Europa-Parks kam am 7. März 1921 zur Welt. Seine Eltern betrieben ein schon seit 1780 bestehendes Familienunternehmen in Waldkirch. Er besuchte die Volksschule und erlernte den Beruf des Wagen- und Karosseriebauers. Nach der Lehre legte er mit Erfolg die Meisterprüfung ab. 1948 heiratete er seine Frau Liesel, die ihm die beiden Söhne Roland und Jürgen gebar. 1958 übernahm er gemeinsam mit seinen Brüdern den väterlichen Betrieb »Mack Rides GmbH & Co« in Waldkirch, der mit der Entwicklung und Produktion von Freizeit- und Fahrgeschäften bereits international bekannt war. Auf einer Reise mit seinem Sohn Roland durch die USA fassten beide 1972 den Entschluss für einen eigenen Freizeitpark. Hier könnte man, so die Vorstellung, die eigenen Fahrgeschäfte in Aktion präsentieren.

Auf der Suche nach einem geeigneten Gelände gab es enorme Schwierigkeiten. Obwohl in Breisach/Breisgau die Planungen und Vorbereitungen bereits weit fortgeschritten waren, scheiterten sie am Einspruch des Wasser- und Schifffahrtsamtes. Nun bemühten sie sich um das Gelände direkt an der Autobahn Karlsuhe–Basel in der Nähe von Neuenburg. Auch hier scheiterte das Vorhaben aufgrund der kostspieligen und aufwändigen Vorgaben der Behörden. Schließlich fand man das geeignete Gelände bei Rust im Ortenaukreis. Die schwierige Finanzierung für ein solches Mammutprojekt konnte der Visionär Franz Mack aufgrund seiner Tätigkeit als Aufsichtsrat der örtlichen Volksbank und auf Vermittlung des Badischen Genossenschaftsverbandes sichern. 1975 war es endlich so weit. Der »Europa-Park« eröffnete und entwickelte sich im Lauf der Jahre als badischer Familienbetrieb nach Disneyland in Paris zum

Europapark in Rust

zweitgrößten Freizeitpark in Europa. Für Millionen Gäste im Jahr gibt es Unterhaltung, Kultur und Nervenkitzel auf mehr als 100 Fahrgeschäften, die meist im eigenen Betrieb konzipiert und gebaut wurden. Für diese großartige Leistung erhielt Franz Mack mehrere Auszeichnungen wie die Aufnahme in die »Hall of Fame«, den Weltverband der Freizeitindustrie (IAAPA), das Bundesverdienstkreuz am Bande und die Ehrenbürgerschaften von Rust und Waldkirch, um nur einige zu nennen. Die Eröffnung seines neuen Projektes, das im Jahre 2020 eröffnete »Rulantica«, eine erlebnisreiche Wasserwelt mit rund 450 000 Quadratmetern Fläche, davon 32 600 indoor, erlebte er nicht mehr. Er starb am 3. Oktober 2010 im Alter von 89 Jahren. Seine Söhne Roland und Jürgen sowie bereits die nächste Generation mit Michael, Thomas und Ann-Kathrin führen sein Lebenswerk weiter.

Die Hexe als Schwein

Bernhard Baader, »Volkssagen aus dem Lande Baden«, 1851

Einen Mann von Waldkirch trieb eines Samstagabends eine unerklärliche Angst vom Haus in den Wald. Während er ohne Ziel darin umherstrich, ward es finstere Nacht, es kam ein schweres Gewitter, und er wusste zuletzt nicht mehr, wo er sich befand. Da kletterte er, als das Wetter vorüber war, auf einen hohen Baum und entdeckte von da Licht, auf welches er, nachdem er herabgestiegen, zuging. Er gelangte an ein einsames Haus, durch dessen Ladenritze Licht schimmerte, und durch welche er in eine Stube schaute, wo in einem Kreise von Weibern der Teufel stand.
Dieser fragte jede, welche böse Tat sie am verflossenen Tage vollbracht habe; alle konnten eine solche angeben, außer einer alten Frau, in welcher der Mann seine Schwiegermutter erkannte. Zur Strafe wurde ihr vom Teufel auferlegt, am nächsten Morgen als Schwein ihr Enkelchen aufzufressen. Da dieses kein anderes als des Mannes Kind sein konnte, so erschrak derselbe sehr und eilte, was er konnte, nach Hause.

Am Morgen sagte er zu seiner Frau, welche in die Messe ging, er sei krank, und sie möge für ihn auch im Hochamte bleiben. Als er allein war, band er das Kind in der Wiege fest, holte einen starken Prügel und legte sich, voll Erwartung, aufs Bett. Kaum hatte es ins Amt zusammengeläutet, so lief ein großes Schwein in die Stube und auf die Wiege los. Geschwind sprang der Mann hinzu und schlug mit dem Prügel so heftig auf das Schwein, dass es nur mit der größten Anstrengung sich noch wegschleppen konnte.
Sobald des Mannes Frau aus der Kirche kam, wurde sie zu ihrer Mutter gerufen, die sie im Bette und so übel fand, dass sie eilig den Pfarrer rufen ließ. Demselben beichtete noch die Kranke, verschied aber, ehe sie die Kommunion empfangen. Gleich darauf wurde der Leichnam kohlschwarz. Bei der Beerdigung war der Sarg anfangs außerordentlich schwer, zuletzt aber ganz leicht, und als er, üblicher Weise, auf dem Kirchhof noch einmal geöffnet wurde, enthielt er, statt der Leiche, lauter Hobelspäne.

Nun bereute der Mann sehr, an dem unseligen Tode seiner Schwiegermutter schuld zu sein.

Das Elzacher Bengelreiten

»Nauf auf d'Stang und freut Euch des Lebens!«

Mit diesem Spruch jagt die Narrenzunft »Vetter Guser« in Sigmaringen den »Bräutler« auf die Stang. Während im Schwäbischen das »Bräuteln« noch in vielen Orten verbreitet ist, gibt es im Schwarzwald nur noch wenige Orte, die dieser Tradition folgen. In Elzach, dort wo die Fastnacht mit dem »Schuttig« zu Hause ist, feiert die Narrenzunft alle sieben Jahre am Fasnachtsmontag diesen Brauch. Die Ehre des Bengelreitens bekommt derjenige Elzacher, der zuletzt vor der Fasnet geheiratet hat. Es wird ein sehr anstrengender Tag für den Auserwählten. Vier starke Männer, bekleidet mit blauen Fuhrmannshemden und dem Stadtwappen auf der Brust, holen den frisch Vermählten in seiner Wohnung ab. Auf zwei Bengeln (starke Latten), auf einem Sattel sitzend, wird er in einer Prozession zum Rathausbrunnen getragen.
Der Teufelsschuttig der Narrenzunft Elzach führt den Zug an. Begleitet von der Stadtmusik und weiteren Schuttignarren setzt sich der Marsch in Bewegung. Am Brunnen angekommen, beginnt der Kampf. 14 ledige Frauen stürzen sich mit Holzschwertern bewaffnet auf den frischgebackenen Ehemann, um ihn aus dem Sattel zu heben. Doch einfach ist dies nicht. Sieben verheiratete Frauen, ebenfalls mit Holzschwertern bestückt, beschützen den Bengelreiter, der sich krampfhaft festhält. Gelingt es nämlich den Angreiferinnen, den Reiter zu Boden zu stürzen, wirft man ihn anschließend in den Stadtbrunnen. Das johlende Publikum hofft natürlich sehr auf den Sieg der jungen, ledigen Frauen und auf das nasse Vergnügen. Doch manchmal siegen auch die verheirateten Frauen und der Reiter begibt sich zur Enttäuschung der Zuschauer trockenen Fußes zum anschließenden Umtrunk.

Dieser Brauch hat seinen Ursprung nach dem Dreißigjährigen Krieg. Die wenigen Bürger, die überlebt hatten, hungerten. Deshalb sollten ab 1649 die heiratswilligen Männer ein Vermögen von mindestens 57 Gulden nachweisen. Da dies manchmal scheiterte und Arbeitskräfte rar waren, unterstützten die Handwerkszünfte ihre Gesellen. Kam es dann zu einer Hochzeit, war dies ein besonderes Fest. Im Kirchenbuch von Sigmaringen-Laiz aus dem Jahre 1659 steht folgender Eintrag: »Die Freude war groß, es haben wieder ein

Elzacher Bengelreiten

paar geheiratet, deshalb hat man sie auf eine Stange gesetzt und um den Narrenbrunnen herumgetragen.« Die Fastnacht war früher ein beliebter Hochzeitstermin, da anschließend in der Fastenzeit Enthaltsamkeit geboten war und man nicht mehr feiern durfte.

Mühlenromantik

Es steht eine Mühle im Schwarzwälder Tal

Schwarzwälder Hofmühle

Fast in jedem Dorf stand einst eine Mühle und klapperte so vor sich hin. Die Windmühlen in den Niederlanden dienten oft nur als Wasserpumpen zur Entwässerung des Landes. Doch im Gegensatz zu Holland bewegten im Schwarzwald die zahlreichen Bäche mit ihrer Wasserkraft die Mühlen. Damit mahlte man das Korn oder nutzte die Mühle als Sägewerk und zersägte Baumstämme zu Brettern. Die Mühlen unterscheiden sich in »oberschlächtige« und »unterschlächtige« Mühlen, je nachdem, ob der Wasserzulauf zum Mühlrad von oben oder von unten erfolgt. Nach der Ernte brachten die Bauern das Getreide zum Müller und der mahlte das Mehl. Besonders an Erntetagen gab es dabei Engpässe. Es ging der Reihe nach, daher stammt das alte Sprichwort: »Wer zuerst kommt, mahlt zuerst.« Und so funktionierte die Mühle: Der Antrieb des Mahlwerkes erfolgt über eine Eisenwelle, die das Kammrad und das Mühleisen mit dem schweren Läuferstein zum Drehen bringt. Während sich der obere Läuferstein dreht, liegt der untere Stein ruhig. Durch ein Loch in der Mitte des Läufersteins wird das Getreide eingefüllt. Zwischen den beiden Steinen wird nun das Korn gemahlen. Das berühmte Klappern der Mühle entsteht, wenn der Bittelstock das

Mehl aus dem Bittelstock klopft. Große Mühlen konnten in der Stunde bis zu 1000 Kilogramm Getreide mahlen. Aber lassen wir es gut sein mit einer genauen Technikbeschreibung, denn heute gibt es kaum noch aktive Mühlen. Sie sind nur noch nostalgische Denkmäler. Die bekannteste Mühle dürfte wohl die bei Furtwangen gelegene, 1825 erbaute Hexenlochmühle sein. Diese Doppelmühle ist ein beliebtes Ausflugsziel und Fotomotiv.

Empfehlenswert ist der Mühlenweg von Simonswald. Auf einem 9,3 Kilometer langen Rundweg, mit allerdings 300 Höhenmetern, erlebt der Wanderer insgesamt sechs Mühlen im Tal der wilden Gutach. Bequemer dagegen ist ein Urlaub in der Brigachmühle bei St. Georgen. In der Mitte der 1970er-Jahre bauten Mitglieder des Fremdenverkehrsvereins liebevoll die Brigachmühle zu einem Ferienhaus aus. Inzwischen vermietet sie der Bauer aus dem etwa 150 Meter entfernten Hof wochenweise. Die Urlauber brauchen auf Komfort nicht zu verzichten. Im geräumigen Wohnzimmer ist der Blick durch Glasscheiben frei auf das Mahlwerk. Die Mahlzeiten nimmt man stilvoll auf dem Mahlstein ein. Mühlenromantik pur.

Dazu das Lied:

Es steht eine Mühle im Schwarzwälder Tal,
die klappert so leis vor sich hin.
Und wo ich geh und steh,
im Tal und auf der Höh,
da liegt mir die Mühle, die Mühle im Sinn,
die Mühle im Schwarzwälder Tal.

Und in dieser Mühle im Schwarzwälder Tal,
da wohnet ein Mädel so schön.
Und wo ich geh' und steh,
im Tal und auf der Höh,
da liegt mir das Mädel, das Mädel im Sinn,
das Mädel im Schwarzwälder Tal.

Wir reichten zum Abschied noch einmal die Hand
und wünschten einander viel Glück.
Und wo ich geh' und steh,
im Tal und auf der Höh,
da liegt mir der Abschied, der Abschied im Sinn,
der Abschied vom Schwarzwälder Tal.

Text und Musik: Paul Schulz (1876–1924)

Der Schwarzwälder Fuchs

Eine erhaltenswerte Pferderasse

Schwarzwälder Fuchs

Das Schwarzwälder Kaltblut ist heute als Reitpferd oder als Kutschpferd gefragt. Wann die Rasse »Schwarzwälder Fuchs« gezüchtet wurde, ist nicht genau bekannt. Erste Hinweise stammen aus dem Beginn des 15. Jahrhunderts. Eine eigenständige Pferdezucht besaßen damals die Klöster St. Märgen, St. Peter und St. Blasien.
Sicher ist: Diese Pferde wurden für die schwere Waldarbeit in den oft sehr steilen Waldhängen im Schwarzwald gezüchtet. Deshalb sind sie auch als »Wälderpferd« bekannt. Schwarzwälder sind in der Regel Füchse oder Dunkelfüchse mit heller Mähne. Es können auch Braune sein, ganz selten ist ein Schimmel oder ein Rappe dabei. Sie haben ein Stockmaß von 148–160 Zentimetern, einen kurzen, markanten Kopf, einen kräftigen Hals, schräge Schultern, breite Kruppe

und raumgreifende Gänge. Das Gewicht beträgt etwa 600–700 Kilogramm. Durch den Einsatz von Traktoren und Maschinen bei der Waldarbeit drohte dieser Rasse das Aussterben. Zum Glück haben sich einige Züchter im Schwarzwald gefunden, die sich dem Erhalt verschrieben haben. Im staatlichen Haupt- und Landgestüt Marbach in Gomadingen auf der Schwäbischen Alb gibt es ein Zuchtprogramm zur Erhaltung des Schwarzwälder Kaltbluts. Es steht unter dem besonderen Schutz des Ministeriums für den Ländlichen Raum. Im Turnus von drei Jahren (…2022, 2025…) findet in St. Märgen jeweils am zweiten Sonntag im September der traditionelle »Tag des Schwarzwälder Pferdes« statt. Die Einheimischen nennen es »Rossfest«. Da ist was los. Viele Züchter und vor allem Zuschauer kommen zur Pferdeprämierung, den Schauvorführungen und zum historischen Festzug. Einen Schwarzwälder Züchtertag mit Hengstparade findet jährlich am Samstag vor oder nach dem Josefstag, dem 19. März, wechselweise in St. Märgen oder in Elzach-Prechtal statt.

Bibliothek in St. Peter

Ein Meisterwerk des Rokokos nach Plänen von Peter Thumb

Klosterbibliothek St. Peter

Der am 18. Dezember 1681 in Bezau, Vorarlberg, geborene Peter Thumb war der Sohn des bekannten Baumeisters Michael Thumb. Schnell eiferte er seinem Vater nach. Nach einer Steinmetzlehre arbeitete er als Baumeister bei seinem späteren Schwiegervater Franz Beer. Seine ersten größeren Arbeiten waren die Abteikirche Ebersmünster im Elsass und die Kirche des Benediktinerklosters St. Peter im Schwarzwald. Hier gelang ihm ein Kunstwerk des Barocks. Nach seinen Plänen ließ später Abt Philipp Jakob Steyrer die Klosterbibliothek im Stil des Rokokos bauen. Die prunkvollen Deckengemälde stammen von Benedikt Gams und die Figuren auf der Galerie sind Arbeiten des Klosterbildhauers Matthias Faller nach Modellen von Christian Wenzinger. Kirche und Bibliothek sind heute noch in ihrer ursprünglichen Form erhalten. Peter Thumb schuf, neben der barocken Wallfahrtskirche von Birnau am Bodensee, mehrere wei-

Klosteranlage St. Trudpert im Münstertal

tere Sakralbauten im Schwarzwald: die Kirche St. Margarethen in Waldkirch, die Kirche und das Kloster St. Trudpert im Münstertal, die Kirche und das Priorat St. Ulrich sowie die Stadtpfarrkirche St. Maria Himmelfahrt in Tiengen. Der Baumeister starb am 4. März 1766 in Konstanz.

»Schwarzwaldmädel« – Deutscher Spielfilm 1950

Darsteller aus der Fernsehserie »Schwarzwaldklinik«

Sie operieren schon lange nicht mehr in der Schwarzwaldklinik. Die Klinik im Glottertal besteht allerdings noch, doch kann man diese nur von innen sehen, wenn man sich als Patient einliefern lässt. Ein Besuch im Wohnhaus von Professor Dr. Brinkmann ist dagegen jederzeit möglich. Das Wohnhaus ist 60 Kilometer Luftlinie von der Klinik entfernt im Heimatmuseum »Hüsli« bei Grafenhausen. Die Drehorte erstreckten sich damals über den gesamten Schwarzwald. Von 1985–1989 lief diese erfolgreiche Krankenhaus-Serie und avancierte zum Kult in der deutschen Fernsehgemeinde. Schon immer war der Schwarzwald als Filmkulisse gefragt. Bereits in der Stummfilmzeit kam die Operette »Schwarzwaldmädel« ins Kino. Während der Tonfilmzeit verfilmte man das »Schwarzwaldmädel« gleich mehrmals, beispielsweise mit Sonja Ziemann und Rudolf Prack. Auf Filme wie »Die Mühle im Schwarzwälder Tal« von 1953 folgten 1956 »Schwarzwaldmelodie«, »Die Rosel vom Schwarzwald« und 1959 »Schwarzwälder Kirsch«. Nicht nur der Film, auch das Fernsehen bediente sich später dieser einmaligen Landschaft. Die achtteilige Schwarz-Weiß-Produktion »Forellenhof« des damaligen Südwestfunks wurde ab 1965 zum Straßenfeger. Doch die »Schwarzwaldklinik« übertraf als Quotenrenner alles bisher Dagewesene. Auch heute müssen Fernsehzuschauer auf den Schwarzwald nicht verzichten. Seit über einem Vierteljahrhundert kommen regelmäßig »Die Fallers« ins Wohnzimmer und manchmal holen die dritten Programme die alten Herzschmerzfilme wieder aus der Versenkung.

Dem Himmel so nah

Herausragend, das Freiburger Münster

Das Freiburger Münster »Unserer Lieben Frau«

Schon der Reisende, der bei seiner Fahrt nach Freiburg durch das Höllental fährt, fühlt sich nach Erreichen der Ortschaft Himmelreich himmlisch. Vorbei an Kirchzarten sieht er schon bald nach wenigen Kilometern den 116 Meter hohen Münsterturm von Freiburg in den Himmel ragen. Doch wenn er zuvor im Höllental gegen den Himmel blickte, sah er einen Hirschen als Bronzefigur, die auf einem Felsvorsprung steht. Einer Sage nach wäre in früheren Zeiten hier ein Hirsch, auf der Flucht vor einem Jäger getrieben, aus Todesangst mit einem gewaltigen Sprung über das enge Höllental gesprungen. Angeblich war damals die Kluft nur neun Meter breit und ein ausgewachsener Hirsch könne bis zu zehn Meter springen. Man mag für den Hirsch hoffen, dass die Rechnung stimmte. Ein Blick auf die Sterne, gemeint ist hier nicht der nächtliche Sternenhimmel, lohnt, wenn er sich zum »Hofgut Sternen« richtet. Hier blickt man in der Glasmanufaktur dem Glasbläser über die Schulter und bekommt vielleicht Lust, sich bei den Ausstellungsshops ein Geschenk zu erstehen. Das Gasthaus selbst kann auf illustre Gäste zurückblicken, als es noch »Wirtshaus unter der Steig« hieß. Den damals beschwerlichen Weg durchs Höllental unternahmen unter anderem Marie-Antoinette, die Tochter der Kaiserin Maria-Theresia, der Dichterfürst Johann Wolfgang von Goethe und der französische Kaiser Napoleon III., und sie nutzten das Wirtshaus als Nachtlager. Heute ist das Hofgut Sternen über die gut ausgebaute B31 und seit dem Jahre 1887 mit der Höllentalbahn bequem zu erreichen. Interessant ist die St.-Oswald-Kapelle, die nur wenige 100 Meter westlich vom Hofgut entfernt liegt. St. Oswald mit dem hölzernen Turm, ist eines der ältesten Gotteshäuser des Schwarzwaldes. Das »Hofgut Sternen« ist auch Ausgangspunkt für einen wildromantischen Wanderweg, der den trittsicheren Wanderer durch die Ravennaschlucht, vorbei an dem 36 Meter hohen und 224 Meter langen Ravenna-Viadukt, zu zwei Wasserfällen führt.

Wasser findet man aber auch in Freiburg genug. Die Innenstadt ist mit den bekannten von den Zähringern im Mittelalter als Brauch- und Feuerlöschwasser angelegten »Bächle« durchzogen. Diese vom Flüsschen Dreisam gespeisten, zum größten Teil oberirdischen Wasserläufe sind von Junggesellen gefürchtet. Heißt es doch, wer unabsichtlich oder vielleicht von der Begleiterin absichtlich hineingestoßen, wie es im Dialekt heißt, »nei dappt«, der muss eine Freiburgerin (ein Bobbele) heiraten. Die pulsierende Universitätsstadt bietet so einiges. Nach einem Luftangriff im Zweiten Weltkrieg mit etwa 3000 Toten entstand in der Nachkriegszeit wieder eine sehens-

und liebenswerte Stadt mit schönen Stadttoren, Türmen, Plätzen und Gassen, die teilweise mit halbierten Flusskieselsteinen gepflastert sind, sowie den Einkaufspassagen und im Mittelpunkt das mächtige Münster »Unserer Lieben Frau«. Große Sakralbauten sind im Schwarzwald selten. Ist er sonst oft Spitzenreiter oder zumindest vorne mit dabei, verdient er in diesem Bereich höchstens die Note »Ausreichend«. Neben dem Freiburger Münster sind nur noch die Klosteranlage St. Trudpert im Münstertal, der Dom von St. Blasien mit seinem mächtigen Kuppelbau oder die ehemaligen Klosteranlagen von St. Peter und Hirsau erwähnenswert. Doch ein Besuch im Freiburger Münster ist ein Muss. Der um 1200 begonnene und im Wesentlichen um 1513 vollendete Bau vereinigt mehrere Stilepochen. Begonnen noch in romanischem Baustil, entstanden später frühgotische Elemente, bevor das südliche Querschiff 1620 einen Vorbau im Stil der Renaissance erhielt. Bevor der Besucher den 116 Meter hohen Turm besteigt und die Aussicht über Freiburg genießt, sollte er sich den von Hans Baldung Grien gemalten Hochaltar und den Schnitzaltar in der Lochererkapelle anschauen.

Sage – Pferde schauen zum Speicher hinaus

Die Frau aus dem jetzt Stutz'schen Hause am Münsterplatz zu Freiburg war, mit reichem Geschmeide geschmückt, begraben worden. Der Bediente und die Köchin, welche eine Liebschaft mit einander hatten, beschlossen, die Kleinode zu entwenden, damit sie genug Geld bekämen, um sich zu heirathen. Zu dem Ende schlichen sie tief in der Nacht auf den Kirchhof und öffneten Grab und Sarg ihrer Herrin. Da kam diese, welche nur scheintod gewesen, zu sich und richtete sich in die Höhe. Entsetzt flohen der Bediente und die Köchin nach Hause, sagten aber Niemand etwas von dem Vorfall. Bald nachher schellte die Frau an der Hausthüre, ihr Mann machte das Fenster auf und fragte:

»Wer ist draus?«

»Die Frau aus dem Haus«, antwortete sie.

»Die ist todt und begraben«, erwiderte er, und darauf sie:

»So gewiß bin ich es, als unsere Schimmel zum Speicherloch heraussehen.«

Kaum hatte sie dies gesagt, so trappten die beiden Pferde die Treppen hinauf auf den Speicher und schauten zur Giebelöffnung hinaus. Da ließ der Mann seine Frau eilig herein, voll Freude, daß sie noch lebe. Weil der Bediente und die Köchin fürchteten, sie seyen auf dem Kirchhof von ihrer Gebieterin erkannt worden, thaten sie vor ihrem Herrn einen Fußfall und bekannten ihr Vergehen. Statt sie zu bestrafen, dankte er ihnen für die Wiedererlangung seiner Frau und beschenkte sie so reichlich, daß sie sich heirathen konnten. Auch ließ er zum ewigen Andenken die Schimmel in Holz nachbilden und innen an die Giebelöffnung stellen, die seitdem nicht zugemauert werden kann. Seine Frau lebte noch sieben Jahre, sprach aber wenig und lachte gar nicht mehr; dagegen betete sie viel und spann und wirkte ein großes leinenes Tuch für das Münster. Dasselbe brachte sie gerade fertig. Es ist aus einem Stück, mit Bildern aus dem Leben des Heilands geziert, und wird noch heutiges Tags als Fastentuch gebraucht.

Bernhard Baader, »Neugesammelte Volkssagen aus dem Lande Baden und den angrenzenden Gegenden«, 1859

Schwarzwälder Persönlichkeiten VIII

Nobelpreisträger für Chemie

Hermann Staudinger
1881–1965

Der am 23. März 1881 in Worms geborene Chemiker Hermann Staudinger zählt zu den vielen Nobelpreisträgern, die an der Albert-Ludwigs-Universität von Freiburg lehrten. Nach seiner außerordentlichen Professur am Institut für Organische Chemie in Karlsruhe folgte er 1912 einem Ruf an die Eidgenössische Technische Hochschule von Zürich. 1926 bekam er seine Berufung an die Universität Freiburg. Diese renommierte Hochschule hatte 1457 Albrecht VI. gegründet, Erzherzog von Österreich und den Vorderen Landen, zu denen auch die Gebiete der Habsburger im heutigen Südbaden, in Vorarlberg, der Schweiz, im Elsass und Bayrisch-Schwaben zählten. Die Berufung von Staudinger war nicht unumstritten. Wegen seiner pazifistischen Einstellung gab es erhebliche Widerstände aus den Ordinarien der Universität. Schließlich setzte sich der damalige Rektor Friedrich Oltmanns durch. Staudinger erarbeitete in seiner Freiburger Zeit bahnbrechende Erkenntnisse zur makromolekularen Chemie. Erneute Schwierigkeiten bekam er wegen seiner antikriegerischen Einstellung nach der Machtergreifung Hitlers. Der Meßkircher Philosoph Martin Heidegger denunzierte ihn und leitete in seiner Eigenschaft als Rektor ein Amtsenthebungsverfahren gegen ihn ein. Dank seines wissenschaftlichen Ansehens und der Bedeutung seiner erfolgreichen Polymerforschung überstand Staudinger das Verfahren. Auslandsreisen wurden ihm allerdings verboten. Ein vorsorgliches Entlassungsschreiben musste er unterzeichnen, das aktiviert werden sollte, falls Staudinger nochmals politisch unliebsam auffalle. Fortan wurde er von den NS-Funktionären argwöhnisch beobachtet. Sein Wunsch, 1937 in Freiburg ein Kaiser-Wilhelm-Institut für Makromolekulare Chemie zu gründen, lehnte man ab. Um seine Arbeit nicht zu gefährden, suchte er nun die Nähe der Nationalsozialisten. So wurde ihm endlich 1940 die Gründung

Einführung der Talare im Jahre 1903 (Entwurfszeichnung) v. l. n. r.: Blau = Medizinische, Rot = Juristische, Orange = Naturwissenschaftlich-Mathematische, Violett = Theologische, Grün = Philosophische Fakultät.

dieses Institutes mit Geldern aus der Industrie genehmigt. Sein Institut wurde nun als »kriegswichtig« eingestuft. Vorwürfe nach dem Krieg für eine antisemitische Einstellung und sogar eine Beteiligung an der Giftgasforschung konnte Staudinger entkräften. Am 27. November 1944 wurde bei einem Bombenangriff die Altstadt von Freiburg und darunter auch sein Chemisches Institut fast völlig zerstört. Trotz seines hohen Alters leitete Staudinger ab 1951 das wieder aufgebaute staatliche Forschungsinstitut noch fünf Jahre ehrenamtlich. Neben zahlreichen Ehrungen erhielt er 1953 den Nobelpreis für Chemie und 1954 wurde ihm die Ehrenbürgerschaft der Stadt Freiburg verliehen. Am 8. September 1965 verstarb er in Freiburg.

Die Zähringer

Gewaltfreie Siedlungspolitik

Ausgestattet mit dem vom Baseler Bischof verliehenen Schürfrecht zum Abbau der umfangreichen Silbererzvorkommen, begannen die Zähringer ohne kriegerische Auseinandersetzungen den im Mittelalter noch urbanen Schwarzwald stärker zu besiedeln. Sie gründeten die Städte Bräunlingen auf der Baar, Freiburg im Breisgau, Haslach im Kinzigtal, Offenburg und Villingen. Die Siedlungspolitik erfolgte nach wirtschaftlichen und strategischen Gesichtspunkten an besonders wichtigen Handelswegen. Um Handwerker und Kaufleute in die Stadt zu locken, verliehen sie den Städten das Marktrecht und boten den Bewohnern Schutz, eine zentrale Verwaltung und besondere Privilegien. Charakteristisch für die Zähringerstädte sind die zwei gekreuzten Straßen innerhalb der Stadtmauern, die die Innenstadt in vier Quadrate unterteilen. Die Zähringer Herzoge profitierten durch diese Ansiedlungen von den Steuern, Abgaben und Zöllen. Zur Kontrolle der Handelswege errichtete bereits im Jahr 1091 Berthold II. Herzog von Zähringen eine Burg auf dem Freiburger Schlossberg. Die Zähringer legten zum besseren Warentransport mit Fuhrwerken auch eigene neue Handelswege an, darunter auch die Strecke durch das Höllental und schufen damit die Voraussetzung für eine stärkere Besiedelung des Schwarzwaldes. Zu einer Trennung mit den Markgrafen von Baden kam es gegen Ende des 11. Jahrhunderts. Ungeachtet dessen führten die Zähringer ihre Siedlungspolitik in Baden fort. Auch wenn die Zähringer nicht über ein zusammenhängendes Herzogtum herrschten, vermehrte sich doch, bedingt durch ihre dezentrale Siedlungspolitik, ihr Reichtum und ihr Ansehen. Nach dem Tode von Kaiser Heinrich IV. brachte man sogar Berthold V. Herzog von Zähringen als Thronfolger ins Gespräch.

Konrad I. von Zähringen und sein Bruder Berthold III. verliehen im Jahre 1120 der Stadt Freiburg das Marktrecht. Die im Städtebau erfahrenen Zähringer organisierten nun den Handel und förderten die Entwicklung der Stadt. Um 1170 legte man, gespeist vom Flüsschen Dreisam in Freiburg, ein umfangreiches Wassernetz von Bächle an, die dem Gewerbe (z. B. Gerberei) als Brauchwasserversorgung und der Stadt als ständig vorhandenes Löschwasser dienten. Die Bevölkerungszahl nahm rasch zu und so wurde die bisherige Stadtkirche zu klein. Um 1200 begann deshalb der Bau des Münsters. Zuerst in dem damals vorherrschenden romanischen Stil. Später wurde der Bau im gotischen Stil weitergeführt. Im Jahre 1218 beerdigte man Berthold V. als letzten Zähringer in dem von ihm gestifteten Freiburger Münster.

Sage – Ursprung der Zähringer

Die Sage ist, daß die Herzoge von Zähringen vor Zeiten Köhler sind gewesen, und haben ihre Wohnung gehabt in dem Gebirg und den Wäldern hinter Zähring dem Schloß, da es dann jetzund stehet, und haben allda Kohlen gebrennt. Nun hat es sich begeben, daß der Köhler an einem Ort im Gebirg Kohlen brannte, Grund und Erde nahm, und damit den Kohlhaufen, um ihn auszubrennen, bedeckte. Als er nun die Kohlen hinweg that, fand er am Boden eine schwere, geschmelzte Materie; und da er sie besichtigte, da ist es gut Silber gewesen. Also brennte er fürder immerdar an dem Ort seine Kohlen, deckte sie mit demselben Grund und Erdboden, und fand aber Silber, wie zuvor. Dabei konnte er merken, daß es des Berges Schuld wäre, behielt es geheim, brannte von Tag zu Tag Kohlen da, und brachte großen Schatz Silbers zusammen. Nun hat es sich damals ereignet, daß ein König vertrieben ward vom Reich, und floh auf den Berg im Breisgau, genannt der Kaiserstuhl, mit Weib und Kindern und allem Gesinde, litt da viel Armuth mit den Seinen. Ließ darauf ausrufen, wer da wäre, der ihm wollte Hülfe thun, sein Reich wieder zu erlangen, der sollte zum Herzoge gemacht, und eine Tochter des Kaisers ihm gegeben werden. Da der Köhler das vernahm, fügte sich's, daß er mit einer Bürde Silbers vor den König trat und begehrte: er wolle sein Sohn werden und des Königs Tochter ehelichen, auch dazu Land und Gegend – wo jetzt Zähringen, das Schloß, und die Stadt Freiburg stehet – zu eigen haben; alsdann wolle er ihm einen solchen Schatz von Silber geben und überliefern, damit er sein ganzes Reich wieder gewinnen könne. Als der König solches vernahm, willigte er ein, empfing die Last Silbers, und gab dem Köhler, den er zum Sohn annahm, die Tochter zur Ehe, und die Gegend des Landes darzu, wie er begehret hatte. Da hub der Sohn an und ließ sein Erz schmelzen, überkam groß Gut damit und baute Zähringen sammt dem Schloß; da macht ihn der römische König, sein Schwäher, zu einem Herzogen von Zähringen. Der Herzog baute Freiburg und andre umliegende Städte und Schlösser mehr; und wie er nun mächtig ward, zunahm an Gut, Gewalt und Ehre, hub er an und ward stolz und frevelhaft. Eines Tages, so rief

Stammbaum der Herzöge von Zähringen
Gemalt von einem unbekannten Künstler – vermutlich in der zweiten Hälfte des 16. Jahrhunderts.

er seinen eignen Koch und gebot, daß er ihm einen jungen Knaben briete und zurichtete; denn ihn gelüste zu schmecken, wie gut Menschenfleisch wäre. Der Koch vollbrachte alles nach des Herrn Befehl und Willen, und da der Knab gebraten war und man ihn zu Tische trug dem Herrn, und er ihn sah vor sich stehen, da fiel Schrecken und Furcht in ihn, und empfand Reu und Leid um diese Sünde. Da ließ er zur Sühne zwei Klöster bauen, mit Namen das eine zu St. Ruprecht, und das andere zu St. Peter im Schwarzwald, damit ihm Gott der Herr barmherzig verzeihen möge und vergeben.

Brüder Grimm, »Deutsche Sagen«, 1891

Das Schwarzpulver

Wer hat sein Pulver frühzeitig verschossen?

Wer hat's erfunden? Geht es um Kräuterbonbons, so können Schweizer Bürger schnell die richtige Antwort geben. Schwieriger dagegen ist die Antwort nach der Erfindung des Schwarzpulvers. Die Erfindung des Pulvers soll in China bereits im Jahre 1044 bekannt gewesen sein, bevor der Mönch und Alchemist Berthold Schwarz in der zweiten Hälfte des 14. Jahrhunderts in Deutschland es für Feuerwaffen erfand. Ein knappes Jahrhundert zuvor berichtete der englische Mönch und Naturforscher Roger Bacon in einem Brief von einem Explosivpulver. Deutsche Ritter sollen 1331 die italienische Stadt Cividale mit Feuerwaffen angegriffen haben. Dennoch wird die Erfindung des Schwarzpulvers dem Freiburger Alchemisten namens Niger Berchtholdus zugeschrieben. Laut einer Überlieferung versuchte der Franziskanermönch eine Goldfarbe mit Öl, Salpeter, Schwefel und Holzkohle herzustellen. Er zerstampfte dies alles in einem Mörser und stellte den Topf zusammen mit dem Stößel in den Ofen. Nachdem er den Raum verlassen hatte, kam es zu einer Explosion. Seine Brüder und er stürzten in den Raum und sahen, dass der herausgeschleuderte Stößel durch den Ofen hindurch nach oben geschleudert, fest in der Holzdecke steckte. Nach der Legende konnte er selbst nach dem Berühren der Reliquien der Heiligen Barbara den Stößel nicht aus der Decke entfernen. So schien das Schießpulver erfunden und gleichzeitig bekam Schwarz noch die Idee für eine Kanone. Dies alles soll sich 1359 oder 1353 zugetragen haben. Durch seine Erfindung geriet allerdings Berthold Schwarz ins Fadenkreuz der Obrigkeit. Er versteckte sich im Ursulinenkloster von Freiburg. Später wurde er wegen seiner Erfindung 1388 in Prag zum Tode verurteilt. Zur Erinnerung an ihn steht in Freiburg ein Berthold-Schwarz-Brunnnen aus der Werkstatt von Josef Alois Knittel. Am Brunnen befinden sich neben Bildern aus seinem Leben folgende Worte:

»Dem Doctor, Alchimist und Erfinder
des Schießpulvers
errichtet im Jahre 1855 zum Gedächtniß
der fünften Säkularfeier«

Berthold-Schwarz-Brunnen in Freiburg

Ob sich die Herstellung des Schießpulvers so zugetragen hat, darf bezweifelt werden. Richtig ist: Nach der Erfindung des Schwarzpulvers änderte sich die Kriegsführung beträchtlich. Kämpfte man bislang mit Schwertern oder Lanzen und verwendete bei den Belagerungen der Städte Armbrüste als Schusswaffen, schoss man nun mit Gewehren und Geschützen. Zur Verteidigung der Burgen und Städte war plötzlich die Anschaffung von Geschützen unbedingt erforderlich, auch wenn ihr Einsatz, wie in Hornberg, nicht immer zum richtigen Zeitpunkt erfolgte. Noch heute nennt man die kurzläufigen Steilfeuergeschütze »Mörser« und die Heilige Barbara gilt als Schutzpatronin der Artillerie.

Die Sage vom Hornberger Schießen

Einstens, als die Hornberger noch gut schwäbisch waren, sagte der Herzog einmal seinen Besuch an. Das gab eine nette Aufregung im Städtchen, und alles bereitete sich vor, den Landesvater würdig zu empfangen. Vor allem aber wurde ein Fass Pulver gekauft und die alten Kanonen aus Vätertagen auf den Schlossberg geschleppt, damit sie mit donnerndem Gruß den Fürsten empfingen. Als der große Tag anbrach, war schon seit dem frühen Morgen alles in Bewegung. In der hellen Morgensonne blinkten die blanken Bronzerohre, und die Schützengilde stand dabei und wartete auf den großen Augenblick. Sorgsam hatten die Feuerwerker das Pulver eingefüllt und ordentlich Papier nachgestopft, die glimmende Lunte war auch parat, aber es zeigte und zeigte sich nichts im Tal. Die Sonne stieg höher und höher, zu der brennenden Ungeduld kam der noch brennendere Durst, aber da gab's kein Weichen und Wanken, galt es doch, den Herzog würdig zu empfangen, und nachher, ha, da wollte man sich schon gütlich tun in den kühlen Schenken. Endlich war die schwere Arbeit getan, das letzte Pulver verschossen und der Wagenzug drunten ins Städtchen eingerückt. Stolz zogen sie hinab im freudigen Gefühl der erfüllten Pflicht. Doch, o weh, der Herzog hatte nur sein Gefolge vorausgeschickt, er selbst rückte einige Zeit später sang- und klanglos in Hornberg ein. Drum sagt man seit jener Zeit, wenn eine mit viel Lärm angekündigte Unternehmung leer ausgeht: »Das geht aus wie's Hornberger Schießen.«

Johannes Künzig, »Schwarzwald-Sagen«, Jena 1930

Titelbild eines Programmheftes des Schauinsland-Bergrennens

Von 1925 bis 1984 gab es zwischen Horben und der Schauinsland-Passhöhe das legendäre ADAC-Schauinsland-Rennen. Autos und Motorräder gingen an den Start. Auf einer Länge von zwölf Kilometern mussten 173 Kurven und 780 Höhenmeter überwunden werden. Auf der längsten und kurvenreichsten Bergrennstrecke Deutschlands wurden mehrere Europa-Bergmeisterschaften ausgetragen. In den besten Zeiten kamen bis zu 20 000 Besucher. Dabei kam es insgesamt zu sieben tödlichen Unfällen. Auf Drängen von Naturschutzbehörden und Umweltaktivisten wurden die Rennen eingestellt. Heute findet die Schauinsland-Klassik ohne Zeitmessung für Oldtimer statt. Da sich immer noch manche auf der Anfahrt zum Schauinsland als Rennfahrer fühlen, ist die Strecke für Motorradfahrer vom 1. April bis zum 1. November an den Wochenenden gesperrt. Gefahrloser kommt man mit der Seilbahn auf den 1284 m ü.d.M. gelegenen Gipfel. Oben angekommen eröffnet sich vom Aussichtsturm ein fantastischer Rundblick: im Vordergrund die Stadt Freiburg, gegenüber dem Rheintal die Vogesen, die Gipfel der Schweizer Alpen, und auf die umliegenden Täler und Berge des Schwarzwaldes. Der Schauinsland lädt zu ausgedehnten Spaziergängen und Wanderungen ein. Rund um den Schauinsland-Turm auf dem Gipfel führt ein Rundweg, vorbei an naturbelassenen Weiden, und begleitet von einem Themenpfad mit märchenhaften Holzskulpturen. Bei Bikern weckt er den Sportsgeist, offroad mit dem Mountainbike kann man den Gipfel von vielen Seiten bezwingen. Für Rennradfahrer ist er ein Klassiker zum Feierabend oder am Wochenende. Aber auch sonst bietet der Hausberg Freiburgs den Sportbegeisterten zahlreiche Möglichkeiten: Sportkletterer finden nahe der Bergstation der Schauinslandbahn wunderschöne Felsen. Der stete Wind hat nicht nur zu reizvollem und bizarrem Buchenwuchs geführt, sondern bietet den Besitzern von bunten Lenkdrachen nicht nur im Herbst optimale Verhältnisse. Und auch Gleitschirmflieger kommen auf dem Schauinsland voll auf ihre Kosten. Nur 400 Meter entfernt von der Gipfelstation gibt es ein Bergwerk, denn der Berg hat es in sich. Bis 1954 baute die Grube Schauinsland als größtes Bergwerk des Schwarzwalds mit 250 Bergleuten Zink, Blei und Silber ab. Dabei entstanden 100 Kilometer Abbaustollen auf 22 verschiedenen Ebenen.

Das Drama von Staufen im Breisgau

Mythos Faust

Szene aus Goethes Tragödie »Faust«

Diese Stadt ist mit Goethes Faust verbunden. Nach einer historischen Figur aus Staufen schuf Goethe seine Tragödie. Den Einwohnern von Staufen fehlt allerdings momentan der Sinn für dieses Stück der Weltliteratur, denn in der Stadt spielt sich derzeit ein Drama ab. Besorgt schauen täglich einige Hausbesitzer auf die zahlreichen Risse in und an ihren Häusern. Während einer Sanierung des Rathauses wollte man die Erdwärme nutzen und ließ sieben bis zu 140 Meter tiefe Erdwärmesonden bohren. Ab dem Jahr 2007 hob sich der Untergrund konstant und viele Schäden entstanden an den meist historischen Gebäuden. Bis Oktober 2010 zählte man zahlreiche Risse in 268 Häusern, davon 127 besonders stark beschädigte. Auch wenn die Hebung von monatlich einem Zentimeter auf wenige Millimeter reduziert werden konnte, setzen sich die Gebäudeschäden weiterhin fort. Staufen hat schon einiges erlebt. 1350 wütete die Pest und das Basler Erdbeben von 1356 richtete viele Zerstörungen an.

Vor fast einem halben Jahrtausend lebte in Staufen ein ganz besonderer Mann: Johann Georg Faust. Schon zu Lebzeiten war er bei seinen Zeitgenossen als Wahrsager, Wunderheiler, Magier, Astrologe, Alchemist und manches mehr bekannt. Viele schworen auf ihn, andere sahen in ihm einen Betrüger und Scharlatan. Der hochverschuldete Burgherr Anton von Staufen solle damals Faust in die Stadt geholt haben, um Gold für ihn herzustellen. Bei einer seiner Experimente kam es zu einer Explosion, die Faust nicht überlebte. Gar fürchterlich soll er dabei zugerichtet worden sein und ein mächtiger Schwefelgeruch sei durch den Ort gezogen. Dies geschah im Zimmer Nr. 5 des »Gasthaus zum Löwen«, das noch heute existiert. An der Fassade des Hauses steht geschrieben, was sich damals im Jahre 1539 abspielte. Schon bald machte die Geschichte über einen Pakt mit dem Teufel die Runde. Er persönlich solle sich den Faust geholt und ihm das Genick gebrochen und seine arme Seele der ewigen Verdammnis überantwortet haben. Für Goethe diente dieser Stoff als Vorlage für seine Tragödie »Faust«, die er 1808 veröffentlichte. Auch andere Sagen über Staufen gelangten in die Literatur.

So veröffentlichte Bernhard Baader in seinem Buch »Neugesammelte Volkssagen aus dem Lande Baden und den angrenzenden Gegenden«, Karlsruhe 1859, diese Sage:

Messen nachgeholt

Zu Staufen schlief einmal ein Knabe unter dem Abendgottesdienst ein und wurde beim Zuschließen der Kirche nicht bemerkt. Er erwachte erst in Mitte der Nacht und sah am Altar einen Geistlichen im Meßgewand, der ihm winkte, hinzukommen. Unerschrocken ging der Bube zu ihm und diente, auf dessen Begehren, ihm Messe. Als sie zu Ende war, sagte der Priester dem Knaben, er solle morgen um dieselbe Zeit sich wieder hier einfinden. In der Frühe vom Küster aus der Kirche gelassen, offenbarte der Bube das Geschehene alsbald dem Pfarrer, der ihm rieth, dem Begehren des Geistes in Allem zu willfahren, demselben jedoch, wenn er sich bedanke, nicht die Hand, sondern den rechten Rockflügel zu reichen. Diesem folgend, diente der Knabe in der nächsten Nacht dem Priester abermals Messe und, auf dessen Bestellung, auch in der dritten Nacht. Nachdem das letzte Evangelium gelesen war, sprach der Geist zu dem Buben Folgendes: »Aus meinem Leben her war ich noch schuldig, drei Messen zu lesen, und ich konnte nicht zur ewigen Ruhe gelangen, bis ich sie abgehalten. Durch Dich ist mir dieses nun möglich geworden; ich danke Dir dafür und gehe jetzt ein in die Seligkeit, wohin Du mir bald folgen wirst.« Hierauf legte er seine Hand auf den Rockflügel, welchen der Knabe ihm hinhielt, und verschwand. In den Rock hatte sich die Hand schwarz eingebrannt, weßhalb er, als Merkwürdigkeit, in der Kirche aufbewahrt wurde. Der Bube war fortan stets in sich gekehrt und bereitete sich zu seinem Tode, welcher auch in kurzer Zeit erfolgte.

Titisee

Touristenziel Nr. 1

Titisee-Neustadt – die Promenade

Niemand hat bisher gezählt, wie viele Souvenirs am Titisee verkauft wurden. Jährlich kommen bis zu zwei Millionen Touristen aus aller Welt an den See. Vornehmlich für Amerikaner und Asiaten gilt beim Trip durch Old Europe in Germany Neuschwanstein, Heidelberg, und man mag es kaum glauben, der Titisee als bevorzugtes Ziel. Sie folgen dem Ruf des weltbekannten Kuckucks. Entlang der Flaniermeile halten sie Ausschau nach so einem hölzernen Souvenir. Unaufhörlich ticken die Uhren an den langen Wänden der Shops und machen die Auswahl schwer. Gefragt sind nicht nur Uhren, auch Glaswaren und ganzjährig Weihnachtsschmuck. Die Verkäufer von Schinken, Speck, Würsten, Marmelade, Honig und Steinofenbrot hoffen auf Kundschaft. Das Geschäft blüht am Titisee. Wer dem Kaufrausch entflieht, besteigt ein Schiff zu einer Rundfahrt oder macht sich zu Fuß auf den Weg um den See. Noch bequemer geht es mit der »Zäpflebahn« auf die 1197 m ü.d.M. gelegene Fürsatzhöhe. Ab der Gaststätte »Pferdestall« in Titisee fährt man

Souvenirs, Souvenirs

im gemütlichen Tempo mit der »Zäpflebahn« durch die malerische Landschaft zum Aussichtsberg. Talwärts geht es wieder mit der Bahn oder zu Fuß in etwa einer Stunde. Ebenfalls in einer guten Stunde kann man den See mit seinen knapp zwei Kilometern Länge und 750 Metern Breite umrunden. Er ist bis zu 20 Meter tief, doch laut einem mystischen Zauberspruch soll er sogar mit dem Meer in Verbindung stehen.

Die Sage vom Titisee

Unterhalb der Seesteige stand in alter Zeit eine reiche Stadt mit einem Kloster. Als die Üppigkeit ihrer Bewohner so groß geworden war, daß sie die Weißbrodleiber aushöhlten, die Brosame dem Vieh verfütterten und in der Kruste, wie in Schuhen, umhergingen, versank die Stadt in die Erde, und an ihrer Stelle entstand der Titisee. In dessen Tiefe ist bei hellem Wetter die Thurmspitze des Klosters noch sichtbar, das, wann jenes zu Friedenweiler versinkt, wieder aus dem Wasser emporsteigt. Vor vielen Jahren begann der See an der Schanze auf der Höllensteige auszubrechen. Da kam in der Nacht eine alte Frau, verstopfte, indem sie etwas sprach, die Oeffnung mit ihrer weißen Haube und verhinderte dadurch den Ausfluß. Von der Haube verfault jedes Jahr ein Faden, und wenn der letzte verwest ist, bricht der See heraus und überschwemmt das ganze Dreisamthal. Einige sagen, daß, zur Abwendung dieses Unglücks, in dem Freiburger Münster täglich eine Messe gelesen werde.

Nachdem schon manche vergebens gesucht hatten, die Tiefe des Sees zu ergründen, nahm einer sich vor, dieselbe schlechterdings auszumitteln. Er fuhr mit einem Kahn in die Mitte des Sees und warf an einer fast endlosen Schnur das Senkblei aus. Schon waren achtzehn Spulen Faden im Wasser und noch genug zum Nachlassen vorhanden, da rief aus den Wellen eine fürchterliche Stimme:
»Missest du mich, So fresse ich dich!«
Voll Schrecken ließ nun der Mann von seinem Unternehmen ab, und seitdem hat niemand mehr gewagt, nach der Tiefe des Sees zu forschen.

Bernhard Baader, Volkssagen aus dem Lande Baden und den angrenzenden Gegenden, Karlsruhe 1851

Toilette mit und ohne Duft

Wenn beim Pinkeln der Kuckuck ruft

Toilettenanlage in Titisee

Die größte Toilette der Welt steht in Hornberg

Etwa zwischen 400 000 und 500 000 Touristen aus aller Welt steigen jährlich am Busparkplatz vor dem Titisee aus. Naturgemäß leiden viele dieser Busgäste unter einem starken Druck und suchen bei der nächsten Toilette Erleichterung. Am Titisee laden große Abbildungen von Trachtenmädchen die Busgäste zum Besuch einer modernen WC-Anlage im Schwarzwalddesign ein, die ihresgleichen sucht. Für einen Euro gibt es im Innern der Toilette eine holzverkleidete Wohlfühlatmosphäre mit modernsten Sanitäranlagen. Aus Lautsprechern ertönt Vogelgezwitscher, es duftet nach Wald und die erzeugten »Schwarzwaldgerüche« überdecken so manche andere Ausdünstung. Derart animiert ist es ein Leichtes, seinem »Geschäft« nachzukommen. Für den Eintritts-Euro gibt es einen Bon von 50 Cent, der in den Geschäften der Touristenmetropole beim Kauf angerechnet wird. Insgesamt ließen sich die Verantwortlichen von Titisee-Neustadt den Bau dieser einmaligen Erlebnistoilette etwa 400 000 Euro kosten. Mit der Gewissheit, dass das »Pinkelgeld« in den nächsten Jahren die Kosten deckt, und eine touristische Zugnummer ist es allemal. Nicht benutzbar ist dagegen die größte Kloschüssel der Welt. Sie ist in die Fassade vom Duravit Design Center in Hornberg an der Schwarzwaldbahn als Blickfang integriert. Verbunden mit einer Plattform in zwölf Meter Höhe bietet sie herrliche Aussichten einmal umgekehrt von einer Kloschüssel weg.

Feldberg, der oder das Höchste

Der Gipfel im Sommer und im Winter

Ski- und Wandergebiet Feldberg

Der Gipfel ist leicht erreichbar, ob zu Fuß, mit der Kabinenseilbahn, dem Ski- oder Sessellift oder im Winter mit Schneeschuhen. Es lohnt sich! Auch ein virtueller Überflug mit dem Heißluftballon im »Haus der Natur« ist möglich. Direkt an der Bushaltestelle »Feldberger Hof« gelegen, ist das in Holzbauweise modern gestaltete »Haus der Natur« nicht zu übersehen. Beim Besuch des barrierefreien Gebäudes bekommen die Besucher einen umfassenden Einblick in die Geschichte des Schwarzwaldes, den Naturschutz und seine Menschen, Tiere und Pflanzen. Eine Multimediaschau und Ausstellungen vermitteln die Themen in zum Teil witziger Form. Ranger bieten Sonderführungen durch das Naturschutzgebiet Feldberg an zu Vogelstimmen, Schmetterlingen oder Heilpflanzen. Außerhalb des Hauses gibt es einen rollstuhltauglichen Holzsteg in den »Feldberggarten«. Für Familien und Kinder führt ein »Wichtelpfad« durch ein verwunschenes Waldgebiet mit Wichteln, Feen und Gnomen. Da dieser Pfad nicht für Kinderwägen geeignet ist, können

Tragegestelle gemietet werden. Zu mieten sind auch Schneeschuhe, denn die Feldberg-Gipfelrunde ist zu jeder Jahreszeit ein Erlebnis. Die Touren beginnen jeweils mit dem Anstieg zum Seebuck, der mit 1448 m ü.d.M. nach dem Feldberg der zweithöchste Gipfel im Schwarzwald ist. Schon von Weitem zeigt sich der ehemalige Funkturm des Südwestfernsehens. Nahe gelegen ist das 1896 von Fridolin Dietsche erbaute Bismarckdenkmal. Von hier aus geht es sanft bergan ins Grüble und dann etwas steiler zum Mittelbuck und flach über das breite Gipfelplateau zum Feldberggipfel mit dem Turm und der Wetterwarte. Während die Sommertour mit einer Länge von etwa 17 Kilometern weiter über Zastler Hütte–Naturlehrpfad–Rinkendobel–Raimartihof–Feldsee–Karl-Egon-Weg wieder zur Bushaltestelle Feldberger Hof führt, geht es bei der 8,3 Kilometer langen Schneeschuhtour im Zickzack hinab, entweder zur St. Wilhelmshütte oder quer über die freien Hänge zur Todtnauer Hütte. Auf einem gewalzten Winterwanderweg erreicht man wieder das »Haus der Natur«. Beide Touren sind gut ausgeschildert und garantieren herrliche Ausblicke, bei gutem Wetter in die Vogesen und in die Schweizer Alpen und bei Fernsicht sogar von der Zugspitze über den Säntis bis hin zu Eiger, Mönch und Jungfrau. Besonders bei der Schneeschuhwanderung sollte man weder auf überhängende Wechten treten, noch Wildruhezonen betreten. Für Ski- und Snowboardfahrer bietet der Liftverbund Feldberg ideale Möglichkeiten. Insgesamt 41 Lifte und 65 Pistenkilometer innerhalb der umliegenden Skigebiete in Altglashütten, Bernau, Menzenschwand, Muggenbrunn, Todtnauberg, Notschrei und Belchen stehen den Skihasen zur Verfügung. Für Langläufer verläuft bei der Todtnauer Hütte die gespurte Loipe des 100 Kilometer langen Ski-Fernwanderwegs Schonach–Belchen.

Ski und Rodel gut

Die Wiege des Skisports

Februar 1906, Skirennen in Todtnau

Schon seit Ende des 19. Jahrhunderts gibt es den Skisport im Schwarzwald. Um 1880 ließ sich der in Todtnau praktizierende Dr. Tholus aus Norwegen ein Paar Skier kommen. Als ehemaliger Schiffsarzt war ihm dieses Fortbewegungsmittel von seinen Reisen her bekannt. Damit hoffte er, seine Patienten in den abgelegenen Höfen auch im Winter erreichen zu können. Wegen seiner körperlichen Fülle waren ihm diese Besuche auf Dauer dann aber doch zu beschwerlich, und er gab das Skilaufen auf. Im Winter 1890/91 trug sich der französische Konsul Dr. Pilet als Skiläufer ins Gästebuch des Feldberger Hofes ein und gilt deshalb als der erste Skisportler des Schwarzwaldes. Nur ein Jahr später gründete sich der Skiclub Todtnau 1891 e.V. als ältester Skiverein Deutschlands. Ab 1895 sind Frauen im Mitgliedsverzeichnis des Clubs erwähnt. War dies zu diesem Zeitpunkt eher ein elitärer Sport, so fanden immer mehr Menschen Gefallen am Skifahren. Auch, weil es endlich eine Aufstiegshilfe gab. Dies verdankte man dem Bauer Robert Winterhalter aus Schollach. Er baute 1908 seinen bisher verwendeten Transportlift zur Beförderung von Personen um. Nun nutzten viele Menschen mit Atemproblemen das neuartige Beförderungsmittel, um ohne Anstrengung in die Höhe zu kommen. Der Lift wurde immer bekannter und zeitweise verdiente der Bauer mehr als alle Einwohner von Schollach zusammen. Damit begann der Siegeszug des Skisports. Die Geschichte des Schwarzwälder Skisports und die Entwicklung der Ausrüstung zeigt das Schwarzwälder Skimuseum in Hinterzarten. Dieses Museum entstand auf Initiative des Goldmedaillengewinners und Weltmeisters der Nordischen Kombination Georg Thoma in Zusammenarbeit mit dem Hinterzartener Bürgermeister Hansjörg Eckert. Überhaupt gibt es viele erfolgreiche Wintersportler aus dem Schwarzwald wie die Skispringer Martin Schmidt und Alexander Herr oder die erste Goldmedaillengewinnerin im Skispringen Carina Vogt. Der Weltmeister im Biathlon Benedikt Doll sowie einige Kombinierer sind weitere erfolgreiche Skisportler aus dem Schwarzwald. Zu den internationalen Veranstaltungen zählen das »Rothaus FIS Grand Prix«-Sommerspringen in Hinterzarten, das Weltcupspringen in Titisee-Neustadt, der Schwarzwaldpokal in der Nordischen Kombination in Schonach und das Hundeschlittenrennen in Todtmoos.

Laut Tourismusverband gibt es im Schwarzwald rund 140 Skilifte mit etwa 250 Pistenkilometern präparierten Abfahrtspisten in zahlreichen Skigebieten. Dazu zwölf Sprungschanzen sowie Freeride-Hänge und Tiefschnee-Abfahrten. Auch Schneeschuhwandern wird immer beliebter. Das größte Skigebiet bietet der Liftverbund Feldberg mit 41 Liften und 65 Pistenkilometern. Ein Skigebiet im Nordschwarzwald gibt es in Baiersbronn mit seinen Ortsteilen Ruhestein, Vogelskopf, Klosterreichenbach und Zuflucht. Eine weitere Anzahl von Skiliften und Skihängen, auch zum Teil mit Flutlicht, sind über den gesamten Schwarzwald verstreut. Für Langläufer sind Loipen von mehreren Hundert Kilometern gespurt. Das Rothaus-Loipenzentrum bei Schönwald bietet drei Mal die Woche unter Flutlicht einen 2,5 Kilometer langen Rundkurs sowie eine Biathlon-Schießanlage. Anfangs Februar startet in Schonach der 100 Kilometer lange Rucksacklauf zum Belchen. Im Nordschwarzwald gibt es den Skifernwanderweg mit etwa 50 Kilometern Länge. Die idealen Einstiegspunkte sind entlang der B500 (Schwarzwaldhochstraße) im Bereich von Freudenstadt und Loßburg sowie entlang der B294 über Seewald bis nach Bad Wildbad und Schömberg. Kurze und lange Rodelbahnen gibt es an vielen Orten. Die längsten

Winterlandschaft am Feldberg

Bahnen von über 3000 Metern bietet der Kurort Todtnau. Ab Saig gibt es eine 1,2 Kilometer lange beleuchtete Rodelbahn hinab zum Titisee. Ein Bus bringt die Rodler im Halbstundentakt wieder nach oben. Der Ski- oder Snowboardfahrer, der die kilometerlangen und zum Teil sehr steilen Abfahrten der Alpen fürchtet, ist im Schwarzwald genau richtig. Für Skilangläufer gilt der Schwarzwald als ein Winterparadies.

Der Jäger vom Feldberg

Aus dem Badischen Sagenbuch von August Schnezler 1846

Nicht ferne vom Feldberg, über einer der einsamsten Schluchten des Schwarzwaldes, sieht man noch das zerbröckelte Gemäuer einer alten Burg, deren Namen verloren gegangen ist. Doch hat sich noch folgende Sage davon erhalten.

Der letzte Bewohner des Schlosses war ein reicher Graf, der jedoch, außer dem Waidwerk, keine andere Lust und Beschäftigung kannte. Er hegte das Wild in seinen Forsten so reichlich, dass es die Felder der umwohnenden Bauern gänzlich verwüstete und viele arme Leute darüber Hungers starben.
Einst, am Vorabend eines kirchlichen Festes, trieb er sich, wie gewöhnlich, bis tief in die Nacht im Walde herum, kam dabei ab von seinem Gefolge und verirrte sich in eine ihm völlig unbekannte Gegend. Umsonst gab er sich alle Mühe, einen Pfad zu entdecken; die Wildnis wurde immer verwachsener, und ihm blieb zuletzt kaum soviel Kraft, sich durch das dichteste Gestrüpp hindurchzuarbeiten. Endlich um Mitternacht kam er auf einen freien Platz im tiefsten Forste, wo er sich auf den Rasen niederwarf, um auszurasten. Da vernahm er ein Rauschen und Stöhnen in den Gebüschen und griff rasch nach seinem Jagdspieße; doch seine Hunde begannen so ängstlich zu winseln und sich hinter ihm zu verkriechen, dass es ihm selbst, so beherzt er sonst war, ganz unheimlich zumute wurde. Plötzlich stürzte ein hoher stattlicher Mann, einen Schießbogen in der Hand und ein Hifthorn an der Seite, aus dem Walde hervor auf den freien Platz, und hinter ihm drein klappernd und rasselnd eine Schar von toten Gerippen, sämtlich auf gewaltigen Sechzehnendern daherjagend. Der Mann suchte ihnen, so schnell ihn seine Füße tragen konnten, zu entrinnen, aber wohin er sich auch wenden mochte, von allen Seiten kam ihm ein Trupp solcher mit langen Spießen bewaffneter knöcherner Reiter entgegen und hetzte ihn wohl über eine Stunde lang auf dem Platze hin und her, bis der Graf in der Angst seines Herzens mit lauter Stimme den Namen des Erlösers anrief, worauf im Nu die Gerippe auf ihren Hirschen nach allen Richtungen auseinanderstoben und verschwanden. Der Mann aber, den sie so herumgejagt hatten, trat zum Grafen und sagte im hohlen Tone: »Ich bin der Geist deines Urgroßvaters und habe, wie

du, mein Leben lang Wild und Menschen zu Tode gequält. Wohl hundert arme Wilderer, die sich in meinen Bann wagten, ließ ich lebendig auf Hirsche schmieden und diese dann durch meine Hunde hetzen, bis sie dem Tode nahe zusammenstürzten, während die Unglücklichen, die darauf saßen, unter langen Qualen ihren Atem verhauchten. Zur Strafe muss ich nun jede Nacht in diesen Wäldern umherirren; jede Nacht werde ich nun selbst verfolgt und gehetzt von dem Schwarme der von mir Gemordeten, und ich büße tausendfach für das, was ich an ihnen verübt. Lass dich mein jammervolles Beispiel warnen: gehe nach Hause und werde menschlicher, als ich es war!«

Mit diesen Worten verschwand die Erscheinung. Der Graf aber war so vom Schrecken gelähmt, dass er sich nicht von der Stelle zu bewegen vermochte. Erst am Morgen fanden ihn seine Leute dort liegen, allein seine Züge waren so entstellt, dass sie kaum ihn mehr noch erkannten. Sie wollten ihn auf seine Burg tragen, aber er tat ihnen seinen unerschütterlichen Entschluss kund, an diesem Orte eine Klause zu bauen, und bis diese fertig sein würde, einstweilen in einer nahegelegenen Felsenhöhle zu wohnen. Seine bewegliche Habe ließ er unter die Armen verteilen und alle Zugänge zu seiner Burg vermauern, damit kein menschliches Wesen dieselbe mehr betreten könne und der Name seines Geschlechtes verschwinde unter den Menschen.

Tiefer Schluchsee

Versunkene Dörfer

Der Schluchsee

Wer auf dem Weg nach Südtirol oder weiter an den Gardasee am Reschenpass die Grenze zwischen Österreich und Italien überquert, erblickt nach wenigen Kilometern bei Graun einen Kirchturm aus dem Reschensee emporragen. Dort wo die Etsch ihren Ursprung hat, staute man 1950 den See zur Stromerzeugung. Dadurch versanken die Dörfer Graun und Teile von Reschen sowie die uralten Weiler von Arlung, Piz, Gorf und Stockerhöfe in den Fluten. Ähnliches passierte am Schluchsee. Der bis dahin kleine Natursee wurde als Wasserspeicher für die 1928 gegründete »Schluchseewerk AG« genutzt. Bei seiner Flutung gingen die ehemaligen Dörfer Schluchsee und Aha unter. Bei Niedrigwasser taucht manchmal noch das Fundament der alten Schule von Aha wieder auf. Die Talsperre erfolgte durch eine mächtige Staumauer mit einer Höhe von 35 Metern über der Talsohle und 63,5 Metern über der Grundsohle. Am Fuße ist sie bis zu 40 Meter dick. Oben ist sie etwa 250 Meter lang und kann bei einer Kronenbreite von bis zu 3,70 Meter bequem zu Fuß und mit dem Rollstuhl überquert werden. Durch den Bau der Staumauer in den Jahren 1929 bis 1932 und der anschließenden Aufstauung wurde der ursprüngliche Gletschersee etwa um das 3,5-Fache vergrößert. Heute hat der Schluchsee eine Länge von ca. 7,5 Kilometer und eine maximale Breite von 1,5 Kilometern und ist mit einer Wasserfläche von 5,14 Quadratkilometern der größte Schwarzwaldsee. Hinter der Talsperre entstand eine Kraftwerktreppe bis hinunter nach Waldshut am Hochrhein. Anlagen in Häusern und Witznau sowie die Speicherbecken garantieren seither die Stromversorgung für die gesamte Region. Um den See führt ein 18 Kilometer langer Wanderweg. Wer hoch hinaus will, der steigt auf den Riesenbühlturm. Der ist ganzjährig geöffnet und bietet eine Aussicht auf den Schluchsee – an klaren Tagen bis zu den Alpen. Wem das zu viel ist, für den ist der etwa vier Kilometer lange Wanderweg von der Ortschaft Schluchsee bis nach Aha ein echtes »Aha-Erlebnis«. Noch gemütlicher ist eine Schifffahrt rund um den See.

Die Nixen vom Schluchsee auf der Hochzeit

Zwei Schwestern, zwei Nixen vom Waldschluchtsee,
So duftig wie Thau, so zart wie der Schnee,
So leicht, wie die Nebel verwehen –
Die hüpften zum Vater, dem Alten so grau:

»Ach Väterchen, laß uns hinab in die Au,
Zur Hochzeit möchten wir gehen!«
Der Alte nickte das bärtige Kinn
Und sprach: »Ihr Töchterlein, geht nur hin,
Und laßt es euch baß behagen;

Doch, kommt ihr zurück nicht zu rechter Zeit,
Eh' die Unke ruft und der Uhu schreit,
Hat's Sterbestündlein geschlagen.«

Da hüpften die Nixen zur Grotte hinein,
Zu heben den Putz aus korallenem Schrein,
Und aus der kristallenen Truhe:
Ein seegrün schimmerndes Festgewand,
Korallen und Perlen und schilfenes Band
Und zierlich geflochtene Schuhe.

Nun tauchten sie auf aus Grotten so tief
Im See im Walde, der schweigend entschlief
Im abendlich hegenden Dunkeln,
Und huschten im rauschenden Schilfe hervor
Und eilten hinab durch das buschige Moor;
Die Spuren der Flüchtigen funkeln.

Die Pfeifen ertönten, die Zither erklang
Im Dorfe zum Tanze die Tenne entlang,
Und lustig schwirrten die Geigen,
Und Burschen und Jungfern, so schmuck zu erschau'n,
Und rüstige Männer und wackere Frau'n,
Die drehten sich flink in dem Reigen.

Da traten die Fräulein vom See herein
Mit leuchtenden Augen und glitzerndem Schein
Von seegrün schimmernder Seide,
Verneigten sich gegen der Gäste Schaar,
Und grüßten so freundlich das bräutliche Paar
Im hochzeitprangenden Kleide.

Wohl faßte die Burschen und Jungfern ein Graun,
Dieweil sie die Nixen vom See da schauen
In ihrem gespenstigen Glanze;

Doch zwei von den Burschen, wacker und kühn,
Die suchten sich ihrer Gunst zu bemühen
Und forderten keck sie zum Tanze.
Die Pfeifen ertönten, die Zither erklang
Zum Tanze die Tenne des Hauses entlang,

Wie tanzten die Nixen so schaulich!
Wie kosten sie minnig im wechselnden Scherz,
Da ward es den Burschen so warm ums Herz,
Da ward es den Tänzern so traulich! –

Doch als es nun gegen die Mitternacht war,
Da wurden die Augen, sonst immer so klar,
Der Nixen nun trüber und trüber:
»Ach, liebe Freunde!« sprachen sie leis,
»Jetzt ruft uns des Vaters strenges Geheiß,
Wir müssen zur Heimath hinüber.«

Die Tänzer baten so innig, so lang,
Da widerstanden sie nimmer dem Drang,
Und sprachen zu ihnen mit Leiden:
»Ach, wie's vor der Strafe so sehr uns bangt!
Ach, bis wir hinüber zum See gelangt,
Geleitet uns freundlich, ihr Beiden!«

Drauf eilten sie fort von dem Hochzeitstanz,
Und wie sie gingen im Mondesglanz,
Da horchten die Schwestern mit Grausen:
»Ach, hört ihr wohl, wie der Vater keift!«
Die Burschen aber die Angst ergreift,
Die hörten den See nur brausen.

Jetzt standen die Nixen am schilfigen Rand
Und reichten den Burschen die weiche Hand
Und ließen sich herzlich küssen,
Und lispelten: »Ach, wir werden vielleicht,
Wenn nicht des Vaters Groll von uns weicht,
Auf immer uns trennen müssen!

Doch bleibet jetzt hier am Ufer steh'n
Und harrt, bis daß wir euch nicht mehr seh'n;
Jetzt tauchen wir uns hernieder,
Und wenn es tief unten tobet und bebt,
Und wenn sich der See blutschäumig erhebt:
Dann sehn wir uns nimmer wieder.«

Verschwunden waren die Nixen im Nu,
Die Wellen schlagen dem Ufer zu,
Wo ängstlich die Burschen lauschen;
Die Thurmuhr fern schlägt Mitternachtszeit,
Die Unken rufen, der Uhu schreit,
Bang tönet des Schilfes Rauschen!

Doch horch! Hat's nicht tief unten gedröhnt?
Hat's nicht tief unten im See gestöhnt,
Wie schmerzlich dumpfes Gewimmer?
Und plötzlich seh'n sie, von Schreck erbebt,
Wie sich blutschäumig die Welle hebt
In Mondes verbleichendem Schimmer.

Wohl floh'n sie von Angst ergriffen fort,
Wohl mieden sie fürder den einsamen Ort,
Der Zeuge des Spuck's gewesen;
Doch sind seit jener Mitternachtszeit
Von kranker Liebe und Traurigkeit
Die Burschen nimmer genesen.

»Badisches Sagenbuch«, August Schnezler, 1846

Widerstand gegen den Klerus

So könnte es gewesen sein

Wappenbild der Grafschaft Hauenstein

Anno 1719: Bruder Konrad aus dem Kloster St. Blasien kam müde von der Feldarbeit zurück. Den ganzen Tag über hatte er die Saat ausgebracht und das Saatgut im hohen Bogen auf den Acker geworfen. Entgegen seiner bisherigen Gewohnheiten suchte er noch die Hauskapelle auf, um mit »seinem Herrgott« ein Zwiegespräch zu führen. Er bekreuzigte sich und kniete vor dem Altar nieder. Im Stillen begann er sein Gespräch und legte Gott seine Zweifel dar. Vor etwa zwei Jahren schickte ihn seine Mutter, entgegen seinen Willen, ins Kloster. Er war gerade mit 21 Jahren volljährig geworden. So war es im Hotzenwald üblich. Die meist kinderreichen Bauernfamilien sendeten mindestens einen Sohn zu den Mönchen in der Meinung, dies sicherte ihnen später im Himmel einen »Halleluja-Platz«. Also kam Konrad, der zweite Sohn der Bauernfamilie Jakob Leber aus Rickenbach, zu den Mönchen. Seine sechs Geschwister bewirtschafteten weiterhin den großen Hof mit seiner Acker- und Viehwirtschaft. Auch einige Hektar Wald gehörten dazu. Sein Glaube an Gott war ungebrochen, doch von Monat zu Monat mehrten sich seine Zweifel an der Gottesfürchtigkeit der Mönche.

Immer mehr gewann er den Eindruck, den Oberen ging es nur noch um Macht und Besitz. Während die gemeinen Brüder, die von den umliegenden Bauernhöfen stammten, die niedrigen Arbeiten wie die Feld- und Waldarbeit, das Hüten und Schlachten der Tiere oder die Pflege und Instandhaltung der Kirche und des Klosters verrichteten, widmeten sich die studierten Mönche ihren wissenschaftlichen Arbeiten. Einige davon hatte der Abt sogar ins Kloster St. Germain nach Paris geschickt, damit sie sich dort mit dem fortschrittlichen Geist der französischen Benediktinerkongregation vertraut machen konnten. Nun arbeiteten diese Mönche in St. Blasien an den Werken »Germania Sacra« und »Historia Nigrae Silvae«. Nach dem Wunsch des Abtes sollte die Abtei ihren Ruf als Gelehrtenkloster mehren. Auch er hätte lieber die Klosterschule besucht, um Lesen und Schreiben zu lernen, doch seine mehrmaligen Bitten lehnte der Abt kategorisch ab. Immer mehr erlangte er die Gewissheit, die Brüder waren nur billige Arbeitskräfte und das auferlegte Zölibat diente nur zu dem Zweck, dass etwaige Erbansprüche der Bauernsöhne in den Besitz des Klosters übergingen. Er hätte auch gerne geheiratet, denn immer wieder träumte er von Maria, der Gänsemagd auf dem heimischen Hof. In einer mondhellen Nacht gab sie ihm verstohlen einen Kuss. Nun erschien sie ihm immer wieder im Traum und er sah ihre vollen Brüste und das wohlgeformte Hinterteil. Regelmäßig musste er seine unkeuschen Gedanken beichten. Nun trug er sich mit dem Gedanken, aus dem Klosterleben auszuscheiden. Doch wohin? Er besaß nur das, was das Kloster ihm gab. Als Bettelmönch durch die Lande zu ziehen, um Arbeit zu suchen, das konnte er sich nicht vorstellen. Nach Hause konnte er nicht, denn Mutter würde ihn sofort wegen seiner frevelhaften Tat vom Hof jagen.

Während seiner Überlegungen hörte er Stimmen. Zwei Männer waren soeben im Begriff, die Hauskapelle zu betreten. Schnell versteckte er sich in einem Beichtstuhl. Die Männer blieben in der Mitte der Kapelle stehen und unterhielten sich laut in der irrigen Meinung, allein zu sein.

»Es wird höchste Zeit, dass wir auch die Grafschaft Hauenstein ganz vereinnahmen. Es dürfte doch für Sie nicht schwierig sein, die tumben Wälder zu übertölpeln. Dann verfügen wir über ein abgerundetes Territorium. Eine freie Bauernschaft gehört endlich abgeschafft. Diese erlangten Privilegien durch die jeweiligen Landesherren aufgrund der zugegeben schwierigen landschaftlichen Besonderheiten zur Bewirtschaftung bei der Rodung dieses Gebietes und der damaligen Bauernaufstände von 1524/25 gehören nicht mehr in unsere moderne Zeit. Erklären Sie doch einfach alle Bewohner der Grafschaft zu Leibeigenen. Dann verlangen Sie mit Nachdruck, notfalls mit Gewalt, die Ihnen zustehenden Zehntabgaben.«

»So einfach, wie Sie sich das vorstellen, wird das nicht gehen. Die Bauern hier sind bekannt für ihr widerspenstiges Wesen und werden auf ihre zugestandenen Rechte wie Selbstbestimmung, Selbstverwaltung durch freie Wahlen ihrer Vertreter, eigenverantwortliche Bestimmung der Landvergabe, Steuereintreibung, eigene Rechtsprechung und Mitsprache bei militärischen Fragen nicht freiwillig verzichten. Wir konnten in den vergangenen Jahrzehnten dank der notorischen Geldnot des hiesigen Kleinadels einige Gebietserweiterungen für das Kloster kaufen, doch eine totale Übernahme der Grafschaft Hauenstein durch das Kloster scheiterte immer wieder. Sie beriefen sich auf ihre Zugehörigkeit zum habsburgischen Kaiserhaus als selbstständige Grafschaft von Vorderösterreich. Bei den Bauernaufständen zündeten sie das Kloster an und dies traue ich ihnen heute wieder zu.«
Bruder Konrad im Beichtstuhl erkannte bei Letzterem die Stimme des Abtes. Den anderen Mann erkannte er nicht. Vermutlich ein Abgesandter des Fürsten.
»Mein Herr und ich setzten da voll auf Ihre Durchsetzungskraft. Es soll Ihr Schaden nicht sein. Man denkt sogar an eine Verleihung des Titels ›Fürstabt‹ zugunsten Ihrer Person. Und zum Hause Habsburg pflegen wir exzellente Beziehungen.«
Nach einer weiteren Diskussion versprach der Abt, demnächst die Leibeigenschaft der bisher freien Bauern in der Grafschaft durch Ausrufer verkünden zu lassen und nach dem Erntedankfest die Steuereintreiber loszuschicken.
Nun verließen die zwei Männer die Kapelle. Konrad wartete noch eine Weile und ging dann unbemerkt in seine Zelle.

Etwas verspätet kam Bruder Konrad in den Speisesaal des Klosters. Bruder Innozenz, der die Aufsicht hatte, deutete sofort auf seine dreckigen Sandalen.
»Bruder Konrad, du weißt schon was für eine Strafe dich erwartet?«
Konrad fand aufgrund seines Aufenthaltes in der Hauskapelle keine Zeit mehr zum Putzen seiner Schuhe. Er wusste wohl, laut Klosterordnung musste er am nächsten Abend, wenn alle ihre Suppe aßen, stehend die Tischgebete sprechen sowie aus der Bibel vorlesen. Er nahm seinen Platz ein und löffelte in Gedanken versunken seine Suppe und aß dazu den Kanten Brot. Nach dem Abendmahl, es gab Ochsenfleisch mit Sauerkraut, bekam jeder seinen Krug Dünnbier. An den anschließenden Gesprächen der Klosterinsassen im Kreuzgang beteiligte er sich nicht mehr. Sinnend lag er in seiner Zelle auf der harten Pritsche. Seine Gedanken überschlugen

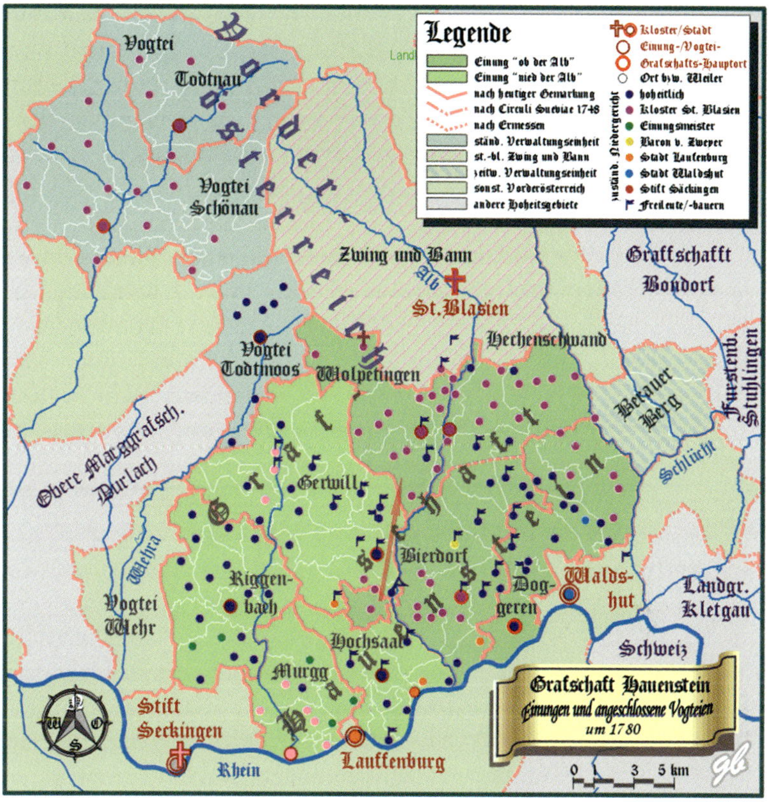

Einungskarte der Grafschaft Hauenstein

sich. Zu Beginn der Morgenandacht um 5 Uhr früh war seine Entscheidung gefallen. Wie immer murmelte er die lateinischen Gebete mit, ohne alle Inhalte zu verstehen. Nach dem Frühstück musste er wieder hinaus aufs Feld. Diese Gelegenheit nutzte er, um sich auf den Weg nach Rickenbach zu begeben. Er musste seinen Vater informieren über das, was er gehört hatte. Der würde ihn nicht fortjagen, denn seine Frömmigkeit ging nur so weit, wie er es seiner Stellung nach außen hin schuldete. Unterwegs überraschte ihn noch ein Regenguss und so kam er mit einer völlig durchweichten Kutte am heimatlichen Bauernhof an. Die Mutter entdeckte ihn zuerst. Sie schlug die Hände über dem Kopf zusammen und bekreuzigte sich.

»Gelobt sei Jesus Christus. Um Gottes willen, Konrad! Wie siehst du denn aus? Wo kommst du denn her?«

Konrad setzte sich zuerst nieder. »Mutter, das sind viele Fragen auf einmal. Ich muss dringend Vater sprechen.«

»Was ist passiert?«
»Frag nicht! Das ist Männersache.«
»Dein Vater und dein Bruder kommen erst am Abend von der Feldarbeit zurück.«
»Ich warte!«
Die Mutter holte für Konrad eine verschlissene Hose und ein Hemd aus dem Schrank des älteren Bruders. Die nasse Kutte und die wollene Unterhose hängte sie auf den Dachboden. Vors Haus stellte sie die nassen Sandalen zum Trocknen.
»Eine Schlafkammer für die Nacht kann ich dir nicht anbieten. Derzeit sind die beiden Näherinnen im Haus, die jedes Jahr kommen, um alles zu flicken und wenigstens mir und dem Bauern ein neues Gewand zu schneidern. Wie du weißt, geben wir dann die getragenen Kleider an die Nächstälteren weiter. Die können dann hineinwachsen.«
»Nicht so schlimm, ich übernachte im Heustadel.«

Am Abend saßen dann alle am großen Esstisch. Es gab Eier mit Speck und Brot. Konrad sprach sitzend das Tischgebet und dachte gleichzeitig an seine Strafe im Kloster, die ihm auferlegt wurde. Nach dem Essen stopfte der Vater seine Pfeife, wartete bis die Weibersleut und die Kinder bis auf den ältesten Sohn die Stube verlassen hatten, dann wandte er sich an Konrad.
»Und? Was gibt's?«
Nun erzählte Konrad alles, was er in der Hauskapelle mitgehört hatte. Immer interessierter hörte der Bauer zu. Als Konrad mit seinem Bericht endete, nahm Jakob Leber einen tiefen Zug aus der Pfeife und stieß eine große Rauchwolke aus.
»Diese verdammten Pfaffen! Kriegen die denn nie genug? Wir lassen uns von denen unsere seit Jahrhunderten bestehenden Rechte nicht nehmen. Und einen Anteil von unserer Arbeit geben wir nicht ab. Unter keinen Umständen!«
Der ältere Sohn nickte zustimmend.
Der Bauer sprach mehr zu sich selbst: »Übermorgen ist der 23. April, der Tag des Heiligen Georg. Dieses Jahr findet auf Einladung des Waldvogts nach dem Gottesdienst der alljährliche ›Einungstag‹ in Görwihl statt. Die freien Bauern der Grafschaft Hauenstein wählen dann unter freiem Himmel die acht Einungsmeister von Birndorf, Dogern, Görwihl, Hauenstein, Hochsal, Höchenschwand, Murg und Rickenbach. Jährlich immer wieder neue Personen und innerhalb der Grafschaft an wechselnden Veranstaltungsorten.«
Und zum Sohn gewandt: »Konrad, komm mit! Begleite mich! Du

bist zwar volljährig, aber nicht stimmberechtigt, weil nur verheiratete Männer abstimmen dürfen. Doch ich hätte dich gerne dabei.«

»In diesem Aufzug?«

»Zieh deine Kutte an. Dieses schindet sicher Eindruck. Bisher war noch nie ein Mönch oder ein Ordensbruder bei dieser Versammlung.«

Etwas widerwillig stimmte Konrad zu. Zumindest konnte er noch ein paar Tage bleiben, denn die Mutter wollte ihn sofort wieder ins Kloster zurückschicken. Bevor sich die Männer schlafen legten, erkundigte sich Konrad noch bei seinem Bruder über den Verbleib der Gänsemagd Maria. Er versuchte seine Enttäuschung zu verbergen, als er hören musste, Maria habe vergangenes Jahr einen Bauern aus der Nachbarschaft geheiratet.

Die Festwiese in Görwihl fasste kaum die vielen Männer, die zum Einungstag gekommen waren. Bauer Leber hatte sich für eine Rede angemeldet. Aufsehen erregte sein Sohn Konrad mit der Kutte. Nach den vielen Regularien und Redebeiträgen kam endlich Jakob Leber zu Wort.

»Freie Bauern der Grafschaft Hauenstein. Mein Sohn überbrachte mir die schreckliche Nachricht, dass das Kloster St. Blasien uns alle zu Leibeigenen erklären will. Ab sofort sollen wir die Zehntabgaben an die Pfaffen entrichten.«

Ein Raunen ging durch die Menge.

»Seit Jahren versuchen die Mönche, die Grafschaft Hauenstein zu unterjochen und uns unsere Privilegien abzuerkennen. Das können wir nicht und werden es auch nicht zulassen. Wir stehen unter dem Schutz des Kaisers in Wien und nicht unter dem Bann des Klosters.«

»Richtig!«, schallte es aus der Menge.

»Lasst uns alle zusammenstehen und notfalls kämpfen.«

Unter großem Beifall schloss Jakob Leber seine Rede. Es war nicht verwunderlich, dass er bei der anschließenden Wahl als einer der acht Einungsmeister gewählt wurde. Gewählt wurde auch Johann Fridolin Albiez, der allen Bauern als »Salpeterhans« bekannt war. Kam er doch als Salpetersieder zu allen Bauern, um den Salpeter von den Stallwänden zu kratzen. Er war des Lesens und Schreibens mächtig sowie redegewandt, deshalb bestellten ihn die Einungsmeister zum Redmeister. Die Aufgabe des Redmeisters bestand in der Vertretung der Grafschaft nach außen hin. Anschließend legten sie beim Waldvogt den Amtseid ab. Sie gelobten, das landesfürstliche Interesse zu fördern, von den Einungen Schaden oder Nachteile

abzuwenden sowie mit den Steuern und Geldern so umzugehen, wie sie es vor dem allerhöchsten Gott verantworten könnten. Nun erhielten sie auch die niedrige Gerichtsbarkeit. Der Redmann erlangte das Recht, neben den Städten und dem Adel, die Landgrafschaft Hauenstein bei den Breisgauer Ständen in Freiburg zu vertreten. Während die auf der Festwiese versammelten Männer nun ausgiebig zechten, wartete Konrad etwas abseits auf seinen Vater. Dabei wurde ihm bewusst, wie mittellos er nun war. Endlich kamen ihm die gewählten Männer entgegen. Zum Zeichen ihrer Würde trugen die Einungsmeister blaue Tschopen und der Redmann noch zusätzlich ein umgeschnalltes Schwert. Auch sie bestellten nun Bier und Konrad durfte bei ihnen sitzen. Unvermittelt wandte sich Albiez an Konrad.
»Er kann nun schlecht ins Kloster zurück. Nachdem ich nun für ein Jahr gewählt bin, werde ich viel umherreisen. Für meine Arbeit als Salpetersieder suche ich deshalb einen tüchtigen Gesellen. Was meint er dazu?«
Konrad überlegte nur kurz. Dann ergriff er diese Chance. Vater Leber war dies mehr als recht, denn am gestrigen Tag bedrängte ihn sein Weib mehrmals, Konrad wieder ins Kloster zurückzuschicken. Ihrer Meinung nach würde, falls er nicht mehr ins Kloster zurückkehre, der liebe Gott die gesamte Familie strafen.
»Also abgemacht! Pack er seine Sachen! Auf meiner Kutsche ist noch Platz.«
So fuhr Konrad nach Beendigung des Festes zusammen mit Albiez seiner neuen Aufgabe entgegen.

Wochen gingen ins Land. Unter Anleitung von Albiez erlernte Konrad das Salpetersieden. Neben seinen Aufgaben als Redmann besuchte Albiez die Bauern und schwor sie auf den Widerstand gegen das Kloster ein. Er kratzte dabei den Salpeter von den Mauern der Ställe und Wohnhäuser, der sich im Laufe der Zeit durch die stickstoffhaltigen Exkremente vom Urin der Tiere und Menschen gebildet hatte. Dieser Mauersalpeter diente zur Herstellung des Schwarzpulvers und erlangte damit große militärische Bedeutung. Jeweils mit vollen Säcken kehrte dann der Salpeterhans, wie er genannt wurde, zurück. Dann begann die Arbeit von Konrad. In die gegrabenen Erdlöcher füllte er den Inhalt der Säcke und bedeckte diese mit Pottasche. Später wurde das dadurch gewonnene Carbonat im heißen Wasser ausgewaschen. Das Sieden löste das Salz und kristallisierte beim Abkühlen. Durch die Wiederholung dieser Umkristallisierung erhielt man die gewünschte Reinheit. Den so gewonnenen Salpeter lieferte Albiez jeweils bei der Obrigkeit in Waldshut ab. Die ersten Schwierigkeiten mit dem Kloster begannen nach dem Erntedankfest. Steuereintreiber, zum Teil in Begleitung mit einem Soldaten des Fürsten, kamen zu den Bauern und verlangten die Unterzeichnung eines Schreibens, die den Hof als Besitztum des Klosters übereignete. Nur wenige ließen sich einschüchtern und ganz rabiate Bauern jagten die Chargen des Klosters mit einer Mistgabel vom Hof. Immer mehr spitzte sich die Situation zu. Ein Protest 1720 in Wien verkehrte sich ins Gegenteil. Dem Kaiser war das Wohlwollen der Fürsten und des Klosters wichtiger als die Hotzenwälder Bauern. Diese hatten seiner Meinung nach für die Rodung des schwierigen Geländes lange genug von den Privilegien profitiert. Er erließ eine neue Landesverordnung, das dem Kloster noch mehr Rechte einräumte. Gegen diese neue Verordnung formierte sich immer mehr eine Salpeter-Bewegung, die eine Leibeigenschaft ablehnte. Innerhalb der nächsten Jahre nahmen die Auseinandersetzungen immer größere Formen an. Um den Konflikt zu entschärfen, reiste 1726 Johann Albiez nach Wien. Ohne Erfolg. Da man ihn am Wiener Hof nicht vorließ und nur 24 Stunden Zeit gab, die Stadt zu verlassen, verbreitete Albiez aus Verärgerung von nun ab Schmähreden gegen den Kaiser und das Kloster. Daraufhin sperrte man ihn ins Gefängnis von Freiburg, wo er 1727 unter mysteriösen Umständen verstarb. Ebenso mysteriös waren die folgenden Brandlegungen im Kloster St. Blasien. Als 1738 das Kloster die erlangten Leibeigentumsrechte verkaufen wollte, verweigerten die Hotzenwälder immer noch die Zahlungen. Nun schickte die Wiener Regierung Soldaten. Die sieben Rädelsführer, darunter auch der Bauer Jakob Leber, wurden in Waldshut öffentlich hingerichtet. Als 1744 die Franzosen einmarschierten, unterstützten die Hauensteiner den Kampf der Habsburger gegen die neuen Besatzer. Dadurch erlangten sie 1745 wieder ihr altes Recht. Für kurze Zeit gab es wieder freie Bauern. Doch wieder flammten die alten Konflikte auf und schon zehn Jahre später wurden die Rädelsführer verhaftet und des Landes verwiesen. So scheiterte der erneute Kampf der Salpeterer für eine freie Grafschaft Hauenstein.

Die himmlische Kuppel von St. Blasien

Der größte Kuppelbau nördlich der Alpen

Die himmlische Kuppel vom Benediktinerkloster St. Blasien

Der imposante Dom im frühklassizistischen Stil ist mit 36 Metern im Durchmesser und mit 62 Metern Höhe der größte Kuppelbau seiner Art nördlich der Alpen. Im Jahre 858 wurde erstmals ein Benediktinerkloster von St. Blasien erwähnt. In der Vorzeit gab es einige Brände. Die frühere zweitürmige Barockkirche brannte im Jahr 1768 ab. Dem damals regierenden Fürstabt von St. Blasien, Martin II. Gerbert, gelang es, trotz vieler Widerstände, seine Idee einer Kuppelkirche zu verwirklichen. Er erklärte die neue Kuppelkirche zur Habsburger Grabeskirche und ließ 1770 die Gebeine von 14 Habsburger Regenten überführen. Ab 1802, während der Säkularisation, begann die staatliche Einziehung der kirchlichen Besitztümer. Dies betraf auch das Kloster St. Blasien. Die Kirche wurde geschändet und die Gebeine der Habsburger nach Österreich überführt. Erneut brannte 1874 die inzwischen wieder hergestellte Kirche ab. Wieder wurde sie nur notdürftig repariert. Eine umfangreiche Renovierung des Domes in den Jahren 1981–1983 stellte in etwa wieder die frühere Ansicht her. 1934–1939 und von 1946 bis heute ist das von den Jesuiten geleitete renommierte Kolleg mit Internat im Kloster untergebracht. Die Unterbrechung bedingte der Zweite Weltkrieg. Während dieser Zeit wurde das Gebäude als Lazarett genutzt.

Die Wallfahrten

Zu Fuß Buße tun

Eine Wallfahrt zu einem Heiligtum bedeutet, gottgefällig Buße tun, ein Gelübde erfüllen oder die Bitte um Erhörung eines Gebetes. Im Schwarzwald wallfahrte man zu Fuß vor nicht allzu langer Zeit vorwiegend zu den »Heiligtümern« wie zur Muttergottes nach Todtmoos, zur Wallfahrtskirche »Maria in der Tanne« nach Triberg oder zu »Maria zu den Ketten« nach Zell am Harmersbach. Der Pilgergruppe voran ging ein Kreuzträger, dann folgte der Geistliche zusammen mit den Ministranten. Während der Wallfahrt wurde gebetet. Angekommen am Ziel warteten vor der Kirche bereits die Devotionalienhändler und boten Heiligenbilder, Votivtafeln, Rosenkränze, Kreuze und andere religiöse Dinge an. Nicht nur die Händler freuten sich auf die Pilgergruppen, auch die örtlichen Gastronomen rechneten nach dem Gebet in der Kirche mit dem Hunger und Durst der Gläubigen. Mit der Zeit flauten die Wallfahrten mehr und mehr ab, und der Pilger heute begibt sich auf den Jakobsweg ins spanische Santiago de Compostela. Vermutlich benötigt man für schwerere Sünden einen längeren Weg. Zu den Schwarzwälder Wallfahrtsorten existieren folgende Legenden.

Zell am Harmersbach

Als Bauern ein Marienbild in einem Rosenstrauch entdeckten, begannen diese, das Bild zu verehren. In der Zeit der Kreuzzüge war Zell bereits Reichsstadt. Zahlreiche Wallfahrten führten zur »Maria zur Rose« und sogar aus der Ferne wurde das Marienbild angebetet. Ein Schmiedgeselle aus Schuttern rief aus einem maurischen Kerker die »Maria zur Rose« um Hilfe und auf wundersame Weise konnte er fliehen. Aus Dankbarkeit brachte er die Sklavenkette zum Gnadenbild nach Zell. Protestanten wollten während des Dreißigjährigen Krieges die Ketten zu Hufeisen schmieden, um die Wallfahrt zu unterbinden. Doch die Ketten verschwanden während des Schmiedens und wurden vor der Kirche wieder gefunden. Dies bestärkte die Wallfahrt zur Mutter Gottes noch zunehmend, und der auf der Welt einzigartige Name »Maria zu den Ketten« wurde geschaffen.

Triberg

Oberhalb Triberg auf hohem Felsen gegen Sonnenuntergang stand ein grosser Tannenbaum mit zackigten Aesten. Hart daran vorbei gieng der Fussweg durch wildes Gebüsch und Granitblöcke eingeengt Schonach zu. Zur Weges Seite rann aus hartem Gestein klares gesundes Wasser: kurz Wasser und Baum waren in der Menschen lieben Erinnerung, und das mit Recht, denn der Himmel hatte etwas ganz Besonderes damit vor. Eine fromme Hand, Niemand weiss wes sie war, schnitt in die Tanne eine Oeffnung und schob ein pergamentenes Muttergottesbildchen hinein. Jeder ders wusste lüpfte seinen Hut im Vorbeigehen und betete auch bisweilen einer davor. Das Bildchen fällt vom Baume, die kleine Barbara Kierzler vom Städtchen mit ihrer Mutter findet es, puzt und küsst es und wills natürlich heimnehmen; was die Mutter zulezt zugab. Das Bildlein kömmt wieder an seine Stelle, denn nach mehreren Tagen wollte sichs nicht mehr in der Kruzifixecke aufhalten, ganz so wies der Vater voraussagte. Barbara sei krank geworden und ihre Gesundheit (im Traume) habe von der Zurückschaffung des Bildchens abgehangen. Man brachte es wieder in den Baum. Der Wallfartsdirektor Dr. Degen bezeugte, die Wiedergenesung. Noch viel schlimmer war der miselsüchtige Friedrich Schwab von Triberg daran, er ward ins Siechen- oder Gutleuthaus geschafft: wäscht sich eines Tages beim Tannenbaum und die Aussatzschülpen fallen von ihm und ganz Triberg verwunderte sich ob dem Schwab. Der aber ließ jezt ein geschnizeltes Marienbild anbringen, weil das andere längst dem Winter und Wetter erlegen war. Schwabs Bild kam nachher in die Kirche hinein. Ein eiserner Ring um die Tanne mit dem Opferstock ward bald angebracht, aber leider auch das Opfer des Strauchgesindels. Die Bildtanne kömmt durch ein sonderbaren Gesang wieder zum Vorschein und Hochachtung. Am 20. des Kristmonats 1692, während des österreich. und französ. Krieges kehrten drei Soldaten der Kompagnie Nadliani, Tiroler, vom Städtchen in ihre Wachposten aufwärts der Schanze nach dem Rohrhartsberg zurück und vernahmen gegenüber der Schonacherstrasse einen nie gehörten lieblichen Gesang, sagten davon den Kameraden, der Müller Adam Fröhlich wusste auch Wunders viel zu erzälen; die Soldaten waren auf des Alten Aussagen nur noch begieriger und die andern wolltens auch hören. Es kamen ihrer 3 des andern Abends herunter, durchliefen den Wald, stiegen diesseits den Berg hinauf und suchten nach der Tanne. Der eben entdeckte die Sache, streifte mit dem Seitengewehr das Spinngewebe ab und säuberte die Wunderstelle an der Tanne. »Es sei ihnen vorgekommen, als ob ein heller Glanz von der Stelle ausgienge, und alle wurden zur Andacht gestimmt.« Die Tiroler verkündeten die Märe und darauf kamen immer mehr und mehr

Leute von dem Kriegsvolke, selbst Offiziere. Die Bildtanne wird von den Soldaten in grosses Ansehen gebracht, a. 1693–96 ward der Ort also förmlich zur Wallfart. Zuerst kleine Einfriedigung, dann Bretterverschlag bis endlich eine Kirche entstand.

Die übrigen Wallfartsörter wurden neidisch und Triberg amtlich von Konstanz angefochten: schon Wallfarten genug, schrofiger Felsen, Abgelegenheit, die Heilungen beschränken sich bis jezt nur auf Einheimische, auf den leicht- und abergläubischen Pöbel sei es abgesehen! Anno 1713 sagt ein Dokument, sei das Mirakelbild nach Triberg in die Pfarrkirche geflüchtet worden, »worbei sehr verwunderlich war, dass die Französische Räuber, so rings herumb alles ausgeplündert, Heerden fortgetriben, Hirten erschossen, sobald sie nur von der Höhe die Wallfart erblickt gleich als von einem Blitz getroffen sich widerumb zurückgezogen und Wallfart und Tryberg durchaus unversehrt gelassen.«

Kurze Geschichte der Wallfart zu Tryberg auf dem Schwarzwalde.
Von einem Benediktinermönch des ehmaligen Klosters St. Georgen, Rottweil 1820

Todtmoos

Ein »grausam pestilenzischer Sumpf« soll der Gründungslegende nach über der Stätte gelegen haben: »Sogar die Vögel im Lufft waren nit geschwind genug / mit jhrem Flug zu endtfliegen/der Dampf thäte sie obereylen/hinunder zihen/vnd erstecken, dahero von den Leuten dieser klägliche Namen Todt-Moss geschöpffet«. Da sei die Gottesmutter 1255 dem Leutpriester Dietrich von Rickenbach (dessen Existenz verbürgt ist) erschienen: »So dir dein Heyl vom Herzen angelegen/ond mich für deine Patronin erkennst/so mache dich uff/nach dem Ohrt Schönenbühel/welcher zwischen zweyen fließenden Bächen/deren einer Wehrach/der ander Todenbach genannt/gelegen uff dem Schwarzwald.« Er solle die mit einem Kreuz bezeichnete Tanne fällen und dort eine Kapelle bauen, so werde der Ort eine Stätte der Gnade werden.

Sage zum Ursprung der Todtmooser Wallfahrt

1. Im Schwarzwald war vor Zeiten ein Sumpf, der wegen seiner tödtlichen Ausdünstung das Todtmoos hieß. Später siedelten sich in den Wäldern um ihn mehrere Waldbrüder und Holzhauer an. Als einst einer der letzteren an dem Sumpf eine Tanne fällen wollte, rief aus ihr eine Stimme ihm dreimal zu: Halt ein! Er fragte, was sie wolle, worauf sie erwiderte: »Sage den Leuten, daß sie hier zu Ehren der Mutter- Gottes eine Kapelle bauen sollen.« Nachdem

der Holzhauer dies ausgerichtet, untersuchte ein Priester den Baum und fand darin ein kleines hölzernes Vesperbild. Dasselbe kam auf den Altar der Kapelle, die man neben dem Tannenbaum errichtete. Bald wurde dahin gepilgert, und es geschahen bei dem Bilde viele Wunder. Gegenwärtig ist weder das Bild noch die Tanne mehr vorhanden; Ersteres jedoch durch eine treue Nachbildung in lebensgroßen Gestalten ersetzt.

2. Ein Einsiedler im Schwarzwald hatte öfters einen schönen Gesang gehört, ohne entdecken zu können, wo derselbe herrühre. Nachdem er hierwegen eifrig gebetet, ging er einst wieder dem Gesang nach und kam zu einer Tanne, in deren Stamm ein hölzernes Mariabild in einer Blende stand. Er verehrte es andächtig und verkündete das Geschehene in der ganzen Gegend, worauf zu dem Baume gepilgert und dabei so viel geopfert wurde, daß unweit desselben eine Kapelle errichtet werden konnte. Auf deren Altar stellte der Einsiedler verschiedene Mal das Bild, allein stets kehrte es von selbst in die Blende zurück. Da ließ er es endlich darin stehen und, als die Wallfahrten und Opfer immer zunahmen, über die Tanne eine schöne Kirche bauen, bei welcher das Dorf Todtmoos nach und nach entstand.

3. Auf dem St. Antoniusberge wollte man eine kleine Kirche bauen, aber was man am Tag aufführte, ward in der Nacht durch unbekannte Gewalt wieder eingerissen. Da warf der Maurer von dort seinen Hammer in Gottes Namen in die Luft, um zu erfahren, wohin das Kirchlein kommen solle. Derselbe fiel, eine halbe Stunde davon, in einer sumpfigen Wüste, die das Todtmoos hieß, bei einer Tanne nieder. Auf diesen Platz beschloß man nun zu bauen, und als zu diesem Zwecke der Baum umgehauen wurde, fand sich darin ein hölzernes Mariabild. Zu dem Kirchenbau wollte man schöne Felsen in der Nähe verwenden, allein der Teufel machte sie unbrauchbar, indem er mit seinen Klauen die Ritze und Spalten hineinkratzte, welche heute noch zu sehen sind. Gleichwohl ward das Kirchlein aufgeführt, und darin das Bild zur Verehrung ausgesetzt. Auf dem Antoniusberg errichtete man ein Kreuz, wobei die Pilger zu halten und zu beten pflegen.

Bernhard Baader: Volkssagen aus dem Lande Baden und den angrenzenden Gegenden, Band 1, Karlsruhe 1851

Tannenzäpfle aus Rothaus

Das staatliche Bier aus dem Schwarzwald

Laut einer Anekdote wollten die Mönche aus St. Blasien den Schwarzwäldern das Schnapstrinken abgewöhnen. Fürstabt Martin Gerbert, der zuvor schon 1765 die Waisenkasse Bonndorf und damit die älteste Sparkasse Deutschlands gegründet hatte, ließ ab 1791 in Rothaus Bier brauen. Billiger sollte das Bier gegenüber dem angeblich überteuerten Bier aus Donaueschingen werden.
Im benachbarten Fürstentum Fürstenberg gab es bereits seit dem 13. Jahrhundert das Braurecht, von dem später die Fürstlich Fürstenbergische Brauerei profitierte. Die Voraussetzungen erschienen günstig, denn hier in Rothaus nahe Grafenhausen gab es aufgrund der Quellen ergiebige Wasservorkommen und genügend Holz in dem dicht bewaldeten Gebiet. So konnte bereits 1792 mit dem Brauereibetrieb begonnen werden. Bedingt durch die Säkularisierung gingen das Kloster St. Blasien und sein Besitz 1806 an das Großherzogtum Baden über. Ab diesem Zeitpunkt führte die Brauerei den Namen Großherzoglich Badische Staatsbrauerei Rothaus. Auch nach der Abschaffung der Monarchie 1918 nach dem Ersten Weltkrieg blieb der Name Badische Staatsbrauerei Rothaus erhalten. Heute hat das Unternehmen die Rechtsform einer Aktiengesellschaft, deren Anteile zu 100 Prozent von der Beteiligungsgesellschaft des Landes Baden-Württemberg mbH gehalten werden. Die Marke »Tannenzäpfle« zählt zu den beliebtesten Biersorten und soll angeblich bei der Hochzeit von Angelina Jolie und Brad Pitt zum Ausschank gekommen sein. Verschiedene Versuche, das etwas antiquierte Logo zu modernisieren, scheiterten immer wieder an den traditionellen Verteidigern, denn Rothaus steht für Tradition im Schwarzwald. Ein Museum über die Brauwelt unterstreicht diesen Anspruch und zeigt als modernes Heimatmuseum die Geschichte und Gegenwart des Schwarzwaldes in Zusammenhang mit der Brauerei. Außerdem tritt die Brauerei als Sponsor bei verschiedenen Einrichtungen und Volksfesten auf. Aus Wettbewerbsgründen sind hier noch weitere Brauereien wie Alpirsbacher Klosterbräu, Fürstenberg Brauerei, Brauerei Ganter in Freiburg, Ketterer Bier in Hornberg oder die Privatbrauerei Waldhaus genannt, deren Diplom-Pils bereits mehrmals mit dem »World's Best Classic Pilsner« ausgezeichnet wurde.

Schlittenhunde jagen durch den Wald

In Todtmoos ist der Hund los

Schlittenhunderennen in Todtmoos

Wenn in einem Dorf 600 Hunde fast gleichzeitig bellen, dann ist Internationales Schlittenhunderennen im Schwarzwald. Im Januar kommen jährlich etwa 100 Musher in den Hochschwarzwald nach Todtmoos-Schwarzenbach. Sie konkurrieren mit ihren Gespannen um die schnellste Zeit. Die Musher, die Führer der Hundeschlitten, fahren aus ganz Europa zu dieser drei Tage dauernden Rennveranstaltung. Seit rund 30 Jahren gelten Bernau und Todtmoos als ideale Austragungsorte für Schlittenhunderennen. Mittlerweile veranstaltet die Gemeinde Todtmoos das Schlittenhunderennen alleine und Bernau veranstaltet dafür seit 2016 das Schneeskulpturenfestival. Je nach Klasse jagen Gespanne von zwei bis zu zwölf Hunden, meist sibirische Huskys und Alaskan Malamutes, dem Ziel entgegen. Meist sind jeweils zwei Hunde nebeneinander mit einer zentralen Zugleine verbunden, die am Schlitten befestigt ist und der Hundeführer fest in der Hand hält. Zusätzlich versucht auch er noch mit dem Einsatz eines Fußes, den Schlitten zu beschleunigen. So jagen sie gemeinsam durch den verschneiten Winterwald. Für die Zuschauer gibt es neben den spannenden Rennen zusätzlich ein Erlebnisprogramm im »Waldhaus Husky-Camp« sowie einen Wintermarkt im Alten Kurpark. Es ist nicht nur ein Heidenspaß für die Zuschauer, auch den Hunden macht es sichtlich Freude. Und wenn nach dem Rennen der Husky nach getaner Arbeit vor Erschöpfung die Augen schließt, träumt er sicher vom nächsten Jahr im Schwarzwald.

Schwarzwälder Persönlichkeiten IX

Professor der Großherzoglichen Kunstschule

Hans Thoma 1839–1924
Selbstporträt

Am 2. Oktober 1839 kam Hans Thoma in Bernau zur Welt. Sein Vater, Müller und Holzarbeiter, und seine Mutter hatten erst wenig Freude an ihrem Sohn. Seine Lehren als Lithograf und Anstreicher in Basel und als Uhrenschildmaler in Furtwangen brach er ab. 1859 fand er Aufnahme an der Großherzoglichen Kunstschule von Karlruhe. Später lebte er in Frankfurt. Hier unterstützte ihn das Ehepaar Spiers, Privatgelehrter und Kunsthistorikerin, mit der Vermittlung von Aufträgen. Bekannt aus dieser Zeit ist sein Fries im Palais Pringsheim in München. 1899 wurde er Professor der Großherzoglichen Kunstschule und der Kunsthalle Karlsruhe (Thoma-Museum). Der in Deutschland sehr bekannte Künstler starb am 7. November 1924 in Karlsruhe.

Bernauer Tal

Die Wacht am Rhein

Verteidigung gegen Eidgenossen und Franzosen

Stromschnellen in Laufenburg

Nein, mit dieser Wacht am Rhein sind nicht die deutsch-französischen Kriege entlang des Flusses im heutigen Nordrhein-Westfalen gemeint. Es handelt sich um die Grenzabsicherung am Hochrhein. Dieses Gebiet am Rhein, wo der Fluss zwischen dem Rheinfall bei Schaffhausen und Basel von Ost nach West fließt, bevor er sich nach Norden wendet, war ebenfalls Angriffen ausgesetzt. Die Verteidigung übernahmen vielmals die Truppen der von Wien aus herrschenden Habsburger. Die »Vorderen Landen« der Habsburger bezogen sich in diesem Bereich auf die Städte Waldshut, Laufenburg, Säckingen und Rheinfelden. In der »Waldstadt«, dem heutigen Waldshut, die seit der 1975 durchgeführten Gemeindereform Waldshut-Tiengen heißt, gründeten in der ersten Hälfte des 13. Jahrhunderts die Habsburger eine wehrhafte Siedlung sowie weitreichende Verteidigungsanlagen im südlichen Schwarzwald. So konnte man sich gegen die anstürmenden Eidgenossen wehren. Besonders kritisch war im Jahre 1468 die Belagerung von Waldshut durch etwa 16 000 Schweizer. Die wenigen Verteidiger retteten die

Stadt nur durch eine List. Nach wochenlanger Belagerung gingen die Vorräte zur Neige und deshalb beschlossen die Belagerten, ihren letzten wohl gemästeten Hammel auf die Stadtmauer zu stellen. In der irrigen Meinung, es sind noch reichlich Nahrungsmittel vorhanden, zogen die Eidgenossen ab. Noch heute feiern alljährlich am dritten Sonntag im August die Waldshuter mit einem Gottesdienst, einem Festumzug und einem Hammelessen diesen glücklichen Sieg. Während des Dreißigjährigen Krieges wurde der Hochrhein für einige Jahre französische Besatzung. Doch unterstützt durch die freiheitsliebenden Hotzenwälder konnten die französischen Truppen schnell besiegt werden. Ab 1793 verfolgte die französische Revolutionsregierung das Ziel, den Rhein als »natürliche Grenze« zwischen dem Heiligen Römischen Reich und Frankreich durchzusetzen. Als am 9. Februar 1801 in Lunéville zwischen Frankreich und dem Heiligen Römischen Reich unter dem römisch-deutschen Kaiser Franz II. der Friedensschluss unterzeichnet wurde, trennte man am Hochrhein Laufenburg und Rheinfelden in eine deutsche und in eine schweizerische Stadt. Dabei handelte es sich beim deutschen Rheinfelden um keine Stadt, sondern nur um eine kleine Ansiedlung. Den Aufschwung zur Stadt bekam Rheinfelden erst 1856 nach Fertigstellung der Hochrhein-Eisenbahn vom Badischen Bahnhof Basel nach Säckingen. Mit dieser Eisenbahnlinie schaffte das Großherzogtum Baden das erste Teilstück für eine durchgehende Eisenbahnverbindung zur Schweiz. Hergestellt wurde diese Verbindung endgültig mit der Eröffnung der Brücke über den Rhein im August 1859 zwischen Waldshut und dem schweizerischen Koblenz. Mit der Eisenbahn kam die Industrie an den Hochrhein. Durch die Stromgewinnung des gestauten Schluchsees und das Rheinkraftwerk Albruck-Dogern kam es im 20. Jahrhundert zu einem enormen wirtschaftlichen Aufschwung. Das getrennte malerische Laufenburg bezieht seinen Namen von der Burg, die im 12. Jahrhundert von den Habsburgern errichtet wurde, und von den Stromschnellen (= Laufen).

Rheinbrücke mit Geschichte

Ein Abriss ist vorgesehen

Historische Eisenbahnbrücke über den Rhein

Laut DB Netz, eine hundertprozentige Tochter der Deutschen Bahn, soll die historische Eisenbahnbrücke zwischen Waldshut und dem schweizerischen Koblenz in den kommenden Jahren durch einen Neubau ersetzt werden. Bereits im Jahre 1974 prognostizierte ein Gutachten der Universität Karlsruhe der Brücke nur noch eine Restnutzungsdauer von zehn bis 15 Jahren. Mittels verschiedener Instandsetzungsmaßnahmen, darunter 1999 auch die Elektrifizierung, konnte die Brücke bis heute erhalten werden. Allerdings dürfen derzeit die schweren Domino-Züge der Schweizerischen Bundesbahnen (SBB) die eingleisige 160 Jahre alte Brücke nur noch mit einer verringerten Geschwindigkeit überqueren. Bei der Brücke handelt es sich um eine denkmalgeschützte und in Europa sehr seltene Gitterträgerbrücke, die am 18. August 1859 eröffnet wurde. Konzipiert wurde sie im Auftrag der Großherzoglich Badischen Staatseisenbahnen und der Schweizerischen Nordostbahn durch den späteren Erbauer der Schwarzwaldbahn Robert Gerwig. Dieser erste deutsch-schweizerische Brückenschlag verband die 1852 von Oberbaurat Johann Sauerbeck fertiggestellte badische Hauptbahn von Mannheim nach Basel mit der schweizerischen Bahnlinie Waldshut–Thurgi. Bis zur Eröffnung der Rheinbrücke bei Basel im Jahre 1905 blieb diese Brücke die einzige Zugverbindung in Richtung Süden; vorerst bis Zürich und Luzern. Die Strecke vor Zürich wurde von den Eidgenossen scherzhaft auch als »Spanisch-Brötli-Bahn« bezeichnet. Dies resultierte aus dem Umstand, dass den Bäckern im reformierten Zürich die Herstellung des beliebten Gebäcks Spanisch-Brötli verboten worden war. Deshalb schickten reiche Züricher Familien ihre Dienstboten am Abend vorher mit der Bahn zum Nachbarkanton in das etwa 25 Kilometer entfernte Baden, um dann am Morgen diese Spezialität aus Blätterteig, Butter und mit Eigelb bestrichen auf dem Frühstückstisch zu haben. Bei der Eröffnungsfeier der Brücke schenkte der einflussreiche Schweizer Politiker, Wirtschaftsführer und Eisenbahnunternehmer Johann Heinrich Alfred Escher von Glas, genannt Alfred Escher, dem deutschen Industriepionier Robert Gerwig einen Chronometer, als Anerkennung für seine großartige Leistung. Als pflichtbewusster badischer Beamter vergewisserte sich Gerwig bei seinen Vorgesetzten, ob er dieses wertvolle Geschenk annehmen dürfe, was diese umgehend genehmigten. Damals bauten in der Schweiz die Eisenbahnlinien ein privates Konsortium, allerdings nur nach Absprachen mit den jeweiligen Kantonsverwaltungen. Auf der deutschen Seite unterzeichnete die Großherzoglich Badische Oberdirektion des Wasser- und Straßenbauamtes in Karlsruhe, die für den Straßenbau und wie es damals hieß für die »Eisenbahnstraßen« zuständig war, den Vertrag. Dank dieses ersten deutsch-schweizerischen Eisenbahn-Bauwerks kam es zu einer fruchtbaren Zusammenarbeit zwischen Escher und Gerwig.

Da das Großherzogtum Baden an einer durchgehenden Eisenbahnverbindung zum Königreich Italien interessiert war, stellte man Gerwig auf Antrag von Escher für ein Gutachten frei, um einen machbaren Alpenübergang für die Eisenbahn zu finden. Der ursprünglich geplante Übergang über den Lukmanier wurde dann zugunsten der Gotthardlinie verworfen. Noch vor Beendigung der Schwarzwaldbahn im November 1873 holte Escher den Eisenbahnpionier Robert Gerwig im Frühjahr 1872 als Oberingenieur der Gotthardbahn nach Zürich. Bleibt zu hoffen, dass die geschichtsträchtige Eisenbahnbrücke zwischen Waldshut und Koblenz in irgendeiner Form erhalten bleibt.

Der Trompeter von Säckingen

So wurde schon seit Jahrhunderten geblasen

Die Holzbrücke von Bad Säckingen

Joseph Victor von Scheffel, geboren in Karlsruhe, war nach seinem Jurastudium Rechtspraktikant in Säckingen. Eigentlich wollte er Maler werden, doch bei seinem Aufenthalt auf der Insel Capri wurde er sich seiner dichterischen Ader bewusst. Hier entstand 1854 das Versepos »Der Trompeter von Säckingen«. Sein Roman »Ekkehard« über den Mönch aus St. Gallen, der auf der Burg Hohentwiel bei Singen einer liebeshungrigen Herzogin Bildung beibringen sollte, wurde ein Weltbestseller. Als Hommage an den Dichter richtete die Stadt Bad Säckingen das Trompetenmuseum im Schloss Schönau ein. Über 200 Trompeten, Hörner, Kornette, Spielzeug- und Signalinstrumente vermitteln einen Eindruck über den Instrumentenbau aus vier Jahrhunderten. Bad Säckingen bietet dem Besucher aber noch mehr. Stolz ist man hier auf die mit 203,7 Metern längste europäische gedeckte Holzbrücke, die seit 1571 die Brücke über den Rhein zu ihren Schweizer Nachbarn bildet. Auch das mittelalterliche Stadtbild mit dem Gallusturm, dem Diebsturm und das zweitürmige barocke Fridolinsmünster bietet sich für einen Stadtrundgang an. Hier trifft man auf dem Marktplatz beim Rathaus auf die Brunnenskulptur des Katers Hiddigeigei. In Ungarn geboren, über Paris nach Säckingen gekommen, ist der Kater Hiddigeigei Scheffels Sprachrohr und übermittelt des Dichters Zeitanschauung und Skepsis. Hiddigeigei ist grünäugig, mit schwarzem Samtfell, mächtigem Schweif und einem zuweilen hochmütigen Dulderantlitz. Auch Hiddigeigei will ein Dichter sein und die anderen übertreffen. Sein Glaube an das Gute ist zerbrochen; aus enttäuschter Liebe lernt er die Welt verachten. Der arme Kater fürchtet sich vor dem Alter und beschreibt den Niedergang der Menschen und der Dichtung. Scheffels Kater und der Trompeter sind die Maskottchen der Stadt.

Behüt' dich Gott – das Trompeterlied

Das ist im Leben hässlich eingerichtet,
dass bei den Rosen gleich die Dornen stehn,
und was das arme Herz auch sehnt und dichtet,
zum Schlusse kommt das Voneinandergehn.
In deinen Augen hab' ich einst gelesen,
es blitzte drin von Lieb und Glück ein Schein:
Behüt' dich Gott, es wär zu schön gewesen,
behüt' dich Gott, es hat nicht sollen sein.

Leid, Neid und Hass, auch ich hab' sie empfunden,
ein sturmgeprüfter müder Wandersmann.
Ich träumt' von Frieden dann und stillen Stunden,
da führte mich der Weg zu dir hinan.
in deinen Armen wollt' ich ganz genesen,
zum Danke dir mein junges Leben weih'n.
Behüt' dich Gott, es wär zu schön gewesen,
behüt' dich Gott, es hat nicht sollen sein.

Die Wolken flieh'n, der Wind saust durch die Blätter,
ein Regenschauer zieht durch Wald und Feld,
zum Abschiednehmen just das rechte Wetter,
grau wie der Himmel steht vor mir die Welt.
Doch, wend' es sich zum Guten oder Bösen,
du schlanke Maid, in Treuen denk' ich dein.
Behüt' dich Gott, es wär zu schön gewesen,
behüt' dich Gott, es hat nicht sollen sein.

Die Erdmannshöhle bei Wehr

Ein unterirdisches Naturerlebnis

Erdmannshöhle in Hasel bei Wehr

Schon der Weg zur Erdmannshöhle ist ein Erlebnis. Kommt man vom Norden, auf einem der schönsten Wanderwege Deutschlands, erlebt der Wanderer auf dem Schluchtensteig einen urwaldartigen Bannwald, schroffe Felsen und sagenhafte Ausblicke in tiefe Schluchten. Der Schluchtensteig ist ein Fernwanderweg durch den Südschwarzwald von Stühlingen über St. Blasien und Todtmoos nach Wehr. Der 119 Kilometer lange Weg führt von Ost nach West durch den Naturpark. Kürzer erreicht man die Erdmannshöhle auf dem »Erdmannsweg« mit einer halbstündigen Wanderung von Wehr aus. Dieser Rundweg Wehr–Hasel führt entlang des Haselbachs und vorbei an geologischen/karstkundlichen Naturlehrtafeln. Als Höhepunkt der Wanderung folgt eine unterirdische Steigerung in der Hasler Tropfsteinhöhle. Auf einer begehbaren Länge von 360 Metern in der insgesamt 2185 Meter langen Höhle, gesäumt von bizarren Stalaktiten und Stalagniten, eröffnet sich bei einer Führung ein zauberhaftes Märchenreich. Zwei über vier Meter hohe Tropfsteine, ein Rittersaal, eine Fürstengruft und weitere die Fantasie anregende Sehenswürdigkeiten machen deutlich, warum Johann Peter Hebel oder Viktor von Scheffel sich bereits früh literarisch mit dieser wildromantischen Landschaft beschäftigten. Schon immer war die Gegend um Wehr mit Sagen und Musik verbunden. Bereits im Mittelalter ließ Walther von Klingen auf der Burg Werrach seine Lieder ertönen. Heute trägt Wehrs Ehrenbürgerin Anne-Sophie Mutter mit ihrer Stradivari ihre Musik in alle Welt hinaus.

Sage von den Erdleuten

Als in der Höhle bei Hasel noch Erdleute wohnten, kamen sie nicht allein in dieses Dorf, sondern auch in die andern Orte der Umgegend. Die Erdweiblein brachten den Leuten von ihrem frisch gebackenen Kuchen, wiegten in Abwesenheit der Mütter die kleinen Kinder, fanden abends mit ihren Rädern sich in den Spinnstuben ein, blieben aber nie länger als bis zehn Uhr, weil sonst, wie sie sagten, ihr Herr sie zanke. Auch halfen sie und die Erdmännlein Hanf schleißen, das Vieh pflegen (welches dabei vorzüglich gedieh), die Frucht schneiden und in Garben binden. Hierbei sprang einmal einem der Männlein ein Knebel so heftig an den Kopf, daß es ein klägliches Geschrei erhob. Auf dieses liefen alle Erdleute aus der Nähe herbei und fragten, was geschehen sey; aber als sie es erfuhren, gingen sie mit den Worten: »Selber than, selber han« wieder auseinander. Bei Hausen hatten sie eine kleine Höhle, die das Erdmännleinsloch hieß, und in die dortige Hammerschmiede kamen oft nachts solche Männlein und arbeiteten wacker mit. Ein anderes Erdmännlein pflegte bei Nacht in der Wehrer Mühle, wenn der Müller schlief, für ihn zu mahlen. Weil es immer so schlecht gekleidet war, ließ er ihm heimlich einen neuen Anzug machen, legte ihn abends auf den Mühlstein und dann sich oben an eine Speicheröffnung, um das Männlein zu beobachten. Als dasselbe kam und die Kleider sah, zog es sie sogleich an, ging darauf hinweg und betrat die Mühle niemals wieder. Für ihre Dienstleistungen begehrten die Erdleute nur hie und da Obst oder reinlich bereiteten Kuchen. Wo sie hinkamen, brachten sie Glück und Segen; durch Fluchen aber wurden sie augenblicklich vertrieben. In dem Thälchen zwischen Wehr und Hasel war ein Erdloch, worin ein Mann einen Dachs vermuthete. Er ließ seinen Hund hinein und hielt einen offenen Sack hart an dasselbe. Nicht lange, so sprang etwas in den Sack, welchen der Mann sogleich zuband und, ihn auf den Rücken nehmend, davon ging. Plötzlich rief in der Nähe ein Erdmännlein: »Krachöhrle! Wo bist du?« »Auf dem Buckel, im Sack!« antwortete aus diesem eine Stimme und belehrte so den Mann, daß er, statt eines Dachses, ein Erdmännlein gefangen habe, welches er dann ungesäumt in Freiheit setzte.

Bernhard Baader »Neugesammelte Volkssagen aus dem Lande Baden und den angrenzenden Gegenden«, Band 2, Karlsruhe 1859

Schwarzwälder Persönlichkeiten X

Der Fürstenmaler

Franz Xaver Winterhalter
1805–1873

Als siebtes Kind von neun Geschwistern, von denen nur vier überlebten, wurde er am 20. April 1805 als Sohn einer Kunsthandwerkerfamilie in Menzenschwand geboren. Schon in der Dorfschule von St. Blasien erkannte der Mönch Josef Berthold Liber das zeichnerische Talent des Jungen. Unter größten finanziellen Anstrengungen schickte deshalb sein Vater, selbst Kunstmaler, den damals Dreizehnjährigen 1818 zu einer vierjährigen Lehre zum französischen Zeichner und Kupferstecher Charles Louis Schuler. Als dieser ab 1819 das Herdersche Kunstinstitut leitete, nahm er seinen Lehrling mit nach Freiburg. Auf Vermittlung eines industriellen Fürsprechers genehmigte ihm Ludwig I. Großherzog von Baden ein Stipendium an der Königlichen Akademie der Bildenden Künste in München. Nach dem Studium begann er in Karlsruhe als Zeichenlehrer der Großherzogin Sophie von Baden. Hier entstanden seine Portraits der großherzoglichen Familie. Nach einem Aufenthalt in Italien ernannte ihn Großherzog Leopold 1834 zum badischen Hofmaler. Kurze Zeit später übersiedelte er nach Paris und schaffte mit dem Gemälde »Decamerone« seinen Durchbruch und große Aufmerksamkeit bei Hofe. Neidische Kunstmaler gaben ihm später den Titel »Fürstenmaler«. Dies war nicht von ungefähr, denn er portraitierte die königlichen Familien von Frankreich, Spanien, Belgien, Großbritannien, St. Petersburg und Wien. Dort entstand auch das bekannte Portrait der österreichischen Kaiserin Elisabeth (Sisi).

Am 8. Juli 1873 starb Winterhalter in Frankfurt am Main, wo er auch begraben ist. Begonnen hatte die Fürstenmalerei mit den Portraits der Großherzogin Sophie von Baden. In Paris malte er die königliche Familie und führende Mitglieder des Hofes. Aufgrund der Qualität seiner Bilder erhielt er weitere Aufträge von vielen europäischen Fürstenhäusern: 1841 von Königin Victoria, Königin von Großbritannien und Irland, und 1852 von Königin Isabella

Kaiserin Elisabeth (Sisi)
von Österreich 1865

von Spanien. Es folgten Einladungen zu den Adels- und Herrscherhäusern in Brüssel, Lissabon, Moskau, St. Petersburg und Wien. Seine Bilder dienten vor allem der Selbstdarstellung der Regierenden, die Winterhalter schmeichelhaft darstellte. Oft musste er mehrere Kopien in verschiedenen Fassungen malen.

Schwarzwälder Persönlichkeiten XI

Als »Kostgänger« Karriere gemacht

Johann Peter Hebel
1760–1826

Der Schriftsteller, evangelische Geistlicher und Pädagoge wurde am 10. Mai 1760 in Basel geboren. Sein Vater war nach Südbaden zugewandert und seine Mutter Ursula stammte aus Hausen im Wiesental. Ab 1766 kam Hebel in die Volksschule von Hausen, bevor er 1769 an die Lateinschule von Schopfheim wechselte. Ab 1772 besuchte er das Gymnasium in Basel. Seine Eltern starben früh, der Vater bereits 1761 an Typhus. Als Hebel dreizehn war, erkrankte seine Mutter, die in Sommerzeiten in Diensten der Familie Iselin-Ryhiner in Basel war, sehr schwer. Mit einem Ochsenkarren eilte der Hausener Vogt Johann Jakob Maurer zusammen mit Hebel nach Basel, um die Kranke nach Hausen zu bringen. Sie starb jedoch unterwegs zwischen Brombach und Steinen. Unterstützt durch den Förderverein »Kostgänger« kam Hebel 1774 ans Karlsruher »Gymnasium illustre«. Dank seiner guten Leistungen nahm ihn die Lateinische Gesellschaft der Markgrafschaft Baden als Mitglied auf. 1778–1780 studierte er Theologie in Erlangen. Nach dem Examen, das er 1780 in Karlsruhe ablegte, war er somit Anwärter auf ein eigenes Pfarramt. Doch er wollte zurück in seine geliebte Heimat und kümmerte sich als Hauslehrer um die Seelsorge von Hertingen und Tannenkirch im Wiesental bei Pfarrer Schlotterbeck. 1783 holte man den inzwischen geweihten Diakon ans Pädagogium von Lörrach. Die Besoldung war karg und Hebel verbesserte sein Salär mit Nachhilfestunden. Wegen seiner exzellenten Predigten wurde man auf ihn aufmerksam. 1791 berief man ihn als Subdiakon an das akademische Gymnasium illustre von Karlsruhe. Neben seiner Lehrtätigkeit predigte er auch am Hofe des Markgrafens. Dank seiner Beliebtheit ernannte man ihn schon 1792 zum Hofdiakon. Als außerordentlicher Professor unterrichtete er ab 1798 am Gymnasium Botanik und Naturgeschichte. In dieser Zeit entdeckte er seine dichterischen Ambitionen. 1803 veröffentlichte er seine »Aleman-

nischen Gedichte« und skizzierte in Dialektform das bäuerliche Leben im Wiesental; aus Angst vor einem Misserfolg unter dem Pseudonym J.P.H. Er schrieb Kalendergeschichten für den Badischen Landkalender, der durch seine Beiträge seine Absatzschwierigkeiten überwand. Ermutigt durch den Erfolg veröffentlichte er als Herausgeber zwischen 1807 und 1811 den »Rheinischen Hausfreund«. Darin erschienen von ihm verfasst viele lehrreiche und lustige Geschichten in Schriftdeutsch.
Beruflich ging es ebenfalls aufwärts: 1808 Direktor des Karlsruher Gymnasiums, 1819 der erste Prälat der lutherischen Landeskirche, Mitglied der ersten Kammer der Badischen Ständeversammlung. Auf einer Dienstreise, um in Mannheim und Heidelberg Prüfungen abzunehmen, litt er unter starken Schmerzen und starb am 22. September 1826 bei Bekannten in Schwetzingen.
Hebel ist ein bekannter Schriftsteller und Dichter aus dem 18. Jahrhundert, den heute noch viele kennen. In Hausen im Wiesental gibt es ein ›Hebelhuus‹. Seit 1871 findet jedes Jahr am 10. Mai in Hausen das Hebelfest statt. Das »Hebelmähli«, bei dem die zwölf ältesten Männer und Frauen verköstigt werden, geht auf ein mündlich überliefertes Vermächtnis von Johann Peter Hebel zurück. Die Kinder haben schulfrei und kleiden sich in die historische Vreneli- und Hanseli-Tracht zu Hebels Lebzeiten. Dann ist das ganze Dorf auf den Beinen, um mit vielen Gästen seinen großen Sohn zu feiern, getreu dem Hebel'schen Wort: »Ne Trunk in Ehre, wer will's verwehre?« Während des Festes wird alle zwei Jahre der vom Land Baden-Württemberg gestiftete Preis an herausragende Publizisten vergeben. Hebel selbst bekam viele Ehrungen wie das Ritterkreuz, das Kommandeurkreuz des Ordens vom Zähringer Löwen, den Ehrendoktortitel der Universität Heidelberg. Die Deutsche Bundespost gab im Jahr 1985 eine 80-Pfennig-Briefmarke zu seinem 225. Geburtstag heraus. Seine Werke fanden Eingang in die deutsche Literatur und sein »Schatzkästlein« in die ZEIT-Bibliothek der 100 Bücher.

Das Schwarzwaldlied

Eine verdiente Lobpreisung

O Schwarzwald, o Heimat, wie bist du so schön
wie locken das Herz deine schwarzdunkeln Höh'n
zum fröhlichen Wandern in Hochsommerzeit
zum Rasten in heimlicher Einsamkeit
Im traulichen Mühlgrund, bei Quellengetön:
O Schwarzwald, o Heimat, wie bist du so schön

O Schwarzwald, o Heimat, wohl hat mir die Welt
mit köstlichen Wundern die Seele geschwellt
Die lachende Ferne erschloß ihre Pracht
doch hab ich in Liebe stets deiner gedacht
im Traum sah ich winken die schwarzdunkeln Höh'n:
O Schwarzwald, o Heimat, wie bist du so schön

O Schwarzwald, o Heimat, dein Rauschen erklang
ins Träumen des Kindes, wie Wiegengesang
Und später, da gabst du dein weites Revier
zum Tummelplatz fröhlicher Spiele mir
Die lauschigen Täler, die schauenden Höh'n:
O Schwarzwald, o Heimat, wie bist du so schön

O Schwarzwald, o Heimat, noch heut füllt die Brust
ein Nachklang der schwärmenden, brausenden Lust
Mit der du die Stirn mir beim Maitrank bekränzt
wo Schönheit und Liebe den Becher kredenzt
Bei Tanz und bei Liedern und Waldhorngetön
O Schwarzwald, o Heimat, wie war das so schön

O Schwarzwald, dein Zauber bleibt ewig uns neu
drum lieb ich dich innig, dich lieb ich getreu
Und kommt einst mein Stündlein, bei dir nur allein
Von dir überwölbt, will begraben ich sein
Wo Waldvögel jubeln von frühroten Höh'n:
O Schwarzwald, o Heimat, wie bist du so schön

Text: Ludwig Auerbach
Musik: Franz Wilhelm Abt (1819–1885)

Bildnachweis

ADAC Südbaden: Seite 203; akg images: Seite 93, 118, 188; Alternativer Wolf- und Bärenpark, Bad Rippoldsau-Schapach: Seite 101; Augustinermuseum Freiburg: 00160, Michael Jensch Seite 198, Baden-Badener Weinhaus am Mauerwerk GmbH: Seite 51; Bahnbetriebe Blumberg GmbH & Co.: Seite 123: Beck Ingrid: Seite 31 (unten); Boll Gerhard: Seite 227; Gebrüder Bruder, Waldkirch: Seite 175; Hubert Burda Media: Seite 111; Deutsches Phonomuseum St. Georgen: Seite 146; Deutsches Uhrenmuseum Furtwangen (CCBY-SA): Seite 32, 33, 35; Fam. Dold, Schonach: Seite 140; Dual Archiv: Seite 148, 153; Duravit (by Stephan Falk): Seite 211; Emmler Clemens: Seite 49; Europa Park: Seite 177, 178; Fastnachtsmuseum Narrenschopf, Bad Dürrheim: Seite 168; Freilichtmuseum Vogtsbauernhof: Seite 23; Gemeinde Gütenbach: Seite 171; Gemeinde Hausen im Wiesental: Seite 252; Gemeinde Schonach: Seite 144; Hochschwarzwald Tourismus: Seite 124, 155, 187; imago images/Robert Harding: Seite 74, imago images/Norbert Heetz: Seite 102; imago images/Winfried Rothermel: Seite 238; imago images/Peter Sandbiller: Seite 248; iStock/Animaflora: Seite 213; iStock/BasicB: Seite 119; iStock/benedek: Seite 78; iStock/Britus: Umschlag; iStock/FootToo: Seite 68-69; iStock/JWackenhut: Seite 208; iStock/karp5: Seite 182; iStock/Kuzmalo: Seite 58, 59; iStock/mtreasure: Seite 54; iStock/rotofrank: Seite 77; iStock/RR-Photos: Seite 220; iStock/sester: Seite 65; Junghans Uhrenfabrik Schramberg: Seite 38, 39; Keller Chris/Schwarzwald-Tourismus: Seite 122, 157; Kienzle Armin, Foto Carle Triberg: Seite 127 (unten); Kramer GmbH: Seite 211; Kultur- und Tourismus GmbH Gengenbach, Dieter Wissing: Seite 109; Kunstmuseum Hans Thoma, Bernau: Seite 240; Kunstmuseum Hasemann-Liebich, Gutach: Seite 27; Liftverbund Feldberg: Seite 217; Märchencafé Simonswald: Seite 173; Meyer Erich, Hasel: Seite 15; Narrenzunft Elzach, Erwin Krumm: Seite 181; Nowack Karl-Heinz: Seite 209; Oppelt Werner: Seite 127 (oben); Picture alliance/dpa/Rolf Haid: Seite 189; pixabay/Karsten Paulick: Seite 184; Rothaus AG: Seite 237; Schlichter Juliane, SÜDKURIER Waldshut-Tiengen: Seite 243; Schwarzwaldmuseum Triberg: Seite 130; Skiclub Todtnau 1891 e.V.: Seite 215; Staatsbad Wildbad GmbH: Seite 56; Staatliche Kunsthalle Karlsruhe: Seite 224; Stadtarchiv Freiburg Sign. M 737/1066b, G. Röbcke und Sign. M 75/13 Nr. 748, G. Hase: Seite 190 und 201; Stadtarchiv Karlsruhe: Seite 76, 79, 81; Stadtarchiv Pforzheim – Institut für Stadtgeschichte: Merian, S5-262 Seite 87, Marktplatz 1912, S1-9-5-R-3-29, Gebr. Merz und Pforzheim 1945, S1-9-5-S3, Otto Vogt, Seite 88; Stadtarchiv Rastatt: Seite 73; Stadtarchiv Villingen-Schwenningen: Seite 159, 160, 163; Stadt Bad Dürrheim: Seite 165, 166; Stadt Furtwangen: Seite 151, 152; Stadt Gengenbach: Seite 109; Stadt Gernsbach: Seite 99; Stadt Haslach, Kultur und Marketing: Seite 29, 30, 31 (oben), 120; Stadt Schiltach: Seite 104; Stadt St. Blasien: Seite 232; Stadt Triberg: Seite 36, 132, 134; Stadt Wolfach: Seite 104; Stein Dieter: Seite 135; Stock-Food: Seite 50; Teinachtal-Touristik: Seite 90; Tourismus- und Kulturamt Bad Säckingen: Seite 245; Touristinformation St. Peter: Seite 186; Universitätsarchiv Freiburg: Seite 194, 195; VAB Seite 112; Wiedel Raymond: Seite 137; Zeller Keramik: Seite 116 sowie weitere Bilder von pixabay.

Die 2. Auflage des Erfolgstitels

Ulrich Büttner/Egon Schwär

Bodenseegeschichte(n)

unterhaltsam erzählt

ISBN 978-3-7977-0587-7

22,00 EURO

Begeben Sie sich auf eine unterhaltsame und informative Reise durch eine der schönsten, geschichtsträchtigsten und beliebtesten Regionen Deutschlands.
Auf 228 Seiten entführen Sie die beiden Stadtführer Ulrich Büttner und Egon Schwär in die Welt der Sagen, Legenden und Geschichten rund um den Bodensee und befassen sich dabei sowohl mit Historie als auch mit moderner Geschichte.
Lassen Sie sich von der Leidenschaft der Autoren anstecken und tauchen Sie auf vergnügliche Art in die Vergangenheit ein, mit Erzählungen, die Sie in keinem Reiseführer finden werden.